estava escrito

MAURÍCIO DE CASTRO
pelo espírito HERMES

estava escrito

estava escrito

Copyright© Intelítera Editora

Editores: *Luiz Saegusa e Claudia Zaneti Saegusa*
Direção Editorial: *Claudia Zaneti Saegusa*
Capa: *Casa de Ideias*
Projeto Gráfico e Diagramação: *Casa de Ideias*
Fotografias de Capa: *Shutterstock - Alex Malikov*
Shutterstock - Ernest R. Prim
Revisão: *Rosemarie Giudilli*
6ª Edição: *2023*
Impressão: *Lis Gráfica e Editora*

intelítera editora

Rua Lucrécia Maciel, 39 - Vila Guarani - CEP 04314-130 - São Paulo - SP
11 2369-5377
www.intelitera.com.br - facebook.com/intelitera

Dados Internacionais de Catalogação na Publicação (CIP)
(Câmara Brasileira do Livro, SP, Brasil)

Hermes (Espírito)
  Estava escrito / pelo espírito Hermes ; [psicografado por] Maurício de Castro. - - São Paulo : Intelítera Editora, 2016.

  Bibliografia.

  1. Espiritismo 2. Psicografia 3. Romance espírita I. Castro, Maurício de. II. Título.

16-07619   CDD-133.9

Índices para catálogo sistemático:
1. Romance espírita psicografado : Espiritismo 133.9

ISBN: 978-85-63808-73-8

*Dedico este livro ao amigo Fabiano Leão.
Que a Luz Divina o proteja e abençoe
em todos os seus dias, sempre e sempre!*

capítulo 1

◆

Assim que Celina acordou, olhou para o relógio de cabeceira e percebeu que eram ainda sete horas da manhã. Ela sabia que acordaria mais cedo naquele dia, mesmo não tendo dormido quase nada à noite, que havia sido repleta de pesadelos e constantes sustos que a faziam acordar e passar horas abraçada ao travesseiro, com medo do que estava por vir.

Aquele era o dia fatídico. Por mais que ela e sua irmã tivessem tentado evitar, por mais que as duas e o sobrinho tivessem lutado na justiça, nada havia adiantado. Vinte anos depois, finalmente, Helena, a grande assassina do seu irmão, estava em liberdade. Ela pensava que não estaria mais viva para presenciar aquele dia, mas ele havia chegado e ela precisava enfrentá-lo.

Sabia que, no outro quarto, sua irmã Vera Lúcia também se sentia aflita, inquieta e com muito medo. Mas que medo Helena poderia causar? Ficou provado, vinte anos antes, que foi ela quem matara Bernardo, seu irmão querido. As provas foram contundentes, havia sangue em sua roupa e ela estava com a arma na mão. Além de tudo, poucos minutos após ouvirem o tiro, chegaram ao quarto e encontraram Helena com a arma na mão, chorando alucinada.

Celina sentia muito ódio. Era para aquela mulher ter sido condenada à pena de morte ou à prisão perpétua, mas aquelas penalidades não existiam no Brasil. Helena representava uma ameaça, pois, provavelmente, após ser solta, desejaria retomar o convívio com os dois filhos, coisa que eles jamais permitiriam. Mas... E se Renato voltasse a cair de amores por ela? Estava solteiro todo aquele tempo e, mesmo namorando Letícia por três anos, nunca se animara a casar novamente. Aqueles pensamentos incomodavam a mente de Celina que resolveu levantar e tomar um bom banho em sua grande banheira cheia de sais e deliciosos óleos relaxantes. Tirou toda a roupa e mergulhou na água morna, com prazer. Minutos depois estava mais calma.

◆

No outro quarto, sua irmã Vera Lúcia já havia acordado, tomado um banho rápido, vestindo-se modestamente. Então, foi bater no quarto do sobrinho. Renato abriu a porta com o rosto cansado, denunciando que, assim como suas tias, não havia dormido bem.

– Preciso falar com você. É urgente!

– Todos sabemos que Helena sai hoje da prisão. Não quero falar sobre isso, quero esquecer e fingir que ela não existe.

Vera empurrou o sobrinho para dentro do quarto e sentou-se com ele sobre a cama dizendo nervosa:

– Você sabe que ignorá-la não é possível. Helena sai hoje da penitenciária e vai voltar a nos procurar a fim de reativar a convivência com os filhos. Você precisa pensar no que vai fazer.

– O que eu puder fazer para afastar essa mulher para sempre de nossas vidas eu farei. Jamais deixarei que ela conviva com os meus filhos. É um mau exemplo.

Vera olhou para o sobrinho, depois baixou a cabeça, sem saber se dizia ou não. Renato, percebendo que ela queria dizer algo, perguntou:

– O que foi, tia? Aconteceu algo que a senhora não quer me contar?

– Não, nada...

A voz de Vera estava vacilante, fato que deixou Renato ainda mais curioso:

– Aconteceu alguma coisa e a senhora não quer me dizer. Vamos, fale logo!

Não podia adiar mais, era o momento, e Vera resolveu:

– Na verdade, a saída de Helena da prisão vai ser pior do que se possa imaginar. Não é somente pelos filhos que ela pode nos prejudicar.

– E o que mais uma pobre mulher, uma ex-presidiária, poderá fazer contra nós?

– Há algo que sei há muitos anos e nunca lhe contei. Não foi Helena quem matou o seu pai.

Um susto, e Renato ficou pálido:

– A senhora só pode estar brincando!

— Não. Esse é um segredo que guardei até hoje e acho que foi por isso que adoeci da mente, tendo essa síndrome do pânico horrível que não me deixa viver em paz. É o pagamento pela minha omissão.

Renato sabia que a tia Vera Lúcia não era dada a mentiras nem a brincadeiras, por isso, cada vez mais nervoso, perguntou:

— Se não foi ela, quem foi então?

— Não posso dizer, mas tenho certeza que não foi a mãe de seus filhos quem matou o Bernardo. Eu vi a cena do crime e identifiquei o assassino, embora estivesse tudo à meia-luz. Vi que Helena chegou depois e, muito emocionada com o que viu, pegou a arma sem pensar bem no que estava fazendo. Foi quando vocês entraram e a viram com a arma do crime nas mãos. Mas sei que não foi ela.

Renato começou a andar de um lado a outro do quarto sem querer acreditar no que ouvia. Aquilo não podia ser verdade. Aqueles vinte anos foram de sofrimentos atrozes para ele, que, além de ter perdido o pai, perdera a mulher que amava, revelando-a assassina. Como sua tia, vendo todo seu sofrimento, pôde ter alimentado aquela mentira? Foi o que perguntou:

— Se a senhora sabia que ela não era culpada, por que não impediu que fosse presa uma inocente? Por que, apesar de ver todo meu sofrimento e ver seus sobrinhos serem criados sem o amor de uma mãe, não disse a verdade?

Vera Lúcia começou a chorar de mansinho. Ela sabia que errara muito. Não tinha muitas justificativas, apenas uma, e ela disse:

– Eu tive medo de falar a verdade e ser morta também. Fui uma fraca, uma egoísta, mas sei que, se revelasse o assassino, seria morta.

– Como assim? – perguntou Renato sem entender. – O assassino seria preso e a senhora ficaria livre.

Vera Lúcia sabia que não era bem assim. Havia mais coisas naquela morte que jamais poderia revelar e tinha certeza que, se dissesse quem havia roubado a vida do irmão Bernardo, fatalmente seria morta em seguida, ainda que o assassino fosse preso. Contudo, não podia revelar, e após vinte anos, ainda corria perigo.

– Meu sobrinho – disse ela alisando seu rosto –, pelo amor de Deus, não diga isso a ninguém! Até hoje corro risco de vida e não posso lhe dizer o porquê. Só estou revelando isso hoje porque sei que ama Helena e não acho justo que sofra mais com a falta de vivência desse amor que continua sendo tão bonito. Procure-a, vá recebê-la na porta da penitenciária, traga-a para morar aqui novamente e faça com que viva com os filhos recuperando o tempo perdido.

Renato estava surpreso e ao mesmo tempo angustiado. Começou a andar novamente de um lado a outro do quarto sem saber o que fazer. A revelação de Vera Lúcia o tinha deixado transtornado. Ele, durante todos aqueles anos sofrera com aquela situação. Saber que a mulher que mais amava havia matado seu pai que também era seu grande ídolo e lhe trouxera enormes saudades o angustiou muito. A falta do pai e da mulher quase o fizera desistir da vida. Só não chegou ao suicídio de fato por causa dos filhos. Olhou para a tia que também estava transtornada e disse:

– Não posso fazer isso! Por mais que a senhora me diga que Helena não é assassina eu não vou acreditar, não posso acreditar. Seria muito sofrimento para mim e jamais a perdoaria pelo que fez. Por isso, prefiro pensar que a senhora está enganada e que criou tudo isso.

Vera Lúcia irritou-se:

– Só porque tenho problemas mentais, agora quer dizer que fantasiei tudo?

– Não sei. A senhora anda tendo alucinações, crises de pânico, diz que está vendo e falando com os mortos, não posso confiar na senhora, por mais que a ame. E jamais iria buscar aquela assassina e trazê-la para o convívio com meus filhos. Agora dê-me licença, preciso tomar banho e descer para o café.

– Vai se arrepender de não me ouvir – bradou Vera Lúcia com raiva. – Estou lhe trazendo a felicidade de volta e você recusa. Pois, se não vai recebê-la, eu irei.

– Se fizer isso não a deixo mais entrar nesta casa.

– A casa também é minha, caro sobrinho, posso fazer o que quiser.

Vera Lúcia saiu batendo a porta com força, deixando Renato angustiado e com os pensamentos contraditórios.

Quando desceu para o café, seus três filhos já estavam à mesa junto com Celina que, com toda força que podia conseguir, fingia que nada estava acontecendo. Quando Renato deu bom dia e beijou os filhos, ela perguntou:

– Não vai à empresa hoje?

– A senhora sabe que raramente vou lá, especialmente hoje.

– Que há hoje, papai? – questionou Andressa, a mais velha, com então 22 anos.

– Nada especial, minha querida, apenas não acordei bem, não desejo sair de casa hoje.

– Mas o senhor não sai de casa quase nunca, não sei como não enlouquece – disse Fábio, o filho do meio, com 21 anos.

– É mesmo, papai, o senhor precisa ser mais social, temo que uma hora acabe por adoecer – finalizou Humberto, o caçula de 19 anos. Humberto não era filho de Helena e Renato.

Algum tempo após Helena ter sido presa, durante uma madrugada, os vigias da mansão acordaram com certa movimentação alegando terem visto uma sombra de mulher que, deixando pequena caixa em frente ao portão, sumira no escuro, desarvorada.

A emoção tomou conta de todos da família ao verem o lindo e rosado bebê que já chorava pedindo colo. Acolheram a criança e foram a todos os órgãos responsáveis na tentativa de encontrar sua mãe. A justiça concedeu um tempo para que a família ficasse com a guarda até que a solução fosse encontrada, até que um ano depois deram o caso por encerrado. Renato, então, adotou Humberto como seu filho e filho de Helena. Renato conseguiu que a certidão ficasse como a dos outros filhos e o rapaz, até aquele momento não sabia que era adotivo, pois Celina e Vera Lúcia proibiram de contar, alegando que ele poderia se sentir inferior aos outros. Além delas e de Renato, só Berenice, a governanta da casa é que sabia a verdade.

Renato foi respondendo às perguntas que os filhos faziam, como sempre:

— O pai de vocês é caseiro mesmo. Pensei que já tivessem se acostumado. Não gosto de festas, não gosto de sair, a não ser por necessidade.

— O senhor só sai com sua noivinha — disse Andressa, mostrando ciúmes.

— Vocês precisam aceitar Letícia. Já pedi para pararem com essa implicância com ela.

— Jamais! — bradou Andressa. — Dizem que foi por causa dela que mamãe morreu.

Renato empalideceu:

— Como assim? Quem andou falando isso?

— A tia Vera Lúcia. Num daqueles momentos em que fica doidona ela disse que Letícia já gostava do senhor muito antes de se casar com nossa mãe e que foi por causa dela, que mantinha um relacionamento com o senhor, às escondidas, que mamãe soube e por desgosto, adoeceu e morreu.

— Não acredite nisso, minha filha. Pelo amor de Deus! Você sabe que sua tia tem problemas mentais. Como ousou inventar tal mentira? É certo que Letícia já era nossa amiga desde aquele tempo, mas nunca tivemos nada. Sua mãe morreu porque adoeceu gravemente e não pudemos curá-la.

Celina estava nervosa com aquela situação. Vera Lúcia estava extrapolando com suas loucuras. Morria de medo de que um dia, durante aqueles ataques inexplicáveis, ela acabasse revelando a verdade a respeito de Helena.

Desviou logo os pensamentos ao ver a irmã descer as escadas bastante arrumada.

– Berenice – falou, dirigindo-se à governanta –, mande o Hélio tirar o carro, vou sair.

O coração de Celina e de Renato descompassaram, e ele disse:

– Para onde vai, tia?

– Vou fazer uma visita.

– Assim tão cedo e sem tomar café? – perguntou Celina já sabendo do roteiro da irmã.

– Estou sem fome e já fui à copa e tomei um copo de leite. É o suficiente.

Andressa tornou:

– Tia Vera está misteriosa. Terá encontrado um namorado?

Ela sorriu:

– Não, minha querida, sua tia não está namorando e nem tem mais idade para isso. Vou visitar uma amiga que sai hoje do hospital – disse olhando de soslaio para o sobrinho e para a irmã. Prosseguiu: – É um ato de caridade que ninguém nesta casa quer fazer.

Fábio disse:

– Tia Vera é muito caridosa. Não tenho aula hoje pela manhã, posso ir com a senhora se quiser.

Ela empalideceu, mas se recompôs rapidamente:

– Em absoluto! Não precisa, meu querido. Bem, agora preciso ir.

Vera Lúcia saiu e, poucos segundos depois, Renato levantou-se da mesa e a seguiu sem dar maiores explicações.

Correu para perto da tia que estava no jardim já entrando no carro.

— A senhora não pode me desafiar indo lá esperar aquela assassina sair da prisão!

— Irei porque sei que ela não é assassina, e era você quem deveria estar lá junto comigo para recebê-la. Mesmo depois do que lhe disse ainda resiste. Não acreditou em mim, mas um dia saberá que estou falando a verdade.

— Mas, tia...

— Nem um "mas". Faço o que minha consciência manda e já perdi tempo demais aqui. Adeus!

Vera entrou no carro e ela mesma foi dirigindo. Fazia o que seu coração mandava e naquele momento a ordem era para apoiar Helena, que sairia da prisão para enfrentar um mundo preconceituoso, sem apoio de ninguém e com o agravante de não poder ver os filhos que tanto amava.

capítulo 2

❖

Naquela manhã, Helena acordou com o coração oprimido. Finalmente, sairia dali, um lugar que queria esquecer para sempre. Estava em uma cela particular, pois cumpria seus últimos dias, e a direção do presídio havia lhe permitido se separar das demais prisioneiras e ficar sozinha.

Na suja parede da prisão três fotografias faziam-lhe esboçar leve sorriso. Eram fotos de seus filhos na infância e uma foto de seu casamento com Renato. Como estava feliz naquela imagem! Nunca poderia imaginar que usufruiria por tão pouco tempo daquela felicidade por uma fatalidade que a afastara do convívio do homem que amava e que passara a lhe odiar com todas as forças do coração. Ela podia compreender aquele ódio. Qual filho não odiaria para sempre uma mulher que tirara a vida de seu pai amado?

Mas ela não havia matado ninguém. Fora presa injustamente e, por causa do ódio de Renato e de Celina, nunca pôde sair da prisão, pois eles usaram os melhores advogados a fim de mantê-la retida todos aqueles anos. Nem sua boa conduta no presídio havia sido levada em conta. A defensoria pública, corrupta, fora comprada pelo dinheiro daqueles dois e não houve como ela se libertar. Tivera que passar vinte anos presa como um animal feroz e perigoso, longe de tudo o que amava.

Mas agora era a hora da virada. Ela estaria de volta e colocaria, custasse o que custasse, o verdadeiro assassino na cadeia. Helena sabia que Vera Lúcia jamais acreditara que ela havia matado o senhor Bernardo, mas nada pôde fazer para ajudá-la. Não sabia bem o que ocorrera, mas Vera Lúcia estava presa a um segredo que a impedia de contar a verdade.

Todos imaginavam que ela sairia da penitenciária sem ter para onde ir, nem a quem recorrer, já que sua família, residente no interior, lhe virara as costas após o crime. Soube que seu pai morrera há cinco anos e sua mãe vivia com dificuldade, junto com os irmãos em Sorocaba. Assim que provasse sua inocência, iria procurá-los. Ela não tinha mágoa nem raiva de ninguém. Seu coração não possuía ressentimentos. Entendia que seus pais não tinham como admitir uma assassina na família. Eram evangélicos rigorosos e, como ela negara o crime, diziam que era porque ela não queria se arrepender, por isso estava com o demônio.

Renato... Renato foi o seu primeiro e único amor. Podia entender seu ódio. Ele e Bernardo eram muito ligados e Renato amava muito o pai. Celina era muito desvelada com o irmão e, por ter a certeza de que ela o havia matado, também não tivera condições de perdoar, mas ela precisava fazer justiça, e a vida havia lhe ajudado de uma maneira tão estranha e ao mesmo tempo maravilhosa que lhe favoreceria a isso.

Cinco anos antes chegara à sua cela uma detenta chamada Cristina Aragão. Era uma empresária rica e famosa, acusada de lavagem de dinheiro e envolvimento com o tráfico de drogas. Em pouco tempo, ficaram amigas e Cristina lhe revelara que realmente era culpada do que lhe acusavam. Seus bens foram confiscados, restando apenas uma linda mansão no bairro do Ipiranga e uma conta secreta que não havia sido descoberta.

Durante os anos que permaneceu aguardando julgamento, Cristina viu em Helena uma pessoa em quem podia confiar. Contou-lhe toda sua vida e Helena, por sua vez, desabafou contando a sua. Cristina passou a ter por ela verdadeira afeição e dias antes do julgamento chamou-a e disse:

– Não tenho ninguém. Sempre fui uma pessoa sozinha. Tive meus casos amorosos, mas nunca me liguei a homem algum. Meus bens foram confiscados, outros vendidos para pagamento de dívidas, mas possuo uma conta num banco estrangeiro e uma casa muito grande. Esses bens são legítimos e quero dá-los a você.

Helena surpreendeu-se:

– Não posso aceitar, Cristina, eles são seus. Você poderá ser absolvida e deverá voltar para sua casa e usar seu dinheiro.

– Sei que não serei absolvida. Todas as provas são contra mim e eu mesma me declarei culpada. Passarei muitos anos na prisão e, enquanto eu estiver cumprindo minha pena quero que fique tudo entregue a você. Chamarei meu advogado e farei uma procuração para que possa tomar conta de tudo. Nunca encontrei em minha vida alguém com seu caráter. Infelizmente sou uma mulher perdida, sem rumo, deixei me levar pela ambição, pagarei pelos meus erros, mas com você aprendi que ser honesta é a melhor coisa da vida. Durante esses cinco anos que passamos juntas, você, mesmo inocente, nunca acusou ninguém, nunca falou mal, nem a vi ter ódio. Você, com sua bondade, me inspirou a ser melhor. Por isso, quando sair da prisão, quero encontrar você e poderemos, conforme estiver sua vida, viver juntas ou simplesmente poderei lhe agradecer por ter cuidado do que me restou. Por isso, peço que aceite!

Diante daqueles argumentos, Helena não teve como negar. Abraçou a amiga com força e ambas choraram emocionadas. No dia seguinte o advogado foi até o presídio onde Cristina, por ser suspeita de comandar uma rede de tráfico, estava detida para esperar o julgamento em segurança máxima. Assinaram os papéis e tudo ficou acertado.

Dias depois, o julgamento de Cristina aconteceu e ela foi condenada a 30 anos de prisão em regime fechado. Os advogados ficaram de recorrer, mas uma semana depois veio a trágica notícia: no presídio para onde fora levada, Cristina, deprimida e inconformada pelos longos anos que teria de cumprir, acabou se suicidando, asfixiando-se.

Helena sentiu muito o trágico fim da amiga, mas outra surpresa veio acontecer um mês depois. O advogado de Cristina disse que ela havia feito um testamento, parecendo já saber o que pretendia realizar, deixando a mansão e todo o dinheiro para Helena.

Aquilo a tomou de surpresa e ela se recusou a aceitar, ao que o Dr. Américo disse:

— É melhor aceitar, senhora Helena, pois há uma cláusula que diz que, caso a senhora não aceite, tudo será revertido a instituições de caridade.

— Então, é melhor, essa pequena fortuna não me pertence. Não posso aceitar.

— Volto a dizer que é melhor que aceite, pois a senhora Cristina, propositalmente, talvez para forçá-la a aceitar, colocou no documento nomes de instituições duvidosas, que desviam o dinheiro para fins ilícitos, e duas delas já fecharam as portas. A senhora deseja que todo o patrimônio que restou dela vá parar em mãos sujas?

Helena viu que não havia jeito e acabou por aceitar.

Aquelas lembranças fugiram de sua mente com rapidez quando Zezé, a carcereira, foi chamá-la sorrindo:

— Finalmente, seu dia chegou. Não aguentava mais vê-la aqui.

— Muito obrigada por tudo, Zezé, saberei recompensá-la. Me procure no endereço que já lhe dei.

— Não se preocupe, Helena, não quero nenhuma retribuição. Tudo o que fiz por você foi porque sei de sua honestidade.

— Ainda assim. Aqui fiz amizades e você é uma delas. Caso precise, não hesite em me procurar.

Ambas se abraçaram:

— Vá ser feliz, você merece!

— Feliz não sei, mas vou fazer justiça!

— Deus a proteja.

De posse de pequena mala, Helena foi andando vagarosamente pelos intermináveis corredores do presídio até que chegou à recepção. Tânia, que trabalhava ali desde a sua chegada, também se emocionou com sua saída e lhe entregou seus pertences:

– Foi tudo o que deixou aqui quando chegou.

Helena abriu uma caixinha e lá estavam outras lembranças da família, fotos dos filhos, mechas de cabelos de cada um deles, seu anel de casamento, algumas cédulas que não tinham mais valor, que ela não se lembrava como haviam parado ali.

– Obrigada por tudo, Tânia!

– Seja feliz, Helena.

Assim que se viu fora daqueles muros altos, Helena olhou o sol emocionada e respirou com profundidade o ar puro. Como era bom estar livre! Como era bom poder voltar à vida!

Olhou para os lados na esperança que Renato estivesse ali esperando por ela. Mas em vão. Não havia ninguém. Ela havia vestido um costume azul-claro simples, mas bonito, presente de Tânia para o dia de sua saída. Havia dado um jeito nos cabelos ruivos e revoltos, amarrando-os para trás com gracioso laço de fita. Sabia que vinte anos não tinham sido suficientes para apagar o amor que sentia por Renato. Amava-o como nunca e a esperança de que ele estivesse ali, por mais remota que fosse, pairava em seu coração.

Resignada, pegou as malas e foi andando. Havia um ponto de táxi a uma quadra dali, segundo lhe informara Tânia, e de lá seguiria para a mansão que fora da amiga inesquecível...

capítulo 3

Andou poucos passos quando viu um elegante carro se aproximar. O vidro baixou lentamente e ela, com susto, percebeu ser Vera Lúcia ao volante. Sorrindo, Vera olhou-a:

– Entre, vim buscar você.

– Vera! – disse Helena, emocionando-se. – Sabia que você iria me procurar, só não pensei que fosse justamente hoje. Você nunca acreditou que eu tivesse matado seu irmão.

– Nunca acreditei mesmo, mas entre logo, vim para ajudá-la.

Helena entrou no carro pondo a pequena mala no banco traseiro.

– Sei que não possui nada, nem mesmo um lugar para ficar. Para onde pensava ir?

Helena hesitou um pouco, mas disse:

– Na verdade tenho onde ficar. Ia agora mesmo para o ponto de táxi e de lá iria me dirigir ao Ipiranga.

– Ipiranga? Tem alguma amiga lá?

– É uma história longa, Vera, outra hora lhe conto. Mas me diga: como estão meus filhos e Renato? Morro de saudades deles. Foi cruel o que Renato fez, privando-me da convivência com eles.

– Foi cruel, mas o que você queria que ele fizesse? Que dissesse que a mãe era a assassina do avô deles e que estava presa?

Ela se calou. Vera tinha razão. Ela não queria que os filhos pensassem que ela era a assassina do senhor Bernardo.

– Mas você não me disse como estão.

– Estão todos bem. Andressa está uma mulher linda, e o Fábio um rapaz inteligente e saudável.

– Estou louca para vê-los!

– Sei que está e acho que você deve vê-los, mas deve esperar algum tempo. Vim porque pretendo ajudá-la a descobrir o assassino, mas ninguém jamais poderá saber que estou do seu lado.

Helena ia falar, quando Vera disse:

– Vamos nos calar por enquanto e durante o lanche que faremos numa confeitaria próxima, direi a você tudo que sei.

Helena sentiu-se confortada pela ajuda de Vera que naquele momento apertava sua mão imprimindo força.

Rodaram por mais algumas ruas até que Vera parou numa confeitaria discreta, porém elegante.

Após fazerem os pedidos e estarem bem instaladas no ambiente, Vera Lúcia começou:

– Eu sei quem matou o meu irmão.

– Como assim? Você sabe? – assustou-se Helena.

– Sei e esse segredo me tortura tanto a ponto de eu ter desenvolvido problemas mentais. Nunca me perdoei por ter me calado durante tanto tempo sem revelar a verdade.

Os olhos de Helena brilharam emocionados:

– Mas por que você me deixou presa todos esses anos? Por que me deixou longe de meus filhos e do homem que amo?

Vera hesitou um pouco, mas disse:

– É que não posso revelar a verdade. Minha vida e também a de um de seus filhos correria perigo se o verdadeiro assassino fosse preso.

– Como assim? Você vive sob ameaça?

– Sim. Eu mesma procurei o assassino um mês após o crime, fiz de tudo para que se entregasse, revelasse a verdade. Mas ele não me ouviu, o que era lógico. Então, disse que iria naquele momento mesmo entregá-lo à polícia. Foi quando me ameaçou e também ao Fábio, que tinha apenas três anos na época. Meu medo foi tanto que me calei durante todos esses anos. Creia, Helena, se eu falar, tenho certeza que serei morta e seu filho também.

Um arrepio de horror passou pelo corpo de Helena.

– Então, como vou fazer para descobrir quem matou o Dr. Bernardo e poder me apresentar limpa e digna para meus filhos?

– Sinto muito, minha querida, mas você terá que descobrir sozinha o autor do crime. E aconselho que tenha muita cautela, se ele desconfiar que você está investigando, não só a vida de seu filho, mas a sua também correrão perigo.

– Mas o que meu filho Fábio tem a ver com isso?

Vera empalideceu. Sabia que aquela pergunta viria, mas não poderia respondê-la por completo:

– Não posso dizer, o que posso garantir é que o assassinato do meu irmão teve muito a ver com seu filho Fábio, neto dele.

Helena tomou-se de horror. O que poderia fazer? Jurou, em todos aqueles anos que ficou presa que, assim que saísse, descobriria o assassino, mas então, com as revelações de Vera, não poderia fazer aquilo e arriscar a vida de um jovem que tinha tudo pela frente e que ela amava de todo coração.

– Obrigada, Vera, por ter me alertado. Tenho muito dinheiro agora e quero mover céus e terras para descobrir o autor daquela atrocidade, mas vejo que terei de esperar.

– Eu aconselho você a esquecer esse assunto e deixar o assassino nas mãos da justiça divina.

– Mas como posso deixar de fazer justiça por ter ficado presa 20 anos? Por ter ficado tanto tempo longe do homem que amo e de meus filhos? Não pude acompanhá-los no crescimento, na chegada à adolescência, nos primeiros namoros, na escolha da profissão, nada! Acha justo isso para uma mãe?

– Não, não acho justo, mas menos justo ainda é Fábio morrer por conta de uma vingança. Sei que é uma boa mulher, por isso tenho certeza que o amor pelo seu filho será maior do que seu desejo de vingança.

Vera estava se levantando quando Helena pegou em seu braço:

– Posso até esquecer o assassino, mas tudo farei para ter o convívio com meus filhos de volta, nisso irei até o fim.

– Penso que está certa e vou lhe ajudar. Mas você não pode aparecer como a assassina do avô deles. Seria uma tragédia e eles não iriam aceitá-la. Acreditando que você foi a culpada, Renato disse-lhes que a mãe deles morreu num acidente. Eles pensam que você está morta.

Helena chorou sentidamente, enquanto Vera a consolava:

– Não fique assim, minha querida. Vou encontrar uma forma de você voltar a conviver com seus filhos. Passe-me seu telefone, ligo assim que tiver uma ideia boa.

– Ainda não comprei um celular, mas a casa que vou morar tem telefone, anote aí.

Vera abriu sua bolsa, pegou pequena agenda e anotou o número e o endereço. Ambas se abraçaram e despediram-se.

Na saída da confeitaria, Vera disse:

– Infelizmente não posso levá-la até sua nova casa. Tenho certeza que, a essa altura, o assassino já deve estar nos seguindo ou ter mandado nos seguir. Tenha muito cuidado, Helena. Amo seu filho como se fosse meu e posso até morrer, mas ele não. É um rapaz inocente, inteligente, meigo. Não merece pagar por um crime que não cometeu.

– Entendo, Vera, vou refletir no que me disse e aguardar sua ligação.

Vera entrou no carro e partiu. Helena ficou pensativa, e grossas lágrimas desceram por sua face. Pelo que a cunhada dissera não havia muito o que fazer. Ela estava de mãos e pés amarrados. Seu filho corria perigo, e ela não podia arriscar. Tentaria, com o tempo, descobrir a verdade através de Vera, mesmo que não fosse mais entregar o culpado à polícia. Mas de uma coisa tinha certeza: iria descobrir quem fizera aquilo e a mandara para o destino cruel de ser presa inocente.

capítulo 4

Quando Helena chegou à mansão que Cristina lhe dera, ficou surpresa. A casa era realmente grande, bonita e muito bem conservada. O grande jardim da frente estava descuidado, com o mato invadindo os canteiros e impedindo que as roseiras se desenvolvessem do jeito que deveriam. Ela amava rosas e quando morava com Renato fazia questão dela mesma cuidar das flores. Como era bom aquele tempo! Como fora feliz!

Após pagar o táxi, ela pegou as chaves, abriu o portão e seguiu por uma grande alameda até chegar à porta principal feita em madeira ricamente trabalhada. Girou a fechadura e entrou. Como o advogado lhe dissera, a mansão estava toda mobiliada e arrumada. Ele, a pedido de Helena, providenciara arrumadeiras e copeiros para deixar tudo no lugar a fim de receber a futura dona.

Olhou os cômodos principais e sorriu feliz ao pensar que sua amiga deveria estar alegre por vê-la ali cuidando do que era dela. Àquele pensamento passou-lhe um arrepio de horror. Se a vida realmente continuava como diziam algumas pessoas, sua amiga deveria estar num lugar de muito sofrimento. Os espíritas diziam que os suicidas sofriam muito no mundo espiritual, que ficavam em locais de grande sofrimento revivendo o instante do crime. Será que era verdade? Helena não tinha certeza, não acreditava naquelas coisas, no entanto resolveu orar. Orou sentidamente por Cristina, pedindo a Deus que a amparasse onde quer que estivesse. Agradeceu-lhe por ter deixado aquela boa casa e um bom dinheiro para que refizesse a vida e pudesse lutar pelos seus filhos, mas disse-lhe que o que ela queria mesmo era que Cristina estivesse viva, usufruindo também de tudo aquilo.

Helena não podia ver, mas encolhido a um canto da sala estava o espírito Cristina, todo envolto em energias negras e densas, cheio de equimoses pelo corpo. A prece feita por Helena a aliviara das muitas dores que sentia, mas ela prosseguia triste e infeliz, muito arrependida pelo ato que havia cometido. Ficaria ali para sempre ao lado da única amiga verdadeira que fizera na vida.

Helena não percebeu nada e subiu. Olhou os quartos e escolheu um que tinha vista para o jardim. Havia uma cama de casal, um belo e grande guarda-roupa, dois criados-mudos e um lindo toucador.

Entrou no banheiro e tomou uma ducha reconfortante. Desceu as escadarias, foi para a cozinha e abriu a geladeira. Tudo que ela precisava para se manter por pelo menos um mês estava ali e dentro dos grandes armários. Fez um lanche saboroso e, depois de comê-lo, foi para a sala de estar. Deitou-se em confortável sofá e começou a lembrar de como havia conhecido Renato.

Ela era uma jovem de 19 anos nascida e criada em Sorocaba. Muito bonita, tinha cabelos ruivos e lisos, olhos amendoados, tez clara e voz suave. Era uma moça encantadora. Seus pais eram evangélicos e por isso ela e os irmãos tiveram educação rigorosa. Até aquela idade nunca havia tido um namorado, pois seus pais diziam que ela só poderia namorar um rapaz da mesma religião que eles e fizesse parte da mesma congregação. Ela aceitava aquela forma de viver e era tranquila. Enquanto as colegas de colégio viviam metidas em namoros que davam errado e as faziam sofrer, Helena estava calma, sabendo que um dia teria seu marido e filhos.

Diferente das demais jovens da época, ela não queria trabalhar fora ou fazer curso superior. Dentro de si havia um desejo imenso de ter seu marido e dedicar-se a ele e aos filhos por amor e prazer. Seu sonho era ser dona de casa. Naquele tempo, as mulheres estavam começando a ser mais valorizadas no mercado de trabalho, a abertura dos costumes e a quebra de tabus faziam com que a maioria quisesse estudar, ter carreira e ajudar os maridos no orçamento doméstico.

Não que ela não quisesse ajudar o marido ou fosse preguiçosa, mas achava ser dona de casa um trabalho muito bom e honesto. Em sua mente não via diferença entre uma advogada brilhante e uma dona de casa esmerada e, por isso, também brilhante. Se seu marido fosse pobre ela poderia se dedicar à costura, pois havia feito o curso e sabia costurar muito bem.

Lembrou-se de que conhecera Renato quando a empresa do pai dele inaugurara uma filial em sua cidade. Sua mãe Edite havia sido contratada para ser uma das funcionárias da limpeza, e no dia da festa de inauguração todos deveriam estar presentes. Ela pôs sua melhor roupa e, junto com a família, foi receber o senhor Bernardo, seu sócio Bruno e seu filho Renato que, com 25 anos, já trabalhava junto ao pai.

Durante a festa, eles trocaram olhares e Renato se aproximou. Helena não acreditava no que estava acontecendo. Renato era lindo e extremamente rico, não era possível que tivesse se interessando por ela. Mas era verdade. Renato apaixonou-se por Helena à primeira vista e, enfrentando a resistência do próprio pai e dos pais dela, iniciaram namoro.

Toda a cidade não falava em outra coisa e, seis meses após se conhecerem, já estavam casados e morando na capital. Helena havia feito o colegial e era uma mulher muito educada, mostrando muito bom gosto. Celina e Vera a ajudaram a comprar todo o enxoval, bem como as roupas que utilizaria depois de casada, já que pertenceria à mais alta sociedade. Surpreenderam-se quando viram o bom gosto da moça que, de maneira muito natural, escolhia sempre as melhores peças de roupa, as mais bonitas, com os cortes mais bem feitos e caimentos perfeitos. Helena mostrou-se uma grande dama desde o início.

O que ela teve de enfrentar desde sempre foi o ódio e a desconfiança do senhor Bernardo. Ele nunca aceitou o fato do filho ter se casado com Helena, pois a via tal qual uma pobre sem educação e berço, interessada apenas em sua fortuna. Não foram poucas as vezes que dizia ao filho para se separar, argumentando que Helena não o amava e logo arrumaria um amante. Renato, contudo, nunca acreditou no pai e prosseguia no casamento.

Chegou Andressa, e a mansão se encheu de alegria. Lágrimas escorriam pelo rosto suave de Helena ao se lembrar do nascimento da filha. A menina era linda, muito parecida com o pai, o que deixou o senhor Bernardo mais maleável, principalmente por vê-la cuidar bem da criança, dedicar-se integralmente, mostrando-se excelente mãe.

Mas o tempo passou, e as implicâncias continuaram. Ele fazia questão de humilhar Helena todo o tempo. Não foram raras as vezes em que Renato teve que interferir a fim de que Helena não sofresse mais com tantas humilhações.

Quando Fábio nasceu, um ano e meio depois de Andressa, Bernardo tornou-se um pouco mais maleável com Helena, mas assim que a criança foi crescendo toda a implicância em relação à nora voltou novamente. Helena foi perdendo a paciência e começou a responder à altura, o que o deixava ainda mais irritado e com ódio. Sempre lhe atirava na cara que a mulher de seu filho deveria ser Letícia, filha de seu sócio Bruno, uma moça realmente merecedora e digna, que já namorava Renato antes do fatídico encontro dele com Helena em Sorocaba.

Ela, contudo, aprendera a se impor, e os dois então viviam trocando farpas e com isso o ambiente da mansão acabava se tornando insuportável. Renato, que amava e tinha verdadeira adoração pela mulher, começou a pensar em se mudar para outra casa, mas Bernardo, ao ter conhecimento daquela ideia do filho, com muita raiva, dissera em alto e bom som, na presença do sócio Bruno e de alguns empregados, que mataria Helena caso o filho saísse de casa.

Três dias depois daquela discussão aconteceu o crime. Era noite e parecia que todos já haviam se recolhido. De repente, Helena, que havia descido um pouco para tomar ar no jardim por estar com insônia, fruto do nervosismo que as intermináveis discussões com o sogro provocavam, ouvira um tiro. Assustada, correu para dentro de casa e viu a luz do escritório acesa. Ao chegar lá, encontrou Bernardo morto com um tiro certeiro no coração, e o revólver jogado ao lado.

Aquela cena a desesperou e ela, sem pensar, correu para cima do corpo dele a fim de reanimá-lo. Naquele momento, sua roupa já estava suja de sangue e ela, no desespero e sem saber que estava se comprometendo ainda mais, abaixou-se ao chão a fim de pegar a arma e mostrar a todos que o tiro saíra daquela pistola. Mas, antes mesmo de se levantar, viu os rostos de Renato, Celina, Vera Lúcia e Berenice que a olhavam com ares de acusação.

Por mais que ela tentasse explicar, suplicando para que fosse ouvida, ninguém acreditou em sua inocência. A polícia foi chamada e ela, presa em flagrante, jamais poderia esquecer o olhar de decepção de Renato e sua última frase para ela:

– Tenha certeza que pagará por esse crime e nunca, por mais tempo que viva, a perdoarei. Você foi a pior coisa que aconteceu na minha vida. Meu pai sempre teve razão.

O mundo havia acabado para ela naquele instante. Poderia aceitar as desconfianças de todos ali, menos do homem que amava e que julgara conhecê-la o suficiente para saber que jamais cometeria aquele crime.

No tempo em que ficou presa aguardando julgamento, recebeu a visita de Celina que lhe jurara vingança, de Bruno, o sócio e melhor amigo de Bernardo, que prometera contratar os melhores criminalistas do país para fazê-la ficar presa o mais tempo possível, de Letícia que a visitou com a intenção de tripudiá-la sobre sua desgraça por ter sido preterida por Renato e por Vera Lúcia, a única que dizia ter a certeza de que ela não era a assassina, mas que não podia fazer nada para ajudá-la.

Levando em conta a péssima relação que tinha com o sogro, as últimas e mais fortes discussões de ambos, a ameaça dele em matá-la e o verbo inflamado da acusação afirmando que ela matara por ódio, o júri fora unânime em considerá-la culpada, sob pena de 20 anos de prisão em regime fechado. Havia a possibilidade da redução da pena em um terço, dentre outras facilidades, mas a família de Renato, juntamente com Bruno, comprou a todos, então Helena passou os 20 anos na penitenciária. Ela só não podia esquecer uma visita que lhe foi feita um mês após sua condenação.

A carcereira a chamou dizendo que uma pessoa queria vê-la. Ela achou que deveria ser o pai ou a mãe que havia lhe perdoado ou algum dos irmãos, mas qual não foi a surpresa ao se deparar com uma mulher bem-vestida, loura, cujos cabelos ela percebeu imediatamente tratar-se de uma peruca. Estava de óculos escuros, deveria ter 50 anos no máximo e seu rosto era muito familiar. A estranha mulher sentou-se e disse:

– Não precisa perguntar quem sou, pois não posso me revelar. Vim lhe dizer que sei que é inocente e um dia a ajudarei a provar isso. Vera Lúcia está certa ao acreditar que você não o matou, só eu e ela sabemos quem foi. Um dia poderei lhe ajudar a sair daqui, mas se não conseguir lhe ajudar a sair, assim que cumprir a pena e estiver livre a procurarei para ajudá-la a fazer justiça.

Helena lembrava-se que a mulher chorava, mas ela não sabia o porquê. Suplicou:

– Seja a senhora quem for, me ajude, fizeram uma injustiça comigo, deixei dois filhos lindos lá fora, que muito amo e sei que sentirão a falta de uma mãe. Renato me ama e será muito infeliz vivendo em meio a essa tragédia. Se sabe quem matou o senhor Bernardo, fale à justiça, seja caridosa.

– Infelizmente, agora nada poderei fazer, mas na hora exata virei lhe ajudar.

Dizendo aquilo, a elegante senhora saiu. Durante mais de dez anos aquela visita tinha sido sua esperança, mas que acabou morrendo com o tempo. Fosse quem fosse aquela mulher, ou tinha morrido ou não podia ajudá-la e não acreditava que depois de tanto tempo essa misteriosa mulher cumpriria a sua promessa.

Afinal, que assassino tão perigoso era esse que colocava em risco a vida daquela senhora, de Vera Lúcia e até do seu filho Fábio? Seria alguém da casa? Impossível. Celina não tinha motivos para matar o irmão, muito menos Vera que era uma pessoa irrepreensível. Havia Berenice, a governanta que morava na casa muito antes dela chegar, mas era também uma pessoa boa, de muito bom caráter. Não! Definitivamente na casa o assassino não estava. Mas havia Bruno, o sócio, que, com a morte de Bernardo poderia agir mais livremente nas empresas, sua mulher Morgana, também muito interesseira e sua filha Letícia que jamais havia se conformado em ter perdido Renato para ela. Um dos três, sabendo da desavença que existia entre sogro e nora, poderia ter matado para incriminá-la. Mesmo que não tivesse com a arma na mão, a principal suspeita seria ela, devido a tudo o que vivia com Bernardo naquela mansão.

Após muito pensar, Helena resolveu sair. Iria a alguma loja próxima comprar algumas roupas. Estava desatualizada do mundo e não sabia nem andar pelas ruas direito. Pegou a lista telefônica, pediu um táxi e esperou. Consultou o motorista que a indicou um shopping não muito grande dentro do próprio bairro. Então, ela se dirigiu para lá.

capítulo 5

◆

Quando entrou, sentiu-se perdida, não se recordava bem da última vez que estivera em uma loja de departamentos, não sabia usar os cartões de crédito que o advogado lhe dera, mas estava com algum dinheiro na bolsa. A conta de Cristina no exterior era lícita, não houve como comprovar irregularidades naquele dinheiro, e o Dr. Américo só estava esperando que se resolvessem alguns problemas com seu nome para ir com ela abrir uma conta para que fizesse a transferência do montante. Para que ela pudesse se arranjar com pequenas coisas, ele lhe deu quantia razoável.

Entrou numa loja de roupas femininas e provou algumas saias e blusas. Havia um vestido de seda verde-garrafa muito bonito, mas ela viu que o dinheiro não daria para comprá-lo. Quando pagou e saiu da loja com as sacolas na mão, foi surpreendida com uma delicada mão que segurou seu braço.

– Ainda se lembra de mim?

Helena assustou-se e, com o rosto pálido, reconheceu a senhora que a visitara 20 anos antes prometendo ajudá-la. Havia se passado duas décadas, mas ela pouco mudara. Deveria estar com aproximadamente 70 anos, mas estava muito bem conservada e bonita. Continuava usando uma peruca loira, mas muito diferente da primeira.

– Pelo susto sei que se lembrou.

– Como a senhora me achou aqui? Por que nunca mais voltou para me ajudar?

– Não pude fazer nada esses anos todos, mas agora posso lhe ajudar.

Helena estava assustada, não sabia o que fazer. Desconfiada disse:

– Não posso aceitar sua ajuda se não me disser quem é e o que quer comigo.

– Vamos a um lugar mais calmo e conversaremos melhor.

Sentaram em um banco e começaram a conversar:

– Você tem todo direito de recusar minha ajuda, mas creia, sou praticamente a única pessoa que pode ajudá-la, além de Vera. Infelizmente, não poderei lhe dizer quem sou, mas saiba que me sinto no dever de ajudá-la por um grande e único motivo: sei que é inocente e sei quem é o verdadeiro assassino. Mas há outro motivo. De certa forma ajudei o criminoso a matar o senhor Bernardo.

– Como assim? A senhora é cúmplice do crime?

– Não, não pense isso. Mas com palavras, sem saber exatamente o que estava fazendo, incentivei-o a matá-lo. Por isso tenho um dever de honra com você, Helena. Permita, pelo amor de Deus, que a ajude e possa ter paz em minha consciência.

– Como poderei confiar? Quem me garante que não foi a senhora mesma quem matou ou está a favor do assassino querendo preparar uma cilada para mim? Se você o incentivou a matar pode estar aqui agora querendo me fazer mal.

Os olhos da senhora se fizeram melancólicos:

– Entendo que uma pessoa que passou por tantas provações e dificuldades numa penitenciária passe a ser desconfiada, mas garanto que estou aqui para ajudá-la, não só a descobrir o autor do crime, mas também voltar a conviver com seus filhos. Estou seguindo você desde a hora que saiu de casa. Não a encontrei aqui por acaso. Se eu fosse a assassina não estaria lhe propondo uma coisa dessas, e se fosse cúmplice do criminoso não estaria aqui disposta a entregá-lo.

– Mas a senhora disse que o incentivou.

– Mas não da maneira como você está pensando. Com conversas que não me dei conta, acabei por ajudar essa pessoa a fazer o que ela exatamente queria.

– Então aceito sua ajuda, mas terá que me dizer agora quem é o assassino e com todas as provas. Sem isso não posso aceitar e peço que nunca mais me procure.

– Não seja tão radical, Helena. Você terá que ser inteligente e forçá-lo a se entregar sozinho.

Helena começou a chorar baixinho:

– Não sei mais se quero saber quem é o assassino, o que quero é voltar a conviver com meus filhos, só isso.

— Eu tenho uma ideia e, se você aceitar me ouvir com atenção e fizer tudo o que eu disser, tenho certeza que poderá voltar a conviver com seus filhos e ser muito feliz. Quando for a hora, o assassino será forçado a se revelar naturalmente.

— Que ideia?

— Você fará um grande jantar em sua casa com todo requinte possível e convidará as seguintes pessoas: Vera Lúcia, Celina, Renato, Bruno, Letícia, Morgana, Berenice, seu marido Osvaldo e Duílio.

— Duílio? Filho de Berenice? Mas por quê? Ele era um adolescente quando tudo aconteceu.

— Duílio hoje é um advogado famoso. Ganhou oportunidade de estudar e crescer dentro da empresa de Dr. Bernardo, depois da morte dele. Já pensou que pode ser ele o assassino? Já pensou que ele, Berenice e Osvaldo podem ter motivos que você desconhece para tê-lo matado?

— A senhora está querendo me dizer que um dos três é o assassino?

— O que quero lhe dizer é que um dos que estão nessa lista é o assassino. Todos podem ter matado o Dr. Bernardo.

— Até Vera Lúcia, Celina e Renato?

— Até eles. Mas não se fixe em um apenas. Posso lhe garantir que todos eles tinham motivo de sobra para ter cometido o crime.

— Mesmo Renato, o único filho, que amava muito o pai?

— Mesmo Renato.

— Isso não pode ser! Renato é uma pessoa maravilhosa, tem o coração bom, puro. Jamais mataria o próprio pai.

— Você, além de amar Renato, é muito apaixonada por ele. Quem é apaixonado por alguém costuma não enxergar seus defeitos.

— Não posso crer... — balbuciou Helena desconcertada.

A possibilidade do homem que amava ter matado o pai e jogado a culpa nela tirava-lhe todo o sossego. Resolveu não pensar que Renato fosse o autor daquela barbaridade. Poderia ser qualquer um, menos ele.

Após ficar um tempo pensativa, enquanto a senhora terminava seu café, ela tornou:

— Sinto que devo confiar em você, mesmo sem saber quem é. Vivi muitos anos numa penitenciária. Procurei todo o tempo ser a melhor possível, tive que lutar contra mulheres horríveis que desejavam fazer as piores coisas comigo, mas acabei me impondo pelo meu comportamento e oferecendo minha amizade, mas muitas vezes fui abusada e até agredida. A vida numa cadeia nos ensina muitas coisas, uma delas é que aprendemos ver quem são realmente as pessoas com as quais convivemos. Olho para a senhora e vejo que é boa, tem coração bom. Sinto que deseja me ajudar. Mas como vou fazer? Para que esse jantar?

— Vou lhe dizer.

A estranha senhora foi dizendo seu plano a Helena que, à medida que ouvia se surpreendia com seu raciocínio. Era perfeito tudo aquilo que ouvia. Como não pensara antes? Só não gostou da última parte, mas faria como ela estava lhe orientando. Era a única forma de conviver com os filhos, reconquistar Renato, conter o assassino para que não continuasse matando e por fim, fazer com que ele se revelasse.

Meia hora depois, quando entrou num táxi e chegou a casa, estava renovada com as novas ideias mas, ao mesmo tempo, profundamente intrigada com a figura daquela mulher. Ela sabia tudo sobre a família de Renato, mas nunca, em momento algum, foi vista frequentando a mansão ou nos poucos círculos sociais em que estavam envolvidos. Em sua mente, a pergunta não parava de surgir: Quem seria ela?

capítulo 6

❖◆❖

Na grande, bem-adornada e luxuosa sala de estar da mansão de Renato havia, sob a lareira, um grande quadro pintado a óleo trazendo a figura de linda mulher. Sua pele era clara, seus cabelos louros-escuros desciam em madeixas pelos ombros, suas mãos estavam postas uma sobre a outra, na qual reluzia no anelar da mão esquerda uma grossa aliança. Contudo, o que mais impressionava na imagem eram os olhos. Parecia que aqueles olhos, embora lindos e harmoniosos, não combinavam com o rosto. Mas aquele detalhe só os mais atentos poderiam notar.

Observando inebriado a linda mulher no quadro, Humberto deixava o tempo passar sem perceber. Berenice chegou à sala e o chamou à realidade:

– Não está na hora de ir estudar não, rapazinho? Já passa das sete!

— É que não consigo passar por aqui sem admirar um pouco a minha mãe. Como ela é linda! Pena que morreu tão jovem!

Berenice olhou para o rapaz com pena. As ilusões e as mentiras imperavam naquela casa. Para começar, Humberto não era filho de Helena e depois aquela foto, postada e adorada ali por todos os filhos, não era dela, mas de uma modelo qualquer que ninguém nem sabia a origem.

Quando Helena foi presa, para que ninguém soubesse a verdade dos fatos, além de contarem que ela havia morrido num trágico acidente, retiraram todas as fotos dela existentes na casa e trancaram-nas no cofre, cujo segredo só Renato sabia. À medida que as crianças foram crescendo, resolveram que elas não poderiam ficar sem a imagem de uma mulher que representasse sua mãe, por isso Renato mandou pintar aquele quadro e ensinou os meninos a verem e adorarem como se fosse Helena. Berenice nunca concordou com aquilo, mas nada podia fazer. Renato e Celina não queriam que as crianças vissem nenhuma foto verdadeira da mãe, pois um dia ela sairia da prisão e eles não desejavam que a reconhecessem.

Desfez daqueles pensamentos e abraçou Humberto com carinho:

— Sua mãe era realmente linda, mas se ficar aí a contemplá-la perderá o horário do cursinho. Só falta você entrar para a faculdade, e seu pai quer que seja médico, por isso trate de passar o mais rápido possível. Sua irmã faz Administração de Empresas e pensa em trabalhar para a família, Fábio começou Ciências da Computação, é a cara dele, não é?

Ambos sorriram e ela continuou:

– Falta você ser o médico da família. Olha que estou ficando velha, velho adoece muito, quero que você me consulte.

Humberto riu a gosto.

– Você está certa. Mamãe é linda, mas não posso me descuidar, vou dar o orgulho a papai de passar no primeiro vestibular de Medicina que fizer.

– Tenho certeza disso.

Humberto se foi segurando a pasta com o material e assim que ela ficou sozinha na sala, Celina apareceu:

– Estava ouvindo sua conversa com Humberto.

– Como sempre, não é, dona Celina? Não tem mais o que fazer não?

– Escute aqui, sua atrevida, veja como fala comigo. Sabe que aqui não passa de uma empregada.

– Escute aqui, você! Não é porque ficou solteirona que tem o direito de sair por aí derramando sua amargura nos outros. E não sou mera empregada, sabe disso. Se não continuar me tratando muito bem e a todos daqui, qualquer hora dessas revelarei tudo que sei a seu respeito.

Celina enrubesceu:

– Não precisa me ameaçar. Estava escutando a conversa com medo de que você dissesse alguma coisa e acabasse por revelar que Humberto foi deixado aqui na porta e não é filho verdadeiro de Renato.

– Não sei por que se preocupa com isso. Já disse que nunca falarei nada. Sei o trauma que poderia causar nele se soubesse disso.

— Você é muito confiada, sente-se no direito de palpitar na vida de todos aqui como se fosse uma de nós. Tenho medo que enlouqueça de vez e uma hora acabe falando a verdade.

Berenice afastou-se de Celina dizendo:

— Tenho mais o que fazer do que ficar aturando ataques de desconfiança de uma solteirona amarga. Aconselho você a curar essa secura. Ainda está bonita, dá tempo de encontrar um rapaz novo que a queira.

— Rapaz? Está maluca?

— E você acha que um homem da sua idade irá aturá-la? Só um rapaz novo, regiamente pago, é que faria essa caridade. Agora dê-me licença!

Berenice saiu com o nariz empinado, deixando Celina roendo-se de raiva:

— Um dia ainda acabo com essa ousada! Ah, se acabo!

◆

No outro dia pela manhã, Helena estava em casa sem saber muito o que fazer. Embora tenha aprendido a cozinhar na adolescência, depois que se casou com Renato, nunca mais entrara numa cozinha, e ela estava ali, em frente ao fogão sem saber o que fazer para comer. Resolveu, finalmente, fazer um pequeno lanche e ligar para o doutor Américo pedindo ajuda.

Às duas horas ligou para seu escritório e, por sorte, no mesmo instante sua secretária passou a ligação:

— Boa tarde, Helena, em que posso ser útil? Fiquei de passar aí para entregar todos os seus cartões bancários, mas ainda não tive tempo. Estou pensando em mandar meu *office-boy* entregar, algum problema?

– Nenhum problema, na verdade liguei para lhe pedir um pequeno favor. Como sabe não tenho nenhuma amiga aqui fora e só confio no senhor.

– Pode falar, sempre estou pronto para ajudar.

– Na verdade, estou me sentindo muito sozinha e sem saber direito como fazer as coisas. Essa casa é muito grande e não sei cozinhar. Gostaria que o senhor encontrasse para mim uma empregada que possa dormir no trabalho. Sei que é um homem muito ocupado, mas é a única pessoa com quem posso contar.

– Como disse, estou aqui para ajudá-la e não tenha receio de me pedir o que quer que seja. Cristina era uma cliente de quem eu gostava muito e, pouco antes de ser condenada, pediu-me que, além de cuidar do seu dinheiro, cuidasse também de você. E creia, você está com sorte, minha mulher estava comentando em casa que precisava encontrar emprego para a irmã de nossa governanta que é solteira, não tem filhos e está passando por dificuldades. Trata-se de uma excelente moça chamada Leonora que cuidava da mãe no interior, mas a mãe faleceu há pouco mais de um mês e ela está em nossa casa esperando surgir uma oportunidade de emprego. Tem procurado, mas está difícil encontrar. Creio que vai servir para você.

Helena alegrou-se:

– Mande-a vir aqui agora à tarde, quero conversar com ela, se gostar a contrato.

– Tenho certeza que gostará. Vou pedir que ela esteja ai às quatro horas.

Helena desligou o telefone, alegre. Não estava gostando de ficar sozinha naquela casa imensa. Às vezes, sentia um medo inexplicável sem saber de onde vinha, por outro lado sentia a necessidade de conversar, de ter uma amizade. A saudade dos filhos que não via há mais de vinte anos e a saudade de Renato que amava de todo coração por vezes era tão profunda e forte que ela parecia sufocar ou cair em um abismo sem fim.

Sem que ela percebesse, o espírito Cristina, encolhido a um canto da sala, vendo a amiga sofrer daquele jeito, foi se rastejando até que se encostou nela e, com dificuldade, a abraçou dizendo:

– Não quero vê-la sofrendo, minha amiga. Como sofro em vê-la assim tão triste! Você foi a pessoa mais honesta que já conheci em minha vida. Não quero que sofra assim!

A energia de Cristina estava tão negativa que, sem saber de onde vinha, Helena sentiu uma tristeza tão grande que não conseguiu conter grossas lágrimas que desceram por sua face. A angústia foi tão grande que Helena sentiu vontade de morrer.

Naquele instante, uma luz muito forte invadiu o ambiente e foi tomando forma. Um espírito luminoso em forma de mulher apareceu para Cristina e disse:

– Cristina, sei que sua intenção é ajudar sua amiga, mas desse jeito perceba que só a está prejudicando mais. Afaste-se dela e venha conversar comigo.

Cristina surpreendeu-se. Nunca, desde que se suicidara, ninguém viera falar com ela. Sabia que havia conseguido se matar, mas se surpreendeu ao perceber que a vida continuava e que naquele momento estava sofrendo muito mais que antes. Lembrou-se que havia acordado no meio de uma poça de lama onde outros espíritos suicidas, assim como ela, choravam, gritavam e gemiam. Sentiu horror daquele lugar e começou a mentalizar Helena, até que mentalizou com tanta força que viu-se arremessada para a casa que tinha sido dela no exato momento em que Helena chegava da penitenciária. Surpreendia-se, pois, que alguém viesse falar com ela. Olhou para a bela mulher e perguntou:

– O que deseja comigo? Estou perdida e quem se mata não tem salvação.

– Não pense assim. O que quero agora é que você deixe de abraçar Helena e não passe para ela todo o seu sofrimento. Não notou que, depois que começou a abraçá-la, seu estado emocional piorou? Se você quer realmente que sua amiga fique bem é preciso ficar bem primeiro.

Cristina tirou os braços dos ombros de Helena percebendo que realmente estava lhe fazendo mal. Caminhou lentamente em direção à mulher que pegou em suas mãos com suavidade e carinho e sentou-se com ela em um dos cantos da sala.

– Cristina, infelizmente seu ato de rebeldia ao se matar para não cumprir sua sentença ainda me impede de tirá-la daqui e levá-la a uma colônia de recuperação, mas fui autorizada a vir de vez em quando conversar com você. Um dia, quando se arrepender do que fez e pedir perdão sincero a Deus, sua energia vai melhorar e daí podemos seguir juntas a um local melhor. O que quero pedir é que não se aproxime de Helena enquanto estiver nessas condições. Vai aparecer nesta casa uma pessoa de muita evolução e quero que preste atenção em tudo que ela disser. Tudo que ouvir dela vai ajudar em sua recuperação.

Cristina ia perguntar alguma coisa quando a linda senhora fez sinal para que se calasse e finalizou:

– Não posso mais ficar aqui, meu tempo esgotou, mas sempre que precisar pode me chamar. Meu nome é Estela. Basta mentalizar o meu nome e eu virei, caso seja autorizada. Que Jesus a abençoe e lhe dê muita paz!

Cristina sentiu harmonia tão grande como nunca havia sentido nos últimos tempos. Contudo, assim que o espírito desapareceu no mesmo clarão que o fez surgir, ela voltou a se sentir mal e profundamente angustiada. Sua dor emocional e moral era tão grande que ela queria morrer, mas sabia que já tinha passado pela morte e não podia morrer mais, por isso sua angústia era muito maior daquela sentida na Terra. Voltou a se encolher num canto e recomeçou a chorar.

Assim que Cristina se afastou, Helena começou a melhorar. Levantou-se do sofá e foi ao banheiro lavar seu rosto, queria estar bem apresentável para quando Leonora chegasse. Abriu o guarda-roupas e vestiu uma das saias que havia comprado no dia anterior e uma blusa simples de alças também comprada junto com a saia, calçou singela sandália de couro adornada com pequenas flores amarelas que deveria ter sido de Cristina e voltou ao sofá onde, pensando nos filhos e em como eles estariam, depois de vinte anos, pôs-se a esperar.

capítulo 7

◆

No dia anterior, assim que Vera Lúcia chegou a casa, Celina tratou de interpelá-la:

– E aí? O que conversou com aquela assassina?

– Nada demais, apenas fui recebê-la, pois sabia que ninguém estaria lá.

Celina visivelmente contrariada disse:

– Mas você é mesmo teimosa. Como teve coragem de ir receber a assassina de nosso irmão?

– Você sabe que nunca acreditei que Helena tenha matado nosso irmão, por mais desavenças que tenham tido, conheço o caráter dela, tenho certeza de que foi outra pessoa e que ela pagou por esse crime inocentemente, enquanto o verdadeiro assassino ficou solto, gozando de liberdade. O mínimo que poderia fazer era esperá-la para desejar-lhe boa sorte nessa nova vida, o que não será fácil. Helena ficará marcada para sempre como assassina e ex-presidiária, a não ser que consiga descobrir o verdadeiro assassino.

Celina empalideceu. Aquilo não poderia acontecer sob hipótese alguma. Ela tinha sérios interesses em manter o verdadeiro assassino oculto para sempre. Passaram-se vinte anos e ainda não tinha conseguido seu objetivo. Pensava que, com Helena presa, conseguiria, mas até aquele momento nada havia acontecido do jeito que planejara.

Vendo que a irmã estava pálida e sentada na cama, Vera Lúcia perguntou:

– O que houve? Está passando mal?

– Não, apenas não desejaria que esta história fosse novamente remexida. Helena disse-lhe alguma coisa sobre tentar descobrir o verdadeiro criminoso?

– Disse sim. Disse que, além de descobrir a verdade, vai conseguir voltar a conviver com os filhos.

Celina enrubesceu de ódio:

– Isso não vai acontecer nem que eu tenha que matá-la.

Vera Lúcia assustou-se:

– Calma, minha irmã, nunca a vi assim. Sei que, embora fale, não tem coragem de matar ninguém, e pela sua reação sei que, assim como eu, sabe que não foi ela quem matou nosso irmão. Por que não faz como eu, e a ajuda a descobrir a verdade?

– Você prometeu isso a ela?

Vera Lúcia sabia quem era o assassino, mas não podia falar para a irmã, por isso disse:

– Prometi sim. Como disse, sei que não foi ela quem cometeu o crime, por isso quero ajudar para que a justiça seja feita.

Celina, completamente descontrolada, levantou-se da cama e gritou para a irmã:

– Pois, enquanto você ajudá-la, eu vou fazer de tudo para atrapalhar. Você sabe por que tenho todo o interesse do mundo que este assassino não seja descoberto e que Renato continue a pensar que Helena é a culpada.

– Sei muito bem dos seus interesses e me envergonho por eles. Você, sendo a tia de Renato, como teve coragem de fazer tudo o que fez? Não se envergonha não?

– Não me envergonho, pois tudo que fiz foi por amor e você deveria ter lutado para conquistar um amor também, afinal ficou solteirona e nunca provou o gosto de ser amada.

– Pois prefiro ficar sem esse gosto a ter provado da maneira como você provou – olhou com desdém para Celina e completou: – Se eu fosse você teria nojo de mim mesma.

– Você é uma solteirona amarga que vive agarrada à batina do padre Honório, nunca soube nem saberá o que é o verdadeiro amor, por isso não tenha nojo de mim, pois provei do que você nunca provou nem provará.

Vera Lúcia, vendo que aquela conversa terminaria igual às demais, em uma grande briga entre as duas, resolveu se calar e sair do quarto, deixando a irmã ruminando a raiva e perdida nos próprios pensamentos.

Olhou para o relógio de pulso e viu que já havia passado a hora do jantar. Naquele momento, seu sobrinho Renato estava, como sempre, trancado no escritório, sozinho, ouvindo músicas e pensando em Helena. Vera, embora estivesse com fome, sentiu pena do sobrinho e resolveu procurá-lo, pois sabia que ele estava ansioso por notícias da amada. Vera havia saído pela manhã e depois que deixara Helena em casa, havia passado na casa de algumas amigas, almoçado com elas e depois resolveram ir ao shopping e por fim assistirem a um filme. Por isso, ela só chegara em casa tarde.

Bateu de leve na porta do escritório e, como o som estava baixo, Renato ouviu e abriu a porta para que ela entrasse. Vera foi logo falando:

– Ela está linda, meu sobrinho, nem parece que o tempo passou e que ficou vinte anos presa. O rosto está mais maduro, mas a pele continua delicada, os olhos continuam expressivos e lindos, e o sorriso encantador que sempre teve continua em seu rosto. – Vera apertou o braço do sobrinho com força e suplicou: – Faça o que seu coração pede, procure por Helena, perdoe-a e sejam felizes. Traga-a para morar nesta casa novamente, conte toda a verdade e diga que não foi ela quem matou o Bernardo.

Renato emocionou-se e disse com a voz que a emoção entrecortava:

– Jamais poderei fazer isso, minha tia, por mais que ainda a ame como no primeiro dia que a vi. Jamais poderei desfazer a mentira que criei dizendo que a mãe dos meus filhos faleceu e de ter colocado aquele quadro de outra mulher na sala para que eles reverenciassem como se fosse a própria Helena. Depois, mesmo sabendo que ela não é a criminosa, como poderei provar? A não ser que a senhora fale a verdade.

Vera Lúcia entristeceu-se:

– Já lhe disse que não posso revelar o assassino. Eu estava na cena do crime, vi quem apertou o gatilho e matou meu irmão, mas, se eu disser, morro em seguida e seu filho Fábio também. Seria uma revelação que iria custar mais duas vidas. Não me importo tanto com a minha, já sou velha e não tenho muito mais o que viver, mas o nosso querido Fábio só tem 21 anos, é seu filho, por acaso quer que seu filho morra?

Renato esmurrou a mesa:

– Há de ter algum jeito de pegar esse assassino e poupar a vida de vocês. Ninguém é tão poderoso assim a ponto de estar acima do bem e do mal. Podemos dizer em secreto à polícia, armar uma armadilha e o pegar. O que não posso é viver daqui para frente sem saber quem é esta pessoa, que com certeza está no meio de nossas relações.

Vera Lúcia ficou nervosa:

– Pelo amor que você tem a seus filhos, jamais faça isso. Esse crime teve motivações complexas que você está longe de saber. Nem eu mesma sei de tudo, mas o que posso afirmar é que se o assassino for descoberto e preso, nem minha vida nem a vida de seu filho valerá um centavo. Estamos lidando com pessoas extremamente perigosas e não tenho dúvidas de que seu filho morrerá.

– Mas por que a senhora não diz pelo menos para mim e me tira dessa agonia?

– Meu querido, basta você saber que a mulher que ama é inocente. Procure-a e traga-a de volta para esta casa, faça com que ela recupere o tempo que perdeu injustamente. Sei que vai pensar e encontrará uma saída. Fique com Deus.

Vera saiu do escritório deixando Renato chorando baixinho. Como amava Helena! Daria tudo para fazer o que a tia estava pedindo, mas não sabia de que modo fazer. Por mais que tentasse não conseguia encontrar uma saída.

Renato foi ao aparelho de som e o desligou, depois voltou a se sentar na poltrona e lá ficou até madrugada, tentando, em vão, encontrar uma solução para o problema.

capítulo 8

Naquela noite, Vera Lúcia custou a dormir. Pensava em Helena e em como estava bonita, apesar de tantos anos presa, pensava em como Renato seria feliz se pudesse voltar a conviver com ela e por fim pensava nos sobrinhos que teriam a mãe de volta e poderiam ser felizes de verdade.

Por mais que ela, Celina e Berenice tivessem dado a eles todo carinho possível, ela sabia que no fundo sentiam carência da mãe. Como lhe doía o remorso por todos aqueles anos de saber a verdade e não ter dito.

Ficou horas rolando na cama e, quando finalmente dormiu, sonhou que estava andando por uma estrada lamacenta, e uma mulher de aspecto sujo e feio, com os cabelos desgrenhados, a alcançou, pegou em seu braço e disse:

– Que bom que pude encontrá-la hoje, Vera. Quero aproveitar o encontro para lhe mostrar a casa que você vai morar depois que morrer.

Vera, ansiosa e com medo, tornou:
– Não quero ver, por favor, deixe-me sair daqui.

A estranha mulher pareceu não se importar com o que ela disse e continuou a puxá-la pelo braço:
– Está pertinho, basta andar alguns passos.

Elas andaram mais um pouco e pararam de frente a uma choupana onde se podia ver cobras de diversos tipos entrando e saindo pelas frestas, bem como outros insetos que Vera nunca havia visto na Terra e que possuíam aspectos monstruosos.

Ela gritou:
– Não! Jamais morarei aí! Quero sair daqui agora.

A mulher ria sem parar e rodopiava em torno de Vera. Ao sentir que ia desmaiar, sentiu que duas mãos masculinas a ampararam e em questão de segundos já estavam num pequeno jardim iluminado, sentados em um banco.

Vera abriu os olhos e chorou muito ao reconhecer à sua frente a figura do irmão. Abraçou-o comovida:
– Meu irmão querido! Como pode ter me perdoado por não ter contado a verdade desde o início?

Bernardo, com semblante amoroso, disse:
– Já perdoei você há muito tempo, minha irmã. O que quero agora é que você conte a verdade sobre quem me tirou a vida na Terra. Se você não fizer isso, quando desencarnar, seu remorso será tanto que só terá aquela casa por morada.

Vera estava desesperada:
– Você, mais do que ninguém sabe que, se eu fizer isso as consequências serão as piores possíveis.

– Sempre existe uma maneira das coisas se resolverem. Acaso não acredita em Deus? Ele tem o poder de fazer todo o mal se reverter em bem e, se tivermos fé, o sofrimento pode ser banido de nossas vidas.

– Deus? Você sabe que nunca fui dada à religião, vivo colada ao padre Honório como passatempo e que eu saiba você também nunca foi religioso. Sempre se disse ateu. O que deu em você para ter mudado agora?

– O fato de durante a vida não ter acreditado em Deus, na força da espiritualidade, no poder da prece, foram alguns fatores que fizeram com que eu atraísse aquele assassinato para minha vida. Estou há 20 anos no mundo espiritual e aqui aprendi muitas coisas, algumas delas é que toda pessoa que deseja ter uma vida melhor na Terra ou em qualquer lugar do universo precisa cultivar a espiritualidade, desenvolver o hábito da prece, praticar o bem e procurar amar a si mesmo, a tudo e a todos sem distinção. Quando cheguei aqui assassinado fiquei perdido pelo umbral por mais de 5 anos, revoltado e querendo vingança. Eu não sabia que a única coisa que pode libertar o ser humano das amarras do sofrimento é o perdão. Só quando vi que era inútil viver como eu estava foi que me lembrei de Deus e pedi sua ajuda. Fui levado a uma colônia de luz e lá recebi tratamento, mas continuava me sentindo injustiçado pelo que tinha acontecido. Quando fui me recuperando passei a fazer cursos para entender como a vida funciona e descobri que ninguém é vítima de nada. Tudo que nos acontece é o resultado das nossas ações e pensamentos.

Vera Lúcia olhava-o intrigada:

– Mas você foi um homem muito bom enquanto vivo, embora tivesse suas desavenças com Helena, nunca lhe fez mal maior, por isso não merecia uma morte daquelas.

– Você fala que fui bom enquanto vivi, mas você está vendo apenas a última vida que tive. E antes? Será que fui bom nas vidas anteriores? Se o mal me atingiu foi porque eu certamente fiz o mal em vidas passadas e trazia pesados compromissos na consciência. Foi pela necessidade de harmonizá-los que atraí o assassinato.

Vera perguntou:

– Quer dizer, então, que o assassino teve razão em matá-lo?

– O assassino foi um instrumento das Leis Divinas para que a justiça fosse feita, embora ele tivesse livre-arbítrio e pudesse ter escolhido não cometer esse crime. Mas já que o fez, a lei de justiça aproveitou sua tendência ao crime para fazer com que eu me livrasse da culpa que carregava.

– E Helena? Por que foi presa inocente?

– Esse é outro assunto que conversarei com você em outra oportunidade.

Vera ia fazer outra pergunta quando Bernardo levantou-se do banco, abraçou-a e tornou:

– Vamos voltar.

Em pouco tempo estavam no quarto dela. Bernardo colocou Vera de volta ao corpo que, sobressaltada, acordou.

– Que sonho estranho tive! Sonhei que o Bernardo me salvava de um lugar sinistro, lamacento...

Ela tentava em vão se lembrar do sonho em sua totalidade, mas não conseguia. Só podia se lembrar que o irmão dissera que a havia perdoado por não ter revelado a identidade do assassino. Doce harmonia penetrou em seu coração, mas o resquício de culpa que ainda mantinha na alma a fez, pela primeira vez, recorrer à prece para que Deus pudesse ajudá-la.

capítulo 9

De acordo com o combinado com Dr. Américo, Leonora chegou à casa de Helena pontualmente às 16h. Como ela ainda não tinha empregados, foi pessoalmente receber a moça no portão, e de imediato sentiu grande simpatia por ela.

Leonora era jovem, negra, com os cabelos encaracolados presos por gracioso laço de fita. Vestia-se com um vestido simples de algodão com motivos floridos e trazia nos pés uma sandália de couro igualmente simples.

Após os cumprimentos, Helena pediu que ela entrasse. Depois que se acomodaram no sofá, Leonora começou:

– Vim por recomendação do Dr. Américo. Minha irmã Áurea trabalha na casa dele há mais de 20 anos. No interior, eu cuidava de minha mãe que estava muito doente, mas ela morreu e eu decidi vir para São Paulo procurar trabalho.

– Você não tem mais irmãos em sua terra natal? – perguntou Helena, gostando da forma simples e sincera com que a moça se expressava.

– Sim, tenho mais duas irmãs e um irmão, mas vivem em dificuldades financeiras, não queria ser mais um peso para eles. Gosto de trabalhar, valorizo muito uma ocupação onde possa ganhar dignamente meu dinheiro. Antes de mamãe adoecer eu trabalhava na função de doméstica, mas não pude continuar. Devido à doença dela e ao fato de ser a única solteira da família, me coube cuidá-la.

– Você fez certo. É um dever sagrado cuidar de nossos pais tanto na velhice quanto na doença.

– Sim, concordo, mas, mais que um dever, é uma oportunidade de retribuir todo amor, carinho e dedicação que eles tiveram conosco durante tantos anos.

Helena percebia que estava falando com uma pessoa diferente. Aquela moça, apesar de bastante jovem, possuía sabedoria, olhar firme, penetrante, era muito segura ao se expressar e transmitia muita confiança.

– Leonora, eu quero que você me ajude a cuidar desta casa e cozinhe para nós duas. Acha que sozinha tem condições de fazer a limpeza e cozinhar?

– Pelo que estou vendo é uma casa grande, mas não tão grande a ponto da senhora contratar mais pessoas. Posso fazer o almoço durante a manhã, à tarde cuido da limpeza e no final do dia faço o jantar. Sei que sou capaz de dar conta de todo esse serviço sozinha.

– Muito bem, está contratada. Você sabe que deverá dormir no serviço?

– Sei sim e agradeço muito. Gostava da casa do Dr. Américo, mas lá me sentia inútil, embora ajudasse muito minha irmã, mas sabe como é casa de rico, tem empregado para tudo. Gostei dessa casa e...

De repente, Leonora parou de falar e seu rosto foi atraído pela figura de Cristina que, encostada no mesmo canto de sempre, observava as duas conversando. Leonora sentiu energia negativa muito grande vindo daquele espírito, mas não se deixou abalar. Em segundos, elevou o pensamento ao alto e pediu proteção. Logo estava se sentindo bem, tanto que Helena não notou:

– Como estava dizendo, gostei muito desta casa, mas acho que a senhora deveria cuidar do jardim e deixá-lo muito verde e florido. A natureza ajuda a vivermos melhor.

Helena perguntou curiosa:

– Você segue alguma religião? Desde que entrou senti uma sensação muito boa que não sei explicar.

– Sou espírita há muitos anos.

– Espírita?

– Sim. É uma doutrina que fala de reencarnação, vida após a morte, mediunidade, dentre outras coisas.

– Conheço muito pouco. Antes de ser presa, tinha algumas amigas que seguiam esta religião, mas depois do que me aconteceu sumiram. Elas iam a terreiros e faziam despachos.

– Desculpe-me, dona Helena, mas isso não é Espiritismo.

– Não? Mas elas diziam que era.

– A ignorância existe ainda sobre este aspecto. Há várias religiões que, a depender do caráter dos médiuns, fazem trabalhos de magia, dentre elas a Umbanda e o Candomblé, embora essas duas religiões não tenham por objetivo apenas esses trabalhos, mas, ainda assim, não têm nada a ver com o Espiritismo.

– Você deu um nó na minha cabeça.

Leonora riu:

– É comum isso acontecer com quem não conhece a Doutrina Espírita. Mas posso garantir que no Espiritismo não há trabalhos de magia, despachos, leituras de cartas, jogos de búzios, nem trabalho algum de adivinhação. Mas outra hora eu explico isso melhor. A senhora me disse que foi presa. O que aconteceu?

Os olhos de Helena brilharam emotivos. Sentia tanta confiança em Leonora, embora a tivesse conhecido há menos de uma hora, que resolveu abrir toda a sua vida. Contou como conhecera Renato, falou acerca do casamento, da chegada dos filhos e da morte do Dr. Bernardo, a causa de sua infelicidade. Narrou tudo o que lhe havia acontecido na prisão e até falou de Ester, a mulher misteriosa que prometera lhe ajudar. Ao final estava chorando muito, principalmente com saudade de Andressa e de Fábio.

– É muito difícil para uma mãe passar por tudo o que passei, mas tenho um plano e com certeza voltarei a conviver com eles.

Como Leonora ouvia com muita atenção, Helena foi contando tudo o que Ester havia lhe proposto e finalizou:

– Não acha uma ideia genial?

– Muito! Acredito mesmo que seja a única maneira da senhora conviver com seus filhos e reconquistar o amor de seu marido até que o assassino seja descoberto.

– Sabe, Leonora, eu não consigo entender por que tudo isso me aconteceu. Nunca fiz mal a ninguém, estava tão feliz com minha família, com meu casamento... Sei que vocês espíritas acreditam na reencarnação. Será que existe uma explicação para tudo que passei?

– Sempre há explicação para tudo neste mundo. As Leis de Deus nunca erram. Se a senhora passou por tudo isso sem nunca ter feito mal a ninguém nesta vida, a causa está em outra. A senhora pode ter cometido um crime em sua vida passada que ficou impune, e outra pessoa inocente pagou em seu lugar, agora recebeu o resultado de sua ação.

– Mas isso é muito injusto – disse Helena revoltada. – Se eu fiz o mal não me lembro mais. É justo ser cobrada por uma coisa que a gente não se lembra?

– A justiça divina é perfeita. A senhora pode ter esquecido, mas o crime ficou em sua consciência pedindo reajuste. Seu espírito só voltaria a se sentir bem depois que tivesse resgatado seu erro. E também há outra coisa que devemos considerar. O resgate de um erro do passado não é apenas para que possamos pagar pelo que fizemos. O resgate visa principalmente ao aprendizado e à evolução na vida presente. Tenho certeza que a senhora aprendeu muitas coisas nesses anos em que ficou presa e longe de sua família. Posso garantir que hoje é uma nova pessoa.

Helena, por cerca de um minuto, meditou profundamente no que Leonora dissera e percebeu que ela falava a verdade. Ela desenvolvera a paciência, a resignação, conhecera histórias de pessoas que haviam sofrido muito mais que ela e aprendera a valorizar muito mais a família. Seria essa a lição que a vida queria lhe ensinar?

– Realmente aprendi muitas coisas, mas será que só sofrendo é que aprendemos a evoluir?

– Não, senhora. Antes que a dor chegue, a vida coloca em nosso caminho muitas oportunidades de aprendizado pelo amor. Tenho certeza que em sua vida não foi diferente. Se a senhora tivesse aprendido antes a lição que precisava aprender, tenho certeza que Deus a teria poupado desse sofrimento.

– Então, tudo só depende de nós?

– Sim, nossa vida está em nossas mãos. Por isso, devemos procurar aprender com todos os sinais que Deus nos manda todos os dias. Uma frase bonita que ouvimos, uma história tocante de alguém que errou e se arrependeu, as leituras evangélicas em que é ensinado o amor, o perdão, a paciência, um livro interessante que nos toca a alma, uma palestra edificante, tudo isso é Deus nos chamando para evoluir pelo amor. Muitos seguem o que escutam e leem e por isso são poupados de muitos sofrimentos.

– Quero conhecer o Espiritismo, você me ajuda?

– Tenho alguns livros que ajudarão muito a senhora, lhe farão muito bem.

A conversa seguiu animada por mais alguns minutos até que Leonora despediu-se para voltar mais tarde com sua bagagem.

capítulo 10

❖

Quando Leonora voltou, Helena a ajudou a arrumar suas roupas e seus outros pertences no quarto, depois foram para a cozinha e, enquanto Leonora fazia uma deliciosa sopa, Helena perguntava sobre o Espiritismo, ao que a moça respondia com alegria e muita sabedoria.

Era tarde quando se recolheram.

Helena dormiu rápido e sonhou. Estava numa sala de uma casa pobre e sem nenhum adorno, esperando ansiosamente por alguém. De repente uma moça jovem e bonita, vestida modestamente, surgiu de um pequeno corredor e, olhando para ela, assustou-se:

– Senhorita Helena? O que deseja aqui?

– Vim dizer que você extrapolou todos os limites. Não terei mais paciência com você. Você sabe que amo Renato e que ele me ama. Por que teima em atrapalhar nossa relação?

A outra, refeita do susto, então a olhava com altivez:

— Mas eu o amo mais que você e mais do que qualquer pessoa neste mundo. Pensa que só porque sou pobre e fui empregada da família dele, irei me conformar em perdê-lo? Lutarei até o fim, vocês nunca serão felizes juntos. Pensa que a felicidade foi feita só para você? E meus três filhos que tenho com Renato? Viverão para sempre à margem da sociedade? Farei o maior escândalo no dia de seu casamento e impedirei que se unam.

Helena estava impaciente e com raiva. Amava Renato, estava prometida a ele desde criança. Por que Renato fora se envolver com aquela criadinha e ainda teve três filhos com ela? Se a sua criada Berenice não a tivesse avisado, aquela mulherzinha infeliz iria impedir seu casamento. Mas isso ela não iria permitir. Olhou para a rival e disse:

— Estou lhe dando a última chance. Trouxe comigo esse saco de ouro que te permitirá ir embora daqui para sempre e criar seus filhos com conforto para o resto da vida. Aceite e me deixe ser feliz.

A outra desdenhou:

— Meus filhos têm pai, mas ele os abandonou à própria sorte desde que noivou com você. Não quero seu dinheiro sujo. Quero reparação do que Renato me fez, quero que ele assuma os filhos e a mim.

Helena gargalhou maldosamente:

— E você acha que o senhor Bernardo vai permitir que ele se case com uma criada pobre e miserável feito você? Faz-me rir. Muito menos vai deixar que o filho assuma filhos bastardos, gerados em relações imorais.

A outra a desafiou:

— Quer pagar para ver?

— Não, realmente não quero. Por isso, seu fim chegou.

Rapidamente, Helena sacou uma arma que trazia por baixo do manto negro e deu três tiros na jovem que tombou morta na hora. Cobriu-se com um capuz ainda a tempo de ver três crianças chegarem à sala chorando e chamando a mãe que não respondia.

Escondida no escuro da noite, Helena foi se esgueirando até que saiu do bairro pobre e foi andando nervosa até que entrou num palacete. Foi à ala dos empregados e bateu em uma das portas. Leonora atendeu:

— O que aconteceu, senhora?

— Leonora, você é minha única amiga. Estou desesperada. Acabei de cometer um crime.

A criada assustou-se:

— Crime? Logo a senhora que é a pessoa mais bondosa que conheço?

— Não sou tão bondosa assim, Leonora. Acabei de matar uma pessoa.

Leonora ouviu tudo que a sua senhora contava e se horrorizou. Ao final disse:

— A senhora precisa confessar o que fez. É a única maneira de ser perdoada.

— Não posso, não tenho coragem. Posso perder Renato.

— É melhor perdê-lo do que macular sua alma e ter que um dia voltar para pagar seu erro.

— Você acredita mesmo que as almas voltam para viver de novo na Terra?

– Acredito e se a senhora não pagar pelo seu crime agora, certamente pagará em outra vida, de maneira muito pior.

Helena pensou um pouco e disse:

– Não posso arriscar perder o homem que amo.

– Então, senhora, só tenho a lamentar e orar pela sua alma. Mas uma coisa a senhora terá que fazer. Deverá voltar lá e buscar aquelas crianças e criá-las como se fossem seus filhos.

– E por que faria isso?

– Para começar a se redimir do mal que fez. Se não fizer isso nunca será feliz com Renato.

Helena sentiu um arrepio. Não sabia por que, mas sentia que o que Leonora dizia era verdade.

– Mas como fazer para voltar lá? Vão suspeitar de mim.

– Não sei como a senhora fará isso, mas encontre uma maneira. A senhora deve isso a eles.

Helena abraçou a criada e foi para seu quarto luxuoso, mas não conseguiu dormir.

◆

Helena sentiu o coração disparar e acordou gritando assustada. Acendeu a luz do abajur, levantou-se da cama e foi bater no quarto de Leonora que acordou igualmente assustada.

– O que aconteceu, senhora?

– Tive o sonho mais real de minha vida. Tenho certeza que sonhei com minha reencarnação passada.

– Não estará influenciada por tudo o que conversamos hoje?

– Não, não estou. Foi tão real que já sei por que fui presa nesta vida. Eu fui uma assassina na vida passada. Matei uma jovem que tinha caso com Renato. Eu era a noiva dele e ela ameaçava não deixar meu casamento acontecer. Ela tinha três filhos com ele.

– E quem foi a jovem que a senhora matou?

– Você não vai acreditar. Mudou de corpo com a reencarnação, mas com certeza foi...

Helena contou quem ela havia matado e Leonora ficou estarrecida. Teria sido essa pessoa que, agora, num novo corpo, havia matado Bernardo para incriminar Helena? Mas era muito improvável.

Helena disse nervosa:

– Se foi essa pessoa quem hoje matou o senhor Bernardo eu não quero mais me vingar, vou deixar que viva sua vida livre e feliz. Colocarei meu plano em prática, mas não mais entregarei ninguém à polícia.

Leonora ponderou:

– Mesmo que a senhora tenha tido essa revelação, deve entregar a pessoa à polícia sim. O que essa pessoa deveria ter feito hoje é tê-la perdoado pelo mal causado. As Leis Divinas encontrariam uma maneira da senhora reajustar seu crime perante elas sem a necessidade de que alguém matasse para incriminá-la. Essa pessoa precisa aprender a respeitar a vida e a perdoar.

– Não sei o que farei, estou confusa.

– Vamos orar e pedir a Deus que nos ajude e conforte. Quando estamos indecisos com algo, o melhor a fazer é ficarmos quietos. Na hora melhor, o caminho se abre e sabemos qual decisão tomar.

Helena abraçou-se a Leonora e chorou sentidamente. Quando estava mais calma, após ter tomado delicioso chá de cidreira que Leonora preparara, foi se deitar. Rapidamente adormeceu, dessa vez sem sonhos.

capítulo 11

◆

Celina estava sentada no sofá da sala, extremamente pálida. Aquilo não podia estar acontecendo. Para se certificar de que não estava sendo vítima de uma ilusão, abriu novamente a carta que tinha nas mãos e releu:

"Querida Celina,

O motivo desta carta é muito simples de explicar. Depois de vinte anos presa, sem nenhum recurso que me ajudasse a ter saído mais cedo, finalmente volto à vida e exijo também voltar a conviver com meus filhos.

Sei que essa minha ideia deve desagradá-la, como a todos desta casa, mas não vou desistir. Quero que você, Renato, Vera Lúcia, Berenice, Duílio, Osvaldo, Letícia, Bruno e Morgana compareçam à minha casa hoje à noite para um jantar especial. Quero que todos compareçam, não aceito recusas. Devo revelar que já sei quem é o assassino do Dr. Bernardo. Estou chamando vocês a esse jantar para um acordo. Caso não venham ou não aceitem o que eu determinar, revelarei o verdadeiro assassino à polícia, pois tenho provas.

Estejam todos em minha nova casa pontualmente às 21h. Segue abaixo o endereço.

Abraços

Helena"

Celina ficou rubra com a leitura da carta. Como aquela mulherzinha ousava desafiá-los daquela maneira? Pretendia embolar a carta em suas mãos quando pensou melhor. E se ela realmente tivesse descoberto o assassino? Se o revelasse à polícia? Tudo naquela casa mudaria e ela voltaria a reinar absoluta. Aquilo não poderia acontecer. Não depois de todo esforço que todos ali fizeram para mantê-la presa durante aqueles anos. Teriam que entrar em acordo com aquela mulher, mas como?

Quando decidiu ir ao escritório mostrar a carta a Renato, viu Vera Lúcia descendo as escadas.

– Venha cá, rápido. Olhe só o que sua amiguinha está querendo fazer.

Vera pegou a carta e leu. Seus olhos mostraram um misto de preocupação e alegria ao mesmo tempo:

– Fico muito feliz que Helena tenha descoberto a verdade. Agora tudo ficará esclarecido e ela poderá viver ao lado dos meninos e de Renato.

– Como ousa dizer isso? Enlouqueceu de vez? Helena nesta casa nunca mais. É isso que ela está querendo, tentar um acordo para voltar a viver aqui.

Vera Lúcia ponderou:

– Mas você não vê que é o melhor que pode acontecer? Eu jamais acreditei que Helena tivesse tirado a vida de meu irmão. Torço para que a justiça seja feita, e o assassino seja descoberto e pague pelo seu crime, a não ser que tenha sido você.

Celina bradou:

– Como ousa insinuar que eu tenha matado meu próprio irmão?

– Sei o que estou dizendo, pode ser mesmo você. Quem sabe você pensou que se Helena fosse presa você teria a liberdade para realizar seu sonho asqueroso?

– Eu posso ter esse sonho asqueroso, como você costuma chamar, mas jamais mataria meu irmão para realizá-lo. Sou incapaz de matar. Já você...

– Que tem eu?

– Sempre se portando de boazinha, de compreensiva, de amiguinha de Helena... Não será remorso porque você mesma foi a assassina e ela pagou pelo seu crime?

Vera Lúcia riu:

– Só você mesmo para imaginar uma coisa dessas. Não tenho nenhum motivo para ter matado Bernardo, ao contrário, sua morte me chocou muito, pois muito o amava e, por ter a certeza que não foi Helena, estou torcendo para que o culpado apareça e seja punido. Nem que esse culpado seja você.

Celina resolveu se calar. O que havia dito fora um disparate. Vera realmente não tinha motivos para matar o irmão. Era boa demais para cometer um ato daqueles sem motivo algum. Mas o assassino não poderia aparecer. Aquilo frustraria todos os seus planos. Olhou para a irmã dizendo:

— Acompanhe-me até o escritório de Renato. Ele vai saber o conteúdo desta carta e decidir o que fazer.

Foram até lá, bateram e entraram. Como sempre, naquele horário, Renato estava ouvindo as músicas que marcaram seu tempo de casado com Helena. Quando as tias entraram, desligou rapidamente o aparelho e perguntou:

— Aconteceu algum problema com as crianças?

— Não, as crianças estão bem. O problema é este.

Celina passou a carta para as mãos do sobrinho que leu e à medida que se inteirava do conteúdo empalidecia. Renato tinha medo daquele reencontro. Temia não conseguir conter seus impulsos, tomar Helena nos braços e dizer que a amava, como sempre. Mas, pelo que ele via, era irreversível aquele instante.

— Vocês querem uma solução? Pois eu dou. Vamos todos a esse jantar.

— Mas não vê que ela está nos chantageando? — gritou Celina de forma histérica. — O que essa mulherzinha quer é nos atormentar, tirar nossa paz, principalmente a sua. Nunca gostei dela, desde que a vi pela primeira vez. Sabia que traria desgraça para nossa família, como realmente aconteceu. Por fingir que gostava dela e tê-la apoiado, contribuí para que o mal entrasse em nossas vidas.

— Acalme-se, tia — disse Renato tentando conter o nervosismo. — Precisamos ir lá. E se ela não estiver blefando? Se estiver dizendo a verdade quando fala que descobriu o assassino? Não será pior para nós?

Vera Lúcia interveio:

– Eu não acho pior, meu sobrinho. Acho que esse crime deve logo ser desvendado para o bem de todos.

– Você não sabe o que diz, Vera – tornou Celina, indignada. – Como vamos dizer aos nossos sobrinhos que mentimos para eles a vida inteira dizendo que a mãe morreu? Como justificar aquele retrato pintado a óleo, única imagem que sobrou da mãe deles e que eles veneram como se fosse uma santa? Depois ela diz na carta que o assassino é um de nós, um dos membros da família. Se esse criminoso for descoberto, será nosso fim.

Renato começou a andar de um lado a outro do escritório, passando as mãos pelos cabelos num gesto nervoso:

– Por isso digo que é melhor ir e ver o que ela quer.

Celina estava desesperada:

– Essa mulher é perigosa, ela quer destruir nossa paz, destruir a vida dos próprios filhos que são adolescentes de bem com a vida, resolvidos.

– Mas eles vivem numa mentira, minha irmã – tornou Vera Lúcia, encostando-se na irmã e alisando seu braço com carinho. – Nossos sobrinhos estão bem, mas ninguém pode estar realmente bem convivendo com a mentira. Tenho tanta pena deles... Também tenho pena de você, Renato, que passou vinte anos na solidão, chorando a saudade da mulher que ama. Não estará na hora de ser feliz?

Celina se calou com ódio da irmã. Renato disse nervoso:

– Eu não posso amar essa mulher nem ser feliz com ela. Vou me casar com Letícia, todos aqui sabem disso.

– Nem Letícia mais acredita nisso. Você é frio e indiferente com ela. Já a conhecia antes de conhecer Helena, deixou-a para se casar com ela e mesmo depois de vinte anos, após terem marcado e remarcado a data, esse casamento nunca aconteceu. Pare de se enganar, meu sobrinho. É Helena quem você ama de verdade.

– Cale-se, tia Vera! Vamos chamar Berenice e Osvaldo, comunicar-lhes do jantar, pedir que se preparem e que avisem a Duílio. Eu mesmo ligarei para o Bruno e pedirei que ele avise a Morgana e a Letícia. Iremos entrar em acordo com ela, um dia isso teria que acontecer.

Ao ouvir aquilo Celina soltou um grito histérico e saiu correndo, batendo a porta do escritório. Ao ficar sozinha com o sobrinho, Vera disse:

– É melhor que se acerte com Helena, traga-a para esta casa e tente conviver bem com ela. Esqueça esse assassino.

– A senhora não vai mesmo me dizer quem é?

– Não posso! – tornou Vera Lúcia trêmula. – Já lhe disse que eu e seu filho corremos perigo de vida caso eu revele sua identidade.

Renato esmurrou a mesa:

– Mas quem é esse ser tão poderoso, detentor da vida de dois seres humanos? Vamos entregá-lo à polícia que o deterá e tudo ficará resolvido.

– Não podemos. Eu posso até arriscar minha vida, mas não posso de jeito algum pôr a vida de Fábio em risco. Meu Deus, para que fui presenciar aquela cena? – Vera sentou-se e começou a chorar sentidamente.

Renato, vendo que a tia estava realmente angustiada e com medo, disse:

– Acalme-se, tia Vera, a senhora não pode ficar nervosa. Para que fui dizer isso?

Vera continuava a chorar dizendo entre soluços:

– Deus é testemunha que o que mais desejo é dizer a verdade, desde que Helena foi presa e nada pude fazer para salvar uma inocente. Não ligo mais para minha vida, estou velha, posso morrer que não farei falta, mas não posso expor a vida de meu sobrinho, tão lindo, tão jovem, com toda uma vida pela frente.

– Compreendo, tia, e posso avaliar sua angústia. Mas infelizmente não posso fazer o que me pede. Colocar Helena aqui novamente será um transtorno. Não viu como Celina saiu daqui? O que direi a meus filhos? O que direi para Letícia?

– Para tudo há uma solução. Só quero que você ajude Helena a recuperar a convivência com os filhos, recuperar o seu amor.

– Não quero falar sobre isso agora. Faça-me o favor de chamar a Berenice aqui, quero conversar com ela.

Vera Lúcia, mais calma, saiu e em poucos minutos Berenice entrou. Quando ouviu todo o conteúdo da carta lido por Renato, concordou imediatamente em ir ao jantar com o marido, só restava ligar para o filho Duílio.

Mas a aparente calma demonstrada no escritório acabou completamente assim que ela saiu de lá e entrou na cozinha.

As cozinheiras não perceberam seu nervosismo. Ela tomou um copo com água e foi ao jardim ligar para o filho. Quando Duílio atendeu o celular ela disse:

– Meu filho, o pior aconteceu!

– O que foi, mãe? Assim me assusta.

– Helena está convocando todos nós para um jantar na casa dela. Mandou uma carta para Celina dizendo saber quem é o assassino, e se não fizermos um acordo com ela o entregará à polícia, pois possui provas.

Duílio ficou calado durante alguns segundos, demonstrando nervosismo com a notícia. Logo se recompôs e disse:

– Não acredito que essa mulher tenha descoberto nada. Está blefando.

– Você quer pagar para ver? – disse Berenice nervosa.

– Não, não quero. Mas eu não sou assassino, nunca matei ninguém e a senhora sabe muito bem disso.

– Não tenho tanta certeza. Conheço-o, meu filho, e sei que sempre foi ambicioso. O Dr. Bernardo impedia seu crescimento na empresa. Com sua morte você ficou rico. Tinha tudo para matá-lo.

Duílio, irritado e ofendido, revidou:

– Nunca matei ninguém, mas pelo seu nervosismo pode perfeitamente ter sido a senhora ou papai para ter me favorecido na empresa.

Berenice irritou-se:

– Como tem coragem de dizer que sua mãe seja uma assassina? Perdeu o respeito?

– Não a estou desrespeitando ou ao papai, mas isso pode ter acontecido e não a condenarei.

– Mas não fui eu nem seu pai quem matou o Dr. Bernardo, e vamos encerrar esse assunto. Esteja na casa dela às 20h em ponto e, por favor, não leve Pâmela nem Zelí, a mãe dela. Não foram convidadas.

– Você não gosta mesmo de minha mulher, não é?

— Não, adoro sua mulher. Quem não suporto nem um pouco é Zelí, sua sogra. Coitada de Pâmela, não merece a mãe que tem.

— Tudo bem, estarei lá na hora certa, não tenho o que temer. Passe-me o endereço.

Duílio chegou a seu luxuoso apartamento muito nervoso. Zelí e Pâmela estavam entretidas na sala assistindo a um programa de TV, mas Zelí não deixou de notar:

— Seu marido passou pela sala e nem nos deu boa noite. O que será que aconteceu? Terá brigado com a amante?

Pâmela irritou-se:

— Por que a senhora sempre tem que me pôr para baixo?

— Não quero colocá-la para baixo, mas todo homem casado tem uma amante. Por que só o seu não haveria de ter?

— Não compare meu marido ao papai que vivia lhe traindo e a senhora sempre fazendo escândalos. Duílio é fiel e há muitos homens fiéis nesse mundo.

Zelí soltou sonora gargalhada:

— Como é ingênua, nem parece minha filha.

— Não pareço e nem quero parecer. Vou ao quarto ver o que meu marido tem.

Zelí deu de ombros, levantou-se e foi se olhar no grande espelho da sala em formato esferográfico. Era uma senhora de mais de cinquenta anos, morena, de pele muito bem cuidada, de forma a não parecer ter aquela idade. Cabelos cortados muito curtos, "na ponta da orelha" como ela costumava dizer, possuía olhos negros, cínicos e indagadores. A única coisa que revelava um pouco sua idade era o corpo um tanto fora de forma. Zelí vivia com a filha e Duílio desde que o marido finalmente e após muito apanhar, resolveu ir embora para sempre de São Paulo. Fazia quatro anos que ela se instalara no apartamento tirando muito a privacidade do casal. Fazia confusão com os vizinhos, reclamava de tudo, metia-se em confusões na portaria, caluniava a vida alheia e estava, naquele momento, respondendo a dois processos.

De súbito, percebeu que estava perdendo tempo mirando-se no espelho e correu para a porta do quarto da filha, colocando fixamente o ouvido na fechadura para ouvir o que diziam.

No quarto Duílio tirou a camisa e a calça, enquanto Pâmela massageava suas costas.

– Até quando a sombra desse crime vai rondar nossas vidas?

– Não sei – tornou ele, em tom grave. – Nunca matei uma mosca, mas podem querer me incriminar.

– Principalmente porque você... – Pâmela ia falar algo comprometedor quando Duílio tapou sua boca rapidamente:

– Não fale nada agora. Com certeza sua mãe está com o ouvido atrás da porta ouvindo tudo. Termine essa massagem, pois quero estar muito relaxado. Não sei o que ouvirei neste jantar.

Pâmela prosseguiu tentando relaxar o marido, enquanto Zelí, que nada de concreto conseguira escutar, irritada, voltou para a sala onde continuou assistindo a seu programa predileto.

capítulo 12

O clima na casa de Bruno não era diferente do clima existente na casa de Duílio. Sua esposa Morgana, excessivamente arrumada, esperava a filha Letícia que ainda estava no quarto, para seguirem à casa de Helena.

— Você acha realmente que ela descobriu a verdade? Estou com medo, não quero que minha filha seja presa. Não poderei suportar ver minha menina atrás das grades de uma prisão – exasperou-se Morgana, torcendo as mãos cheias de anéis.

— Se alguém ouve você dizer isso, vai achar que foi nossa filha quem matou o Dr. Bernardo, e nós sabemos que não foi – ponderou Bruno.

— Eu sei, mas naquela noite aconteceu aquele fato que pode incriminá-la. Se Helena descobriu, nossa filha está perdida.

Bruno sentiu seu nervosismo aumentar. Era verdade. Letícia podia ser incriminada por algo que havia acontecido vinte anos antes e que poderia colocá-la como principal suspeita, caso fosse descoberto.

A conversa foi interrompida pela chegada de Letícia que apareceu na sala. Pelo rosto, os pais notaram que ela estava igualmente nervosa e preocupada.

Letícia havia sido noiva de Renato na juventude, mas ele terminara o noivado para se casar com Helena. Ela sentiu muito ódio e, num gesto tresloucado, quase fez uma grande bobagem que, se fosse hoje descoberta, a colocaria como uma das principais suspeitas do crime.

– Melhor abrir mais esse rosto. Está visivelmente preocupada, e caso Helena tenha descoberto seu segredo, terá que fingir ao máximo para tentar enganá-la. Com essa cara mostra logo que tem culpa no cartório – disse Morgana, preocupada.

– Não consigo. Se ela descobriu mesmo o assassino, estamos todos perdidos, principalmente eu.

– Mas nós não fizemos nada.

– Mas podemos ser acusados de cúmplices. E depois, não sei até que ponto posso confiar na inocência de vocês. Você, papai, vivia sonhando com a morte do seu sócio para poder comandar com mais liberdade a empresa e mamãe o estimulava muito. Lembro-me das várias vezes que ela o estimulou a matá-lo.

Morgana ruborizou:

– Não repita isso nem em pensamento! Quer nos colocar numa situação sem saída? Depois, nós é que não podemos confiar em sua total inocência. Você nos afirmou que não fez nada do que pensava fazer, mas com o ódio mortal que tinha por Helena, pode ter cometido o crime só para vê-la longe de Renato.

Letícia começou a chorar dizendo:

– Como podem duvidar de mim? Sou inocente! Vocês sabem que não seria capaz de matar ninguém.

– Sei como são as mulheres quando feridas no orgulho. São capazes de tudo.

Como Letícia não parava de chorar, borrando toda a maquiagem, Bruno irritou-se ainda mais:

– Agora mais essa. Uma mulherona de quase quarenta anos que não passa de uma criança mimada. Faça-me o favor de parar de chorar, lave esse rosto e retoque sua maquiagem em menos de cinco minutos. Não podemos e nem quero chegar atrasado a esse maldito jantar.

O tom áspero e imperativo do pai fez com que Letícia levantasse e se dirigisse ao toalete. Enquanto lavava o rosto e retocava a maquiagem, admirava sua face que ainda era bela, apesar da idade. Era uma mulher branca, alta e magra. Na adolescência, pensou em seguir carreira de modelo, mas o noivado com Renato a fez desistir do sonho. Amava-o muito e o sonho de ser sua mulher, dona de seu lar, mãe de seus filhos era maior do que qualquer carreira. Mas seu sonho frustrado a fazia sofrer desde então.

Cinco anos após a prisão de Helena, Renato a procurou, querendo retomar a relação. A felicidade tomou conta de seu coração e ela viu a oportunidade de voltar a ser feliz e realizar tudo que sempre sonhou. Mas aquele sonho parecia ficar a cada dia mais distante. Renato e ela voltaram a se encontrar, amaram-se inúmeras vezes, mas ele nunca levara adiante a ideia de casar novamente.

Pouco a pouco, Letícia descobriu que Renato continuava a amar a esposa. Mas seu amor falou mais alto e, mesmo sabendo ser preterida, ela continuava com seus encontros, sujeitando-se a fazer o que ele queria. Não havia se envolvido com mais ninguém e dedicava-se inteiramente a ele. Mas a saída de Helena da prisão a deixou temerosa. E se Renato a perdoasse e voltasse para ela?

Aquele pensamento dava-lhe náuseas e ela jurou para si que tudo faria para que eles não ficassem juntos outra vez, ainda que fosse preciso matar.

Acabou de retocar a maquiagem e voltou para a sala onde os pais já a esperavam com ansiedade. Entraram no carro e partiram.

Após Helena ter mandado a carta para Celina, ansiedade grande tomou conta de seu ser. Estava seguindo a sugestão da misteriosa mulher que nem sabia quem era, mas tinha tudo para dar certo. As ideias que ela lhe dera eram sensacionais, e tudo o que ela tinha contado naquela tarde representava a única forma de voltar a conviver com os filhos.

Pensava no amor de Renato. Ainda o amava, como no primeiro dia. A iminência de revê-lo vinte anos depois deixava seu coração muito feliz, mas ao mesmo tempo oprimido, dividido e ansioso. Como ele a olharia? Vendo-a como a assassina cruel de seu pai, teria conseguido perdoá-la?

Faltava meia hora para as 21h e tudo já estava pronto. Leonora, percebendo sua angústia, aproximou-se:

– Procure se conter. A senhora precisará representar, fazer o papel da mulher dura e segura de si. Se continuar nessa fragilidade não convencerá ninguém. Lembre-se de que uma das pessoas que aqui estiver é o assassino e que esse assassino é perigoso e está pondo em risco a vida de outras pessoas.

– Tem razão, Leonora, é que a proximidade de rever Renato tantos anos depois me deixa profundamente abalada.

– A senhora ama muito seu marido, não é?

– Sim, não nego! O sofrimento de ter ficado longe dele e dos meus filhos foi para mim o pior castigo. Tenho certeza que foi por causa de minha encarnação passada, quando fui criminosa, por isso procurei me resignar.

– Na verdade, a senhora sempre foi resignada. Notou que sempre lidou bem com a aparente injustiça que lhe aconteceu?

– Sim, embora tenha sofrido muito, nunca me revoltei ou blasfemei contra Deus. É estranho...

– Não é estranho. Algumas vezes, quando o sofrimento não provoca desespero nem descrença em quem o vive, mostra que ele foi escolhido pela própria pessoa antes de reencarnar para apagar seus erros do passado.

– Mas como uma pessoa em sã consciência pode escolher o sofrimento?

– Pensamos assim por estarmos encarnados na Terra, vivendo dentro das ilusões deste mundo, presos a um corpo de carne limitado, contudo, no mundo espiritual nossa visão se dilata e vemos na condição de espíritos eternos. As dores, as provações e as amarguras da vida, em vez de serem encaradas como coisas ruins, são vistas como oportunidades abençoadas de libertação da nossa alma imortal. Aquele que carrega grande culpa, como foi o caso da senhora, sente a necessidade de mergulhar novamente num corpo de carne a fim de sofrer aquilo que fez sofrer. Só assim estará liberto das amarras do remorso. O sofrimento aqui na Terra é visto como algo ruim, de que se deve fugir o tempo inteiro, mas no mundo dos espíritos, que é o mundo da verdade, ele é visto tal qual alavanca da evolução, do equilíbrio e do bem-estar espirituais. É por isso que vemos muitas pessoas sofrerem, padecerem de doenças penosas e cruéis sem esboçarem uma única palavra sequer de queixa, blasfêmia ou revolta. É a aceitação do espírito, porque no íntimo ele sabe que aquele sofrimento lhe será benéfico.

– Mas a dor é muito cruel. Não haverá outra forma de evoluir?

– Sempre há, e é através do amor e da sabedoria. Muitos espíritos, antes de optarem pelo sofrimento, têm a possibilidade de escolher apagar suas culpas pelo bem, pelo amor, seguindo o caminho da sabedoria de Jesus. Mas como a culpa é muito grande, alguns optam por sofrer ou são obrigados a isso por continuarem renitentes no mal. Os mentores aceitam porque sabem que, de uma forma ou de outra, ambos os caminhos levarão a Deus, embora Deus jamais queira o sofrimento de ninguém.

– Mas uma vez feita a escolha, não há mais como voltar atrás?

— Sempre há, mesmo aqui na Terra. Toda vez que você muda de conduta, acredita no bem maior, faz o bem a si mesma e ao semelhante; quando muda os pensamentos para melhor, quando acredita que nasceu para ser feliz e vitoriosa, quando alimenta seu espírito com as energias da alta espiritualidade, seu destino pode ser mudado e aquele sofrimento que estava programado não mais acontece.

— Mas eu fui boa a vida inteira, sempre fiz o bem, acreditei na espiritualidade, embora nunca tenha sido espírita. Por que meu destino não foi modificado?

Leonora parecia estar inspirada por um espírito de elevada sabedoria quando disse:

— Você nunca fez o bem a si mesma. Apesar de casada com o homem que amava, sentia-se inferior a ele e à sua família por ser de origem humilde. Sempre se colocava abaixo das pessoas que convivia e mesmo quando enfrentava o Dr. Bernardo era com medo, achando-se inferior. No fundo, carregava uma culpa que não sabia de onde vinha, mas decorria do fato de você não ter se perdoado pelo passado, e esse foi um dos motivos que atraiu todo o sofrimento em sua vida.

Helena estava impressionada. Leonora, com poucas palavras, descrevia tudo o que ela sempre sentiu a vida inteira.

— Quer dizer que fui eu que atraí o que vivi?

— Com certeza. Embora eu acredite que o fato de ser presa inocente pudesse estar programado para ocorrer em sua vida na Terra, o nosso destino sempre esteve e estará em nossas mãos, nós temos a oportunidade de modificá-lo por meio de nossa reforma íntima. Jesus disse que "um simples ato de amor cobre uma multidão de pecados".

– Cada vez que você fala desses conceitos aumenta mais em mim a vontade de conhecer mais a doutrina espírita. Depois desse jantar, e depois que as coisas se acalmarem e eu estiver novamente convivendo com meus filhos, quero lhe pedir que me ensine tudo o que sabe. Sinto que só essa doutrina seja capaz de responder aos nossos problemas e nos dar conforto e paz.

Leonora, vendo que aquela conversa se encerrara, mudou de assunto perguntando:

– A senhora já decorou mesmo tudo o que vai dizer a cada um deles? Estou preocupada, temo que algo saia errado.

Helena esfregou um pouco as mãos demonstrando nervosismo:

– Sei perfeitamente o que dizer a cada um deles. Aquela senhora me instruiu perfeitamente. O que mais está me deixando nervosa e aflita é o reencontro com Renato. Preciso ser o mais forte possível.

– A senhora será. Está linda com este penteado e este vestido longo verde-água. Seu porte é de dama da alta sociedade. Nem parece que esteve presa por tantos anos. Espero que seu amor por Renato não ponha a perder todo o plano.

– Vou me controlar ao máximo. Agora vamos à cozinha ultimar os preparativos. O doutor Américo recomendou-me esse bufê dizendo ser um dos melhores de São Paulo, mas a gente nunca sabe, temos que ficar de olho para que nada saia fora do planejado.

capítulo 13

•◆•

Pouco antes das 21h os convidados foram chegando e sendo recepcionados por Leonora que dizia:
– A senhora Helena pediu que fossem logo para a sala de jantar, diz que não quer perder tempo e por isso não haverá aperitivos antes. Por favor, entrem.

O tom de Leonora era suficiente imperativo e formal para que eles dissessem alguma coisa. Um a um foi chegando e sendo conduzido a uma grande, rica e bem-adornada mesa, pela própria Leonora, que os colocava nos lugares indicados por Helena.

Após alguns minutos da hora marcada todos eles já se encontravam lá: Duílio com o coração descompassado, Renato nervoso com a expectativa de rever a mulher que amava, Celina com muito temor e ódio ao mesmo tempo, Vera Lúcia apreensiva, Bruno e Morgana temendo que tivessem sidos descobertos pelo que fizeram na noite do crime e finalmente Letícia, cujo nervosismo fazia com que sua testa se cobrisse de fino suor.

Leonora, vendo que todos estavam ali, inclusive Berenice e Osvaldo que não disfarçavam o medo e a apreensão estampados no olhar, olhou para eles e, desligando todas as luzes da sala, deixando-a iluminada apenas pelas velas postadas nos castiçais sobre a mesa, disse:

– A senhora Helena vai se apresentar a vocês.

– Mas que brincadeira é esta? – perguntou Celina com rispidez. – Que negócio é esse de apagar as luzes?

A resposta não veio e o silêncio aterrador tomou conta da sala. Demorou mais de cinco minutos para que a voz de Helena se fizesse ouvir em meio ao escuro:

– Eu respondo, Celina. Esse escuro é para aumentar ainda mais a escuridão que há na alma de cada um de vocês. E também para aumentar o medo. Espero que esse jantar seja decisivo para todos nós.

Depois de dizer isso, Helena acendeu as luzes e todos se admiraram. Quase ninguém, além de Vera, esperava vê-la tão bonita e conservada. Os anos praticamente não pesaram sobre Helena que continuava a ser a mulher linda e encantadora de sempre.

O coração de Renato disparou de emoção ao fitar seus lindos olhos verdes. Ali estava a mulher que amou a vida inteira e que o destino cruelmente separou. Cada um ali estava, ao seu modo, admirando a beleza e a postura fina daquela mulher.

Helena prosseguiu demonstrando grande segurança que, intimamente, estava longe de sentir. No entanto, procurou agir tão naturalmente que ninguém percebeu:

– Antes de qualquer coisa, vamos esperar que seja servido o jantar e depois teremos muito a conversar.

Foi Celina quem mais uma vez se manifestou:

– E você acha que alguém aqui vai conseguir comer alguma coisa olhando para a sua cara de assassina?

– Calma, Celina – disse Helena sorrindo naturalmente. – Se vocês não quiserem comer, pelo menos esperem os garçons servirem a comida, assim vocês verão o bom gosto que tive ao escolher o prato da noite.

Os garçons foram dispondo os pratos em frente a cada um. Em seguida, uma grande e rica bandeja de prata coberta foi colocada ao centro da mesa.

– Faço questão que um de vocês se disponha a descobrir a bandeja. – como ninguém disse nada ou se moveu, Helena, tentando demonstrar cinismo e sarcasmo, disse: – Bem, já que ninguém se habilita, eu mesma farei isso com todo prazer.

Com muita elegância, Helena tirou a tampa da bandeja e todos fizeram rostos de assombro e soltaram alguns suspiros de horror. Dessa vez foi Renato quem falou exasperado:

– Mas o que significa isto?

Helena continuou com extremo cinismo:

– Este é o prato preferido do doutor Bernardo: pato com laranja, ou estão esquecidos? Fiz de propósito, pois esse jantar na verdade é uma homenagem a ele, um homem bom, honesto e honrado, assassinado cruelmente por um de vocês que covardemente me deixou pagar pelo crime. Gostaram da surpresa?

Silêncio se fez, e logo Renato se manifestou:

– O que quer de nós? Fale de uma vez.

– Calma, Renato, quero saber se você e os demais gostaram de como decorei o prato. Notaram que todos os pedaços do pato estão espetados por facas banhadas em sangue?

O cinismo e a crueldade que Helena demonstrava eram tão reais que ninguém a estava reconhecendo naquela nova personalidade. Helena sempre fora uma mulher sensível, maleável, cordata. As discussões que tinha com Bernardo era porque chegava ao limite de humilhação que nenhum ser humano podia aguentar. Mas mesmo quando discutia, jamais demonstrava crueldade e cinismo que naquele momento se viam em seu rosto.

Como ninguém respondeu nada, ela delicadamente cobriu a bandeja e pediu que os garçons se retirassem. Sentou-se na ponta da mesa, bebeu um pouco do vinho branco disposto numa bela taça à sua direita e olhou cada um profundamente. Após alguns minutos levantou-se e, começando pelo lado direito da mesa aproximou-se de Celina, tendo em mente todo o texto que a estranha mulher lhe passara:

– Celina, Celina... Pensa que não sei que você pode ser a assassina? Você tinha um motivo muito forte para matar seu próprio irmão. Esqueceu que ele havia descoberto há pouco tempo seu terrível segredo e a estava forçando a revelá-lo para toda a família?

Celina empalideceu. Como Helena poderia saber? Aquele segredo estava guardado como num túmulo, e só ela e o irmão sabiam naquela época. Tinha certeza que ele não havia contado à nora. Defendeu-se, mesmo demonstrando muito nervosismo em seu rosto pálido:

– Não há segredo algum, sua assassina. Você está querendo me jogar contra minha família, mas minha vida sempre foi um livro aberto. Não tenho nada a esconder, nem Bernardo sabia nada a meu respeito.

– Não queira mentir para mim, eu sei de tudo...

– Cale-se! Você matou meu irmão, pagou pelo seu crime. Por que não nos deixa em paz?

– Você, aliás todos vocês, sabem que eu nunca matei ninguém, muito menos meu sogro. São todos hipócritas! Sei muito bem quem é o assassino e posso garantir que é um de vocês.

Renato fez menção de falar, mas ela fez com que se calasse com um gesto e, prosseguindo sua tortura psicológica, aproximou-se de Vera Lúcia dizendo:

– E você hein, Vera? Sempre tão boa, tão compreensiva, tão minha amiga. Poderia dizer que, de todos que aqui estão, seria a única que não tinha motivos para matar o irmão, mas sei que teve motivos de sobra para cometer o crime.

Profundamente exaltada e vermelha pela acusação, Vera levantou-se, pegou no braço de Helena e disse com voz que o choro entrecortava:

– Como você pode dizer uma coisa dessas de mim? Amava meu irmão. Fui a única a acreditar em sua inocência. Desafiei a todos e fui recebê-la quando saiu da prisão, incentivei-a a reconquistar Renato, recuperar a convivência com seus filhos. Sou sua amiga, como pode desconfiar de mim?

Mesmo diante do choro de Vera, Helena fingiu não se comover e prosseguiu:

– Essa sua postura pode ser uma farsa para nunca passar por suspeita. Já pensou nisso? Já pensou que se fazer de santa pode ter justamente o efeito contrário?

Vera voltou a se sentar, debulhando em lágrimas. Renato disse com raiva:

– Como pode torturar uma criatura tão bondosa feito tia Vera? Os anos de cadeia não a ensinaram a ter o mínimo de piedade?

– Essa mulher pode não ser tão boa como aparenta – encostando os lábios no ouvido esquerdo de Vera, disse em bom tom: – E aquela temporada que você passou em Paris em 1974? Acaso pensa que ninguém descobriu o que você fez por lá? Pois eu sei que o Dr. Bernardo descobriu e você pode tê-lo matado para que não dissesse a verdade.

O clima de desconfiança começou a surgir entre os membros daquela família. Helena parecia muito segura de si no que dizia, e as reações de Celina e de Vera Lúcia mostravam que o que ela dizia era verdade.

Em seguida, Helena aproximou-se de Berenice e Osvaldo dizendo com prazer:

– Vocês dois... Tão bons, tão fiéis aos patrões. Têm uma dívida enorme com essa família. Foi o Dr. Bernardo quem deu todo bom estudo a Duílio e o introduziu na mais alta sociedade, mas a ambição de vocês era muito maior. Duílio tornou-se, após se preparar tanto, apenas um empregadinho da empresa. Com a morte do patrão teria todo o poder de subir, como realmente aconteceu. Não teria sido um de vocês quem deu aqueles malditos tiros que me levaram a passar 20 anos na prisão?

Berenice tremia muito e Osvaldo, embora não deixasse transparecer, sentia muito medo. Como eles nada disseram, Helena andou mais um pouco e se aproximou de Renato:

– Você... O homem que mais amei na vida. Na verdade o único. Como sofri longe de sua presença e de meus filhos... Sei que você me amava muito e odiava a forma como seu pai me tratava. Um dia flagrei uma discussão entre vocês, lembra? Você estava tão exaltado que disse ao Dr. Bernardo que, se não parasse de me humilhar, iria matá-lo. Será que não foi o próprio filho quem matou o papai amado?

– Chega! – gritou Renato levantando encolerizado. – Não aguento mais ver você fazer todos nós de bonecos. Diga logo o que quer para que possamos ir embora daqui para sempre e nunca mais olharmos em seu rosto.

– Eu ainda não terminei – disse Helena encarando-o firmemente. – Há ainda o Duílio, o Bruno, a Morgana e a Letícia. Todos vão me ouvir e saber que sei exatamente quem é o criminoso ou a criminosa.

Aproximando-se de Duílio, tornou:

– Você pode ter matado pelo simples motivo de querer, junto com Bruno, dominar todo o patrimônio da família. Não é isso que fazem hoje? Você era um rapaz bastante jovem na época, mas sempre muito ambicioso. Daqueles capazes de tudo pelo dinheiro e pelo poder. A quem pensa que engana com essa cara de bom moço?

– Ora, Helena, faça-me o favor...

Duílio foi interrompido por Renato:

— Por favor, não alimente discussões. Não vê que é justamente isso que ela quer? Semear a discórdia entre nós e acabar de vez com nossa família? — Renato olhou para os outros e continuou: — Peço que a deixem falar o que quiser. Deixem essa víbora despejar todo seu veneno e não deem a ela a ousadia de responder. Vamos acabar logo com isso.

— Muito bem — disse Helena, aparentando muita segurança. — Que não respondam, mas irei até o fim.

Aproximou-se de Bruno e Morgana:

— Querido Bruno... Tão querido por todos. Tanto que hoje em dia a empresa está totalmente em suas mãos. Quanto será que você desvia por mês para suas contas particulares na Europa? Juro que gostaria de saber...

Bruno gritou:

— Sua estúpida! Não acreditem nisso, não tenho nenhuma conta no exterior.

— E se eu disser que tenho como provar que você desvia altas somas da empresa todos os meses? Quer pagar para ver?

— Eu mato você, Helena.

Ela sorriu simplesmente:

— Estão vendo? Ele disse que me mata. Se quer me matar é sinal que pode já ter matado um dia. Afinal, a morte de Dr. Bernardo foi a escada que faltava para você subir na vida e ser o milionário que é hoje. Só não sei quem apertou o gatilho: se você ou sua mulher Morgana.

Morgana também tremia e não ousou abrir a boca. Finalmente, Helena chegou perto de Letícia que, àquela altura, estava mais branca do que já era.

– E você, queridinha? Nunca se conformou em ter sido trocada por mim. Você pode muito bem ter cometido o crime, pois sabia que a suspeita mais óbvia seria eu, por causa das constantes discussões que tinha com meu sogro. Renato ficaria livre para você, como realmente ficou. Mas pelo que vejo, nunca conseguiu realizar o sonho de ser sua esposa.

Letícia não disse nada, e Helena prosseguiu inclemente:

– Tenho prova contra você que, se entregar à polícia, esse caso voltará a ser investigado e o inquérito reaberto – propositalmente, Helena encostou seus lábios nos ouvidos de Letícia e disse alto para que todos ouvissem:

– Na noite do crime eu sei onde e com quem você estava. Quer que eu revele aqui?

Letícia, sem conseguir mais conter o nervosismo, desmaiou.

Morgana gritou, pedindo socorro, e logo Celina e Vera estavam abanando a moça e massageando seus pulsos. Era a hora de Helena rir e ela o fez com muita realidade.

– Acordem logo essa dondoca, pois finalmente vou dizer tudo o que quero. Gostaria de frisar que, se não for atendida em tudo que pedir, vou à polícia agora e revelo o criminoso.

Renato, extremamente angustiado com tudo aquilo, disse:

– Pelo amor dos seus filhos, Helena, diga logo o que quer. Ninguém aguenta mais.

Vendo que Letícia já estava acordada, tentando se acomodar novamente na cadeira, ela recomeçou:

– Quero voltar a morar naquela casa e conviver com meus filhos.

– Nunca! Jamais permitirei – disse Celina enfurecida.

Helena fez ar de riso:

– Alguém aqui tem coragem suficiente para me enfrentar?

– Não tem medo de ser morta? – questionou Celina, arrogante e ameaçadora.

Helena olhou para o teto e para as paredes da sala e disse:

– Creio que vocês não repararam bem nesta casa. É uma boa casa, não acham?

Silêncio.

– Nunca se perguntaram como uma detenta, sem um centavo, pode morar numa casa como esta?

Silêncio.

– Estou muito bem assessorada. Fiz grandes amigos durante o tempo que estive presa. Uma prisão é uma coisa horrível, não desejo nem mesmo para o verdadeiro assassino, mas lá também pode ter coisas boas. Foi lá que obtive todas essas informações sobre vocês, aliás, não apenas informações, mas provas. Tenho um grande amigo, um homem rico que me protege. Se eu for assassinada, imediatamente cinco advogados entregarão todas as provas que tenho contra vocês. Naturalmente que vocês jamais saberão quem são esses advogados – fez pequena pausa e concluiu: – Como veem, estão todos em minhas lindas mãos. E agora, farão o que eu quero ou não?

Celina abaixou a cabeça e, como ninguém ousasse a dizer uma só palavra, Helena finalizou:

– Quero voltar a viver naquela casa na condição de esposa de Renato, reinando absoluta. Quero reconquistar meus filhos, um a um, e só depois que eles me amarem muito vou revelar quem sou e tudo que aconteceu comigo. Prometo não revelar o assassino, nem mostrar essas provas para ninguém. Só quero que me deixem em paz para reconstruir minha vida.

Renato, vendo o brilho nos olhos dela quando falava dos filhos, emocionou-se. Amava-a ainda com todas as forças de seu coração. Mas seria muito difícil Helena voltar a viver lá. Por isso disse:

– Você não pode viver lá novamente, Helena. Como vou apresentá-la a nossos filhos?

– Criei uma identidade falsa para mim, isso não é difícil. E quanto a apresentar, invente uma história. Diga que conheceu Laura Miller numa reunião com amigos, sei lá...

– Laura Miller?

– Sim, esse é o meu novo nome. Em breve terei os documentos que preciso em mãos. Já sei que na sala da mansão existe um retrato pintado a óleo de uma mulher que meus filhos veneram como se fosse a mãe. Mas não tem problema. No futuro eles entenderão tudo.

– Você pretende recomeçar sua vida com uma mentira? – questionou Renato.

– Essa mentira não é nada perto da que vocês criaram dizendo que morri, escondendo todas as minhas fotos, colocando um retrato de uma mulher inexistente para que meus filhos adorassem. Não têm remorsos por serem tão hipócritas e mentirosos?

Aquela verdade, dita com tanta crueldade, calou a todos. Ela continuou:

– Agora podem ir. Tratem de ir inventando que Laura Miller está para chegar. Criem uma personalidade para mim. Na arte da mentira não sou tão boa quanto vocês. Criem tudo e me avisem. O prazo que dou é de apenas quinze dias. Não tolero um minuto a mais. Agora podem se retirar.

Helena virou as costas e sumiu rapidamente. Todos foram saindo de cabeça baixa e desnorteados. Uns com muita raiva e ódio no coração, outros com muito medo, e a pessoa que cometeu o crime, temerosa e curiosa para saber como Helena havia obtido tantas informações.

Daquele dia em diante, nada na vida deles seria como antes.

capítulo 14

Assim que todos saíram, Leonora pediu que os serviçais retirassem a mesa e fossem embora. Foi até o quarto de Helena, entrou e viu a patroa deitada de bruços chorando sentidamente. Aproximou-se e, com carinho, alisou seus cabelos:

– Sei como deve ter sido duro para a senhora toda aquela encenação, por isso desabafe. Chorar pode fazer bem ao espírito, pois, sem desespero, alivia a alma e limpa das energias negativas.

Ficaram em silêncio, até que, aos poucos, o pranto serenou e Helena, virando-se para a amiga, disse, enxugando os olhos:

– Foi terrível para mim tudo aquilo, principalmente porque tenho certeza que Renato está sofrendo muito neste momento. Ele descobriu que sua família está longe de ser o que parece, e a decepção toma seu coração.

Leonora pensou um pouco e ponderou:

— Realmente é triste ver sofrer a pessoa que amamos, mas a verdade é sempre melhor que a ilusão e a mentira. O que a senhora fez hoje, embora tenha causado sofrimento ao senhor Renato, vai levá-lo a encarar a vida com mais realismo. Ele verá que as pessoas que tanto ama são simplesmente seres humanos comuns, cheios de erros e acertos, iguais a todo mundo. Irá refletir e perdoar. Aprenderá que cada um só pode dar o que possui e, a partir daí, se tornará mais humano e compreensivo. Afinal, quem de nós não tem fraquezas?

— Pensando desse jeito percebo que o que fiz foi um bem.

— Sim, senhora Helena. A verdade sempre faz bem, ainda que faça sofrer, pois sempre conduz tudo para o melhor caminho.

— Ainda assim, ver a tristeza nos olhos dele me fez sangrar por dentro.

— Entendo. Notei que senhor Renato é um ser humano muito bom, mas é ingênuo. Descobrir a verdade a respeito das tias e de quem convive com ele o ajudará a ter mais malícia. Tenho certeza que a senhora o ajudou muito.

— Mas não é ruim ser malicioso?

— A malícia exagerada é que faz mal, pois acabamos vendo maldade em tudo, cometemos muitos erros de julgamento e, consequentemente, muitas injustiças, mas a malícia na dose certa é necessária a todas as criaturas. Não me refiro à malícia de fazer o mal, mas à perspicácia em olhar as coisas além do que se vê. Vivemos num mundo muito belo e cheio de alegria, mas também composto de pessoas muito primitivas, ruins, desonestas, desumanas e até cruéis. Muitas delas nos iludem com aparência de bondade, mas no fundo querem nosso mal. Ter malícia nesse momento é fundamental para sabermos nos afastar dessas pessoas e preservar nossa paz. O ingênuo se deixa levar com facilidade pelos desonestos e mentirosos e sempre acaba mal. Por isso, quanto mais lúcido e observadores formos, melhor viveremos neste mundo.

– Você é sábia, Leonora. Depois de tanto sofrimento que eu passei, sei que é um anjo que Deus mandou para me recompensar.

– Não pense assim, não sou anjo, aliás, estou muito longe da perfeição. Acredito que nosso reencontro tenha sido programado pela espiritualidade para que pudéssemos ajudar uma a outra nos apoiando mutuamente. Eu agradeço muito poder trabalhar para a senhora.

Helena, emocionada, abraçou Leonora. Em seguida, tornou:

– Quero que pare de me chamar de senhora. Somos amigas. Se realmente existe reencarnação, acredito que fomos muito unidas em outra vida, pois você me passa segurança e muita confiança, embora a nossa pouca convivência – fez pequena pausa e, com os olhos perdidos num ponto indefinido, lembrou: – Depois do que me aconteceu, jurei que nunca mais confiaria em ninguém, até que conheci Cristina e mudei de opinião.

– Cristina foi quem lhe deu essa casa. Você me contou essa parte, mas quem foi realmente ela?

Helena começou a narrar toda a história que viveu com a colega de presídio, e Leonora foi se emocionando, aos poucos.

O teor da conversa atraiu o espírito de Cristina que, curvada num canto do quarto, levantou-se e se aproximou para ouvir melhor.

Helena foi falando dela com muito amor, e aquilo a comoveu. Naquele momento Cristina chorou muito. Por que foi se matar? Por que não resistiu àquele impulso infeliz que a levara àquela condição de tanto sofrimento?

Quando Helena terminou a história, Leonora sentiu arrepio e captou imediatamente a presença de Cristina.

– Helena, você pode não acreditar, mas sua amiga, em espírito, está aqui conosco.

Helena arrepiou-se:

– Pare de brincar com algo tão sério. Não sabia que você era dada a esse tipo de brincadeira.

Leonora disse séria:

– Não brinco com as questões espirituais. Sua amiga está aqui, no mesmo recinto que nós.

Leonora viu claramente Cristina e a detalhou para Helena que, abismada com a realidade que não podia negar, disse:

– É ela mesma! Cristina é exatamente como você descreveu. Meu Deus! Existe mesmo vida após a morte. Mas por que ela está aqui? Cristina se matou, deveria estar no inferno.

– Não é assim que acontece. Não existe inferno, existem diversos ambientes no mundo espiritual que chamamos de astral inferior ou umbral. Embora na prática possa parecer o mesmo que inferno, existem algumas diferenças. Os espíritos que habitam esses locais estão lá, não por uma condenação de Deus, mas por condenação da própria consciência. Enquanto que no inferno pregado pelas religiões, nenhuma alma pode sair, nesses ambientes astrais todos os espíritos podem ser libertos e habitar regiões mais elevadas, mas para isso basta que se arrependam sinceramente, desejem mudar e reconheçam o amor de Deus.

– Mas, então, Cristina deveria estar num desses lugares e não aqui, afinal ela é uma suicida.

– Nem todo suicida vai para o vale ou para outras regiões umbralinas. Muitos ficam no mesmo local do suicídio revivendo por anos e anos a cena criminosa que cometeram contra si mesmos. Outros vagam pela Terra e são atraídos para locais onde encontram afinidade. Embora tenha cometido suicídio, Cristina tem alguns créditos de vidas passadas. Tenho certeza que ela foi atraída para esta casa por causa de sua presença. Mas a permanência dela aqui não é boa, pois só aumenta o sofrimento que ela já sente, e pode passar para nós energias depressivas.

– O que fazer, então, para ajudá-la? Cristina errou muito, mas tinha um bom coração, não merece sofrer assim.

– Só ela é quem pode se ajudar quando se arrepender dos erros que cometeu e pedir ajuda do Alto. Mas nós podemos aliviar seu sofrimento fazendo preces e enviando-lhe vibrações de paz. Vamos fazer isso agora?

Helena aquiesceu e ambas se concentraram. Leonora fez sentida prece ao Criador pedindo ajuda para aquele espírito atormentado e infeliz, visualizando uma cascata imensa de luz caindo sobre ela. Mesmo com os olhos fechados, Leonora viu uma mulher radiante, cheia de luz, adentrar o recinto e se aproximar de Cristina:

— Dessa vez vim lhe buscar. O Plano Superior registrou seu arrependimento sincero e a convida a uma vida em que possa encontrar a paz que você perdeu quando enveredou pelas ilusões do mundo.

Cristina chorava emocionada. Ela realmente estava arrependida, queria mudar, encontrar a paz, ser feliz. Seria realmente possível? Ela se julgava a pior das criaturas. Durante a vida fora uma criminosa e, quando descoberta e condenada, cometeu o maior dos crimes, que foi tirar a própria vida. Seria mesmo verdade que Deus estava lhe dando nova chance?

O espírito Estela captando seus pensamentos, falou amável:

— Deus nunca fecha a porta àquele que se arrepende. Você não é a pior das criaturas. Pare de se condenar e se julgar desse jeito. Você é um espírito em busca da evolução que se iludiu com a vida material. Acreditou que podia burlar as leis humanas e divinas sem que ninguém descobrisse, mas aprendeu que nada fica oculto para sempre, e Deus sempre dá a cada um de acordo com suas obras para que possa evoluir e aprender que só o bem e a honestidade valem a pena.

Cristina ouvia com atenção, e Estela prosseguia:

— Você tirou sua vida num ato de rebeldia e esse realmente foi seu pior erro, mas Deus não a condenou por isso. Deus entende que você agiu por ignorância das verdades eternas. É sua consciência que lhe condena. A partir de hoje, você começará a aprender a se perdoar e a se preparar para nova existência. Deus é amor e não castiga nenhum de seus filhos. Nós é que nos castigamos com nossas escolhas erradas. Vamos, vou lhe apresentar seu novo lar.

Ela resistia. Estela, por sua vez, abaixou-se, pegou suas mãos com carinho e, só então, Cristina se entregou em pranto sincero e aliviado.

Leonora viu quando as duas, abraçadas, desapareceram em meio à grande luz que foi diminuindo, aos poucos, e logo se apagou de vez.

Percebendo que a amiga estava atenta a algo, Helena nada disse. Quando Leonora abriu os olhos, contou o que tinha presenciado:

– Cristina foi levada por um espírito de luz, agora encontrará a paz.

– Que alívio! Não queria que ela continuasse aqui sofrendo.

– Agora ela será levada a rever suas atitudes e mudar, mas nós aqui vamos prosseguir orando por Cristina para que ela encontre cada vez mais força e vença mais rapidamente a si própria.

Helena observou:

– O que aconteceu aqui esta noite foi mágico!

– Foi uma demonstração da bondade e do poder de Deus. Uma noite que tinha tudo para ser de energias densas e depressivas terminou com muita luz. Sente a paz que está no ar?

Helena realmente sentia que alguma coisa havia mudado no ambiente. Parecia que tudo ficara mais leve, que o ar estava mais puro e grande sensação de harmonia invadia seu peito.

Vendo que Helena concordava com ela, Leonora disse:

– Esse é o efeito da prece dentro de um lar. Hoje, nós fizemos uma oração específica para um espírito perturbado, mas para termos sempre essa harmonia em nossas casas, devemos nos reunir diariamente para orar, ler um trecho do Evangelho de Jesus e pedir muitas luzes, bênçãos e sabedoria.

Helena lembrou saudosa:

– Meu pai era evangélico, e todos os dias nos reunia na sala para ouvirmos um trecho da bíblia, depois ele comentava. Era lindo, nos sentíamos muito bem.

– É que a oração nos eleva, comove e transforma nossas vidas. Aquele que possui o hábito da prece vive melhor em todos os sentidos. A prece no lar, junto com todos os seus moradores, modifica tudo. É uma pena que as pessoas, em sua maioria, não tenham esse hábito tão benéfico. Preferem se reunir para assistir a programas negativos na televisão, para ver filmes de conteúdo violento ou imoral ou para comentarem sobre a vida alheia. Se, em vez disso, todos os dias escolhessem um horário para orar e meditar em torno das palavras de Jesus, suas vidas seriam melhores em todos os aspectos.

– É por isso que a maioria dos lares vive em desarmonia? – questionou Helena interessada.

– Sim, pela falta de oração e, principalmente, pela falta de vivência espiritual. Nós espíritas costumamos fazer o Culto do Evangelho no Lar uma vez por semana, mas sou da opinião que devíamos orar em família todos os dias e não apenas uma só vez na semana.

– Vamos fazer isso aqui? – propôs Helena com alegria.

– Vamos sim. Essa mansão é o nosso lar, então, vamos nos reunir todos os dias, eu e você, para orarmos. Que acha?

– Eu acho ótimo, Leonora. Posso sentir até agora os efeitos benéficos que a oração proporciona. Quero me sentir assim sempre, ainda mais naquele ambiente onde quase todos querem meu mal.

As duas amigas continuaram a conversar em torno do assunto por mais alguns minutos, quando por fim resolveram se recolher. Naquela noite tudo finalmente estava em paz.

capítulo 15

Na manhã seguinte, ninguém ousava falar nada durante o café da manhã. Andressa, Fábio e Humberto, estranhando tamanho silêncio e percebendo preocupações profundas nos rostos de cada um, que mal tocavam os alimentos, sentiram-se intrigados:

– O que está acontecendo aqui, papai? – foi Humberto o primeiro a quebrar o silêncio.

Saindo do pequeno torpor que o invadia, Renato se viu forçado a mentir:

– Nossa empresa está passando por problemas sérios. Tememos que Bruno e Duílio não consigam resolver com os recursos que temos.

– Foi por isso que todos vocês saíram ontem e não quiseram nos dizer aonde iam? – questionou Andressa, não acreditando muito no que o pai dizia.

– Foi sim – disse Celina tentando mostrar-se mais alegre. - Fomos convocados para uma reunião de emergência na empresa e por isso não quisemos dizer a vocês. São crianças, não devem se preocupar com essas coisas.

— Que mania de nos chamar de crianças! — tornou Fábio. — Já somos todos adultos e devemos saber o que se passa na empresa que um dia será nossa. Há risco de falência?

— Não. É só um problema momentâneo.

— Mas o senhor teme que o Duílio e o Bruno não resolvam com os recursos financeiros da empresa — replicou Fábio, realmente interessado no assunto.

Como não tinha o hábito de mentir, Renato foi ficando sem saber o que dizer:

— Talvez tenhamos que tomar um empréstimo e... Bem, isso não é problema de vocês.

— Eu também acho que não devem se preocupar, meus anjinhos — disse Vera, levantando e beijando cada um. — Vocês precisam estudar, namorar, viver a vida. Não se preocupem que o pai de vocês resolverá a questão.

— Mas, pelos semblantes de vocês, parecem que voltaram de um enterro. Tem certeza que não é nada grave e que não vai comprometer nosso alto padrão de vida? — preocupou-se Andressa, revelando o grande materialismo que reinava em sua alma.

— Não, minha filha, deixe isso conosco.

— Sempre achei que o senhor foi errado em ter deixado nossa empresa nas mãos daqueles dois. Tudo bem que são pessoas muito conhecidas, Bruno é o segundo maior acionista, Duílio cresceu nesta casa, mas o senhor confia demais neles. Diante dessa crise, creio que o senhor deva voltar a assumir a presidência como era na época de vovô.

Renato aproveitou a fala da filha para dizer:

– Gostaria de comunicar a vocês que de agora em diante muita coisa vai mudar, não só na empresa, mas também nesta casa.

– Como assim? – continuou Andressa com seu hábito de dominar uma conversação.

– Conheci numa das reuniões da empresa uma mulher muito importante que me fez querer mudar minha forma de viver. Resolvi casar de novo e dessa vez é sério.

Os três adolescentes se entreolharam admirados. Fábio perguntou:

– Mas o senhor não é noivo de Letícia?

– Vocês sabem que não sou noivo de ninguém. Tentei gostar de Letícia, admiro-a como mulher, mas ela não foi suficiente para conquistar meu coração a ponto de colocá-la no lugar da mãe de vocês. Por isso, nunca levei adiante nenhuma das vezes que resolvi casar com ela.

– Então, quer dizer que uma mulher, em apenas uma reunião, conseguiu fazer o que Letícia tentou durante mais de vinte anos e não conseguiu? – Andressa perguntava em tom de ironia, deixando claro que a ideia do pai se casar com uma desconhecida não a agradava nem um pouco.

Celina disse:

– Na verdade, não foi apenas uma reunião, minha querida. Seu pai já a tinha visto outras vezes. Laura Miller é filha do terceiro maior acionista da empresa, mas o Dr. Miller faleceu há três meses e ela, como sua única herdeira, é quem está tomando as decisões dele não só em nossa empresa, mas em todos os negócios. Laura é muito rica e agora precisa assumir o lugar do pai.

A informação de que Laura Miller era rica fez Andressa perder um pouco da grande antipatia que começou a sentir por aquela mulher, mesmo sem conhecê-la.

— Então, se é muito rica, tenho certeza que nossa empresa não irá à falência e nosso luxo e padrão de vida continuarão os mesmos. Mas ainda estranho o fato do senhor querer se casar com uma mulher que passou a conhecer melhor há tão pouco tempo. Por que nunca nos disse nada antes?

— Pare com esse interrogatório, Andressa — interveio Humberto irritado com a irmã. — Papai merece refazer a vida e ser feliz. Se ocultou de nós é porque teve um bom motivo. Certamente porque ainda não sabia o que queria. Papai tem todo o meu apoio.

— E o meu também — disse Fábio, levantando-se junto com Humberto e abraçando Renato.

Andressa levantou-se também, mas com raiva e ódio no olhar:

— Vocês homens sempre se apoiam. Nem sequer estão pensando na memória de mamãe. Mesmo sendo rica, não aceitarei essa intrusa aqui.

— Deixe de ser criança, Andressa, acaso pensava que papai ficaria solitário a vida toda?

— Ele deveria se casar é com Letícia que o ama e o esperou esses anos todos.

— A quem você pensa que engana? — replicou Fábio. — Se ele resolvesse mesmo casar com Letícia, você também seria contra. O que você sente é ciúme do papai, como toda filha tem. Mas sua idade não mais lhe permite uma criancice dessas.

– Façam como quiserem, mas o dia que essa mulher entrar aqui eu saio e saio para nunca mais voltar.

Andressa saiu da sala feito um furacão, e nem os chamados de Vera Lúcia a fizeram retornar.

Renato disse para os filhos:

– Não deem importância às coisas de Andressa, ela sempre foi mimada e só quer tudo do jeito dela. Tenho certeza que, passado esse primeiro susto, vai aceitar meu casamento.

Os rapazes estavam animados:

– Conte para nós como começou sua paixão por Laura – pediu Humberto rindo. – Pelo visto foi amor à primeira vista.

Extremamente desconcertado por estar mentindo para os filhos, Renato disse:

– Não desejo conversar sobre esse assunto agora com vocês. Num outro momento conto como tudo começou. Agora vamos retomar nosso café em paz.

Os rapazes, vendo que o pai realmente não iria prosseguir respondendo às suas perguntas curiosas, sentaram-se à mesa e recomeçaram a comer. Estavam realmente felizes porque Renato iria de fato recomeçar a viver.

A mentira a respeito de Laura Miller não havia sido criada naquele momento. Na noite anterior, depois que chegaram do jantar, Renato, Celina e Vera Lúcia se reuniram no escritório para pensar na melhor forma de introduzir Helena na casa sem causar tanto impacto aos filhos.

Após muito pensarem, decidiram dizer que Renato, numa das poucas reuniões de acionistas em que comparecia na empresa, aproximara-se mais de uma mulher milionária que estava representando o pai recentemente falecido. Resolveram dizer que Helena era muito rica, para facilitar a aceitação principalmente de Andressa, que era muito ligada às regras sociais, valorizando sempre quem tinha mais poder aquisitivo.

Em seguida, chamaram Berenice e Osvaldo e comunicaram os detalhes do combinado. Quando eles saíram do escritório, um clima ainda mais pesado se fez entre as tias e o sobrinho. Renato disse com mágoa:

– O fato de todos se calarem e aceitarem o que Helena pediu, demonstra que ela pode estar com a razão, e uma de vocês duas pode ter matado o próprio irmão.

– Nunca pensei que você fosse me ofender dessa maneira, Renato – tornou Celina com feições trêmulas. – Essa mulher é um demônio que veio para nos destruir. Vejo que acabou a confiança que existia entre nós.

– Eu também nunca pensei que você pudesse pensar isso de mim, Renato, mas eu o perdoo, pois está sob a influência da mulher que ama – disse Vera Lúcia mais branda.

– Não estou sob influência alguma, estou falando de fatos. Diante das acusações dela todos se calaram mostrando que têm culpa no cartório. Agora estou realmente convencido de que Helena é inocente e farei de tudo, junto a ela, para descobrir e punir o verdadeiro assassino.

– Não faça isso jamais! Foi ela quem matou, foi ela! Ficou provado – gritou Celina com histeria.

– Todas as evidências foram contra ela, mas Helena nunca assumiu o crime. E além do mais, eu tenho motivos de sobra para acreditar que não foi ela. Passei vinte anos sofrendo, me enganando, longe da mulher que amo com todas as forças da minha alma, mas agora será diferente. Sei que ela é inocente!

Celina não conseguia se conformar:

– Como essa paixão doentia lhe cega! Que ódio, meu Deus! Como pode saber que ela é inocente, quando foi julgada e condenada?

Renato olhou para Vera discretamente e de maneira rápida. Celina não percebeu e ele respondeu:

– Não posso dizer a vocês como sei que ela é inocente, mas se tinha alguma dúvida, a noite de hoje foi decisiva. Não sei como Helena conseguiu tantas provas contra vocês, mas pude perceber que todos estavam tremendo de medo. Sei que quem matou meu pai estava conosco agora há pouco e irei descobrir, custe o que custar.

– Você enlouqueceu, enlouqueceu!!! – Celina gritou e saindo do escritório correndo, subiu as escadarias que levavam a seu quarto.

Quando se viu a sós com Vera, Renato disse:

– Tia, agora sei que a senhora falou a verdade no dia que Helena ficou livre. Ela realmente não é uma assassina.

– Pensou que eu estava tendo mais uma crise nervosa, não foi? Mas nunca fui tão sincera e lúcida em minha vida e fico muito feliz que você tenha chegado à verdade. Agora, pode finalmente viver o amor que a vida lhe roubou por tantos anos. Como será feliz a reconstrução dessa família!

– Mas não posso fazer o que a senhora me pediu e deixar o assassino impune. Preciso encontrar uma forma de descobri-lo e entregá-lo à polícia sem colocar em risco sua vida ou a vida de Fábio. Juro que encontrarei uma saída.

Vera Lúcia começou a tremer e pegou no braço do sobrinho apertando com força:

– Não faça isso! Pelo amor que tem a seu filho, esqueça esse assassino. Não quero mais mortes em nossa vida. Não temo pela minha, mas pela vida de Fábio, que é jovem e tem tudo pela frente. Quando imagino essa criança que vi nascer, que ajudei a criar como se fosse meu filho, banhado em sangue e dentro de um caixão, parece que vou enlouquecer.

Pelo desespero da tia, Renato percebeu que estava de mãos atadas.

– Mas por que a senhora não me conta toda a verdade? Se viu a cena do crime, se sabe quem matou, diga-me.

– Não posso, Renato. Já lhe disse que esse crime não teve motivos tão simples, do tipo ambição e poder, por exemplo. É algo que vai além, e se for descoberto eu morro e seu filho morre também, não tenha dúvidas disso.

– Mas como poderei viver de agora em diante vendo em todos um possível inimigo?

– É só esquecer o que aconteceu, e o assassino nada fará. O que ele queria era matar meu irmão, já conseguiu. Não o faça cometer mais crimes.

– Mas o que meu filho Fábio tem a ver com isso? Por mais que pense, não consigo entender.

Vera disse tristemente:

– Quem sabe um dia tudo possa ser revelado sem risco para ninguém... Nesse dia você verá como tenho razão e como tudo se encaixa perfeitamente. Agora esqueça isso e vá viver o que uma pessoa cruel e desumana tirou de você: sua felicidade ao lado da mulher amada.

– Vou tentar, tia, vou tentar. Mas sei que será muito difícil.

– Eu estarei aqui para ajudá-lo.

– Desculpe-me ter falado daquela forma com a senhora agora há pouco, sei que, de todos, é a única que tenho certeza que não matou meu pai.

Vera deixou uma lágrima de emoção banhar seu rosto:

– Agradeço pela confiança, mas não teria mesmo coragem de matar alguém, muito menos meu irmão tão amado. E o que fiz em 1974 não é tão grave assim, e Bernardo nunca soube.

– Falando nisso... Como será que Helena obteve tantas informações?

– É o que também gostaria de saber, mas sei que não é o mais importante. Ela teve de usar todos aqueles argumentos só para poder viver aqui e com os filhos. Não é da índole dela chantagear ninguém nem fazer o mal. Sei que estava encenando o tempo inteiro. Helena continua a mulher doce, meiga e delicada de sempre. Aquela dureza foi toda fachada para nos impressionar.

– Sei disso, tia, e como sei! Amo-a do fundo do meu coração. Amanhã mesmo vou procurá-la, pedir desculpas, declarar meu amor e dizer que estou do lado dela para o que der e vier.

– Faça isso, meu querido, e seja feliz.

Ambos se abraçaram e Vera se retirou. Renato, em seguida, ligou para Duílio e Bruno a fim de contar a história inventada para que fosse confirmada para Andressa, Fábio e Humberto.

Dentro do coração de Renato a chama da alegria começou a brotar. A tia tinha razão. Por enquanto, esqueceria que estava convivendo com um inimigo oculto e trataria de retomar o amor há tanto tempo desejado e reprimido.

capítulo 16

Passava pouco das três horas da tarde quando Leonora e Helena, tomando chá na grande sala de estar, comentavam sobre o Culto do Evangelho no Lar que haviam acabado de fazer.

Helena, a cada dia, compreendia mais o que lhe acontecera e se encantava com as verdades espirituais reveladas pela Doutrina Espírita. Em dado momento, a conversa mudou de foco e ambas começaram a falar acerca da nova vida que teriam na mansão.

Curiosa, Leonora perguntou:

– Como a senhora vai se esconder dos antigos conhecidos? Com certeza eles a reconhecerão imediatamente e seu plano estará arruinado. Como nunca pensei nisso antes?

Helena sorriu:

– Mas eu pensei em tudo. A família de Renato nunca foi dada ao convívio social. Sempre foram extremamente fechados, limitando o contato com as pessoas ligadas às atividades comerciais da empresa. Ao contrário da maioria das famílias ricas de São Paulo, eles nunca tiveram o hábito de abrir as portas da casa para festas ou recepções de qualquer tipo. O Dr. Bernardo era extremamente reservado, e dizem que muito antes de ficar viúvo já era assim. Parecia que tinham algo a esconder. As viagens que fazíamos eram entre os membros da família e sempre para o exterior. Raras eram as pessoas que frequentavam aquela casa, por isso tenho certeza que nunca serei reconhecida.

– E o seu casamento? A sociedade não participou?

– Não. Só os amigos íntimos que são os mesmos até hoje: o Bruno, a Morgana, junto com Vera Lúcia, Celina, Berenice, Gustavo e Duílio. Minha família também compareceu, mas faz tempo que não temos mais nenhuma ligação. Foi uma cerimônia íntima e, embora fôssemos uma família bastante rica já naquela época, saíram apenas notas curtas nas colunas sociais de jornais e revistas, mas sem fotos.

– Mas suponho que, com o assassinato do Dr. Bernardo, sua foto fora estampada em todas as manchetes.

– O crime foi muito comentado, mas só me fotografaram durante o julgamento. Uma vez vi um jornal com a reportagem que uma carcereira me mostrou. Eu estava feia, desarrumada, nem de longe vão ligar aquela imagem à mulher que sou hoje.

– Mas como conseguiram esconder de seus filhos a verdade sobre você? O crime foi comentado, muita gente deve falar até hoje.

Os olhos de Helena brilharam de tristeza:

– As crianças pensam que o avô morreu durante um assalto à mansão, e para o mundo eu sou uma mulher morta.

– Como assim, morta?

– O ódio por mim foi tão grande que compraram uma certidão de óbito falsa e apresentaram aos conhecidos mais próximos tendo como causa um ataque cardíaco na prisão, um ano depois que fui condenada.

Leonora abriu a boca e voltou a fechá-la novamente, tamanho o espanto.

– Mas foi muita maldade, Helena. Como você conseguiu perdoar Renato por uma coisa dessas?

– Já falamos sobre isso. Eu fui me acomodando com muita serenidade aos fatos, embora a dor chagasse meu coração todos os dias pela saudade de meus filhos. No fundo, eu sempre soube que Renato me amava e até entendi a atitude dele. Que filho perdoaria a mulher que tirara a vida do seu pai?

– Ainda bem que sua alma é grande a ponto de perdoar. Outra pessoa no seu lugar teria se rebelado e estaria hoje odiando a tudo e a todos.

– O que receio é o dia em que revelar a verdade às crianças. Não apenas temo a reação deles, mas também ser presa novamente, afinal, estou cometendo mais um crime, que é a falsidade ideológica.

– Realmente é perigoso. Como você conseguiu novos documentos?

– Ainda não consegui, farei com que Renato os providencie para mim. Casaremos no civil com esses documentos falsos. Temo que um dia tudo seja descoberto. Pelo que você diz, nada permanece oculto para sempre.

Leonora refletiu:

– E não fica mesmo. Vocês, para encobrir um crime, estão cometendo outro. Não é melhor contar a verdade para seus filhos?

– Não, Leonora! Celina é minha inimiga, Bruno, Letícia, Morgana e Duílio também. Se eu aparecer dizendo a verdade, eles dirão aos meninos que fui eu que matei o avô deles. Entre pessoas tão próximas, apoiadas na justiça, e uma mulher estranha, em quem eles acreditarão?

– Em todo e qualquer caso, a verdade sempre será melhor. Tenho certeza de que Renato e Vera vão ficar do seu lado, e seus filhos acabarão por acreditar em você.

– Eu não tenho certeza disso e prefiro primeiro entrar naquela casa tal qual uma desconhecida e, aos poucos, ir ganhando a confiança, o carinho e o amor deles, e só depois disso abrir o jogo.

Leonora ia dizer algo, mas preferiu se calar. Havia coisas que Helena ainda não estava disposta a entender. Apenas comentou:

– Estarei por perto sempre orando para que tudo se resolva da melhor forma.

Helena abraçou mais uma vez a amiga e depois foram para a cozinha fazer alguns doces a fim de passarem o tempo.

capítulo 17

Helena mal acreditou quando, no final da tarde do mesmo dia, Leonora a chamou no quarto dizendo que Renato estava na sala à sua espera. Seu coração descompassou e um brilho de amor apareceu em seus bonitos olhos verdes.

– Ele disse o que deseja? – perguntou nervosa.

– Não, disse apenas que quer vê-la e é urgente. Pediu que não se negue a recebê-lo. Pela expressão, notei que veio em paz.

Helena apressou-se em se arrumar e logo estava na sala, frente a frente com Renato.

– Vamos nos sentar. Deseja um café, um suco ou alguma bebida?

– Helena, eu não quero nada, nada além de você!

Ela pareceu estar dentro de um sonho.

– Não brinque comigo, Renato, por favor. Já bastam os anos que sofri dentro de uma cadeia.

– Não estou brincando, Helena. Eu quero você. Quero recuperar todo o tempo perdido na amargura e na solidão.

Ele não esperou mais, puxou a mulher amada para perto de si e deu-lhe um longo beijo apaixonado. Helena parecia estar nas nuvens. Amava aquele homem do mesmo modo que no primeiro dia que o viu, e aquele beijo, aquela declaração, pareciam fruto de sua imaginação sofrida e injustiçada querendo recompensá-la.

Mas outro beijo veio em seguida e outro e mais outro. Nada precisava ser dito. Eram duas almas afins que se amavam de verdade, reencontrando-se após tanto tempo longe uma da outra.

Após serenar a emoção, ela pediu:

– Vamos nos sentar, temos muito o que conversar.

– Sei que me ama como nunca, pude sentir agora! Não sei se me perdoou por eu ter acreditado na sua culpa e ter contratado os melhores advogados para mantê-la presa por tanto tempo. Fui um homem cruel e desumano, mas peço, em nome do nosso amor e dos nossos filhos, que me perdoe e que possamos recomeçar nossa vida em paz.

– Eu realmente o amo, Renato. Nunca me esqueci de você um dia sequer de minha vida. Nas noites solitárias na cela, nos momentos difíceis, eu me acalmava pensando em sua imagem, nos momentos bons que vivemos juntos. Também devo dizer que, embora tenha ficado muito decepcionada e magoada com sua atitude, hora alguma deixei me levar pelo ódio. Sempre o perdoei. Sei que é um homem bom e que estava envolvido pelos fatos e pelas pessoas que o rodeavam. Afinal, qual homem neste mundo ficaria ao lado da mulher que assassinara seu pai?

Ele pegou em suas mãos com carinho.

– Mas ainda assim, sinto que devo pedir sinceramente seu perdão. Eu não podia ter acreditado jamais nisso.

– E como você sabe que não fui eu? O que lhe fez mudar de opinião? Só por causa do impacto que causei ontem?

– Tia Vera me contou a verdade no dia em que você ficou livre e foi me pedir para esperá-la na saída da penitenciária, mas eu, covarde e sem ter certeza, não fui. Mas ontem, pela reação de cada um após cada frase sua, tive certeza que ela falava a verdade. Sinceramente, a dúvida sempre me assaltou. Não conseguia acreditar direito que uma mulher tão boa, tão delicada e tão meiga como você pudesse ter matado meu pai. Mas todas as evidências eram para você. Mas finalmente descobri a verdade. Se tia Vera tivesse me contado antes, há muito tempo você teria saído daquela maldita prisão.

– Não se atormente mais com isso, meu amor. Quero enterrar o passado e recomeçar.

Ouvir Helena chamando-o de "meu amor" foi para Renato o máximo da felicidade. Abraçou-a novamente, beijando seus cabelos com carinho:

– Quanta saudade! Como pude ter sido tão cego?

– Já disse para parar com isso. Nós nos amamos e o que importa é que, a partir de agora, nenhuma dúvida mais paira entre nós.

– Quero levá-la agora mesmo para a mansão. Arrume tudo aí e vamos.

– Calma, não podemos fazer isso assim. Esqueceu que entrarei lá com outro nome? Como outra pessoa? Além de tudo, não é de bom tom que eu vá morar na mansão antes de estar casada com você. Os meninos não aceitariam.

Renato franziu o cenho:

— Esqueci que para todos você está morta, inclusive para as leis do nosso país.

— É isso que me preocupa. Estou cometendo falsidade ideológica e poderei ser presa novamente, caso alguém descubra.

Renato assustou-se:

— Presa nunca mais! Assim como contratei os melhores profissionais para deixá-la presa, contratarei agora outros melhores ainda para que nada nos atinja.

— Mas vamos nos casar com documentos falsos. Você também poderá se complicar.

— Não vamos pensar nisso agora. Se algo nos acontecer saberei me defender e a você.

Helena sentiu sua segurança se estabelecer por completo. Sabia que, ao lado de Renato, conseguiria reconquistar seus filhos e ser feliz novamente. Mas havia o assassino, e ela tinha que tocar naquele assunto:

— Quero conquistar o amor de meus filhos, mas também desejo que o criminoso seja punido. Vou descobrir e revelar à polícia.

— Eu sabia que você não havia descoberto quem matou meu pai, mas uma coisa me deixa preocupado. Pelo que tia Vera me diz, essa pessoa é muito perigosa e, se for descoberta, poderá matá-la e o nosso filho também. Diante de um perigo desse, não seria melhor deixar pra lá?

— É uma questão de justiça, Renato, não posso deixar uma pessoa que matou alguém, tirou minha liberdade, separou-me dos meus filhos e do homem que amo, ficar impune. Mas terei que fazer de uma forma que ele mesmo se entregue. Tenho uma amiga que está me ajudando muito e sei que, com as orientações dela, o assassino confessará o crime.

— Quem é essa amiga? Aliás, preciso saber muitas coisas sobre você. Como veio parar nesta casa? Como conseguiu todas aquelas informações?

Helena foi contando pausadamente como tudo aconteceu, desde a primeira visita de Ester, até o reencontro no shopping, passando por toda a história de Cristina.

Renato ficou intrigado, pensando como tudo aquilo podia ter acontecido. Então, comentou:

— Essa mulher é muito estranha. Pelas características físicas não é ninguém de nossas relações.

— Eu também não me lembro de tê-la visto antes, embora seu rosto me pareça familiar.

— Preciso ver essa mulher, e você vai me mostrar.

— Não posso. Se fizer isso ela deixa de me ajudar. Ela sabe muito mais de sua família do que você mesmo. Não posso prescindir da ajuda dela de jeito algum.

— Nem que eu fique de longe, mas preciso saber de quem se trata.

— Posso fazer isso, mas por enquanto não. Deixe-a me instruir melhor, tenho medo que algo dê errado e ela desconfie que eu contei a você sobre sua existência.

Renato concordou, e Helena perguntou:

— E os advogados, o juiz que me deu a sentença? Não me reconhecerão?

– Foram muito bem pagos para calar a boca e hoje quase todos estão aposentados, morando no exterior.

– Fico mais tranquila. Nada pode dar errado até eu conquistar meus filhos.

Renato, com carinho, deu leve beijo em seus lábios dizendo:

– Vamos falar mais de nós, vamos matar a saudade que nos consome. Eu te amo, Helena!

Ela retribuiu o beijo com ardor e, com delicadeza, o conduziu ao seu quarto onde se amaram como nunca, matando as saudades e saciando os desejos amorosos que um tinha pelo outro e que estavam guardados há tanto tempo.

Percebendo o que acontecia, Leonora elevou seu pensamento a Deus numa sentida prece de agradecimento.

capítulo 18

Quando Renato chegou a casa, horas mais tarde, encontrou Celina e Vera sentadas no sofá, junto com Fábio e Humberto demonstrando visível preocupação.

– Onde você estava até agora? Esqueceu que tem filhos para cuidar? – perguntou Celina com agressividade.

– Respeite-me, tia, por favor. Contenha seu nervosismo. Sempre fui um pai exemplar, jamais descuidei de meus filhos.

– Aposto que estava com a Laura Miller – continuou com ironia: – Pois, enquanto você estava com ela, sua filha simplesmente desapareceu. O celular está desligado, já ligamos para todas as suas amigas e para todos os lugares que ela costuma frequentar. Simplesmente ninguém a viu. Estamos todos aflitos, pois ela saiu pela manhã e até agora não deu sinal. Andressa nunca fez isso antes.

Somente naquele momento é que Renato consultou o relógio e viu que já passava das 10 horas da noite. Sentiu o coração gelar. Realmente, Andressa não era dada àquele tipo de atitude. Sempre dizia para onde ia, a que horas voltaria e se algo a fizesse mudar de planos ligava avisando. Sua família era muito rica, mas os filhos não gostavam de andar com seguranças, por isso davam satisfações de todos os passos.

A preocupação tomou conta de Renato que sentou no sofá ao lado dos filhos:

– Mas por que não me ligaram antes?

– Nós ligamos, papai, mas seu celular estava desligado.

– Com certeza estava se divertindo com essa tal de Laura, agora veja só sua irresponsabilidade no que deu – continuou Celina provocando.

– Pois eu acho que Andressa quer mesmo é causar preocupação em Renato para que ele não se case – disse Vera. – Ela saiu daqui com muita raiva ao saber da notícia.

– Não posso entender essa minha filha. Com Letícia ela não implicava tanto.

– Implicava sim, lembro bem que dizia que jamais deixaria o senhor se casar com ela – tornou Humberto.

– Não vamos perder tempo, vou ligar para a polícia.

Renato ligou para a delegacia, mas a resposta foi a de praxe: só após vinte e quatro horas é que poderiam começar as buscas.

– Vou chamar nossa segurança pessoal – decidiu Renato. – Vinte e quatro horas é muito tempo e minha filha pode estar correndo perigo. Tem certeza que ela não foi à faculdade hoje?

– Temos sim, já ligamos pra lá e também falamos com suas melhores amigas. Hoje ela não foi às aulas.

Renato começou a ligar para seus seguranças a fim de começarem a procura e todos, tensos, ficaram calados, imersos nos próprios pensamentos.

Em casa, Helena comentava feliz com Leonora sobre tudo que tinha acontecido quando, de repente e sem saber por que, foi acometida por grande angústia.

Leonora notou brusca mudança emocional que se mostrava claramente no rosto e nas mãos trêmulas.

– Que está acontecendo? Está se sentindo mal?

– Estou sim. De repente me bateu grande angústia, uma coisa ruim que não sei explicar. Estou sentindo grande medo, como se algo muito ruim fosse acontecer.

– Vamos dar as mãos e orar, entregando tudo nas mãos de Deus. Pode ser um pressentimento ou a aproximação de espírito desequilibrado.

Leonora fez uma prece pedindo ajuda de Deus e dos amigos espirituais. Sua vidência se abriu e ela viu uma linda senhora de mãos postas orando junto com elas. Não viu nem sentiu a presença de nenhum espírito em desequilíbrio. Helena poderia estar tendo realmente um pressentimento.

O espírito Estela olhou fixamente para Leonora e pediu:
– Conforte sua amiga. Ela vai precisar.

Mentalmente, Leonora perguntou:
– Alguém que ela ama vai desencarnar?

– Não, ninguém por enquanto vai desencarnar, mas haverá um acontecimento não muito agradável e ela precisará da força de Jesus. Ampare sua amiga e continuem em prece.

Das mãos daquele espírito saíam energias prateadas, e em pouco tempo Helena sentia-se mais calma.

– Estou melhor, mas a sensação de medo continua. Será que tem algum espírito ruim aqui?

– Não, aqui não tem nenhum espírito desequilibrado.

– Mas por que será que estou assim?

Leonora, com toda discrição de uma boa médium, tornou:

– Não podemos saber ao certo. Vi um espírito de uma mulher muito evoluída, a mesma que levou Cristina daqui. Ela pediu para orarmos e termos fé.

– Meu Deus, o que será que vai acontecer?

– Não se desespere. Todo desespero revela falta de confiança em Deus. Vamos fazer o que o espírito pediu e continuar orando.

– Quero ligar para Renato. Temo que tenha acontecido algo a ele no caminho.

Leonora ia contestar, mas Helena foi ao telefone e ligou para a mansão. Celina atendeu:

– Quem deseja?

– Aqui é Helena, preciso falar com Renato agora.

– Ele está muito ocupado, ligue outra hora.

– Se você não passar o telefone para ele agora, eu apareço aí, o que você quer?

Celina não disse nada e, remoendo o ódio, passou o telefone ao sobrinho:

– É Laura Miller.

– Laura? O que houve?

– Eu é que desejo saber. Está tudo bem com você?

– Comigo sim. Mas por que a preocupação?

Helena contou tudo rapidamente e finalizou:

– Está havendo alguma coisa aí? Está acontecendo algo com meus filhos?

Renato, emocionado com a sensibilidade da mulher, tornou, tentando se fazer mais natural possível:

– É minha filha mais velha. Hoje pela manhã comuniquei da nossa união e ela não aprovou, saindo de casa com muita raiva. Não foi à faculdade e nenhuma amiga a viu. Como Andressa não tem costume de fazer isso, estamos todos preocupados. Mas não se preocupe, nossos seguranças já estão tentando localizá-la.

Helena sentiu todo o corpo tremer:

– Mas por que você não me disse isso quando esteve aqui?

– Achei que fosse só uma implicância boba, mas parece que Andressa não aceita mesmo nossa união.

– Pelo amor de Deus, Renato, ache nossa filhinha. Se algo de mau acontecer a ela vou me culpar para sempre.

– Acalme-se. Assim que tiver notícias te ligo.

Assim que colocou o fone na base, Helena olhou para Leonora com lágrimas escorrendo pela face:

– Foi um pressentimento de mãe.

Contou a história a Leonora e por fim disse:

– Acho que vou para a mansão. Se ficar aqui sem notícia irei enlouquecer.

– Não faça isso, Helena, se você for pra lá nesse estado vão desconfiar e será pior.

Ela pareceu cair em si:

– Você tem razão, então me ajude. Vamos orar mais. Vamos pedir a Deus que proteja minha filhinha.

As duas mais uma vez fecharam os olhos e recomeçaram a orar com a proteção abençoada de Estela e de outros amigos espirituais que não podiam ver.

capítulo 19

Andressa saiu de casa dirigindo o próprio carro em alta velocidade. Rodou muito e, por fim parou perto de um pequeno, mas gracioso jardim. Sentou-se ali e ficou pensando:

"Nunca vi papai dessa maneira. Irá levar uma estranha para nossa casa, terá uma nova mulher. Mamãe deve estar sofrendo muito onde quer que esteja e eu estou muito revoltada. Não vai adiantar eu fazer nada. Meus irmãos o apoiam, mas vou dar um baita susto em todos eles, vou desaparecer e só amanhã chegarei em casa".

Decidida, entrou novamente no carro e dirigiu-se a um bairro no subúrbio. Procurou por um hotel, mas não encontrou. Parou o automóvel perto de um bar e, olhando para o homem que estava no balcão, perguntou:

– Onde posso encontrar um hotel por aqui?

O homem respondeu educado:

– Aqui perto não tem hotel, mas tem uma boa pousada. Você quer passar quantos dias?

– Na verdade, desejo dormir apenas esta noite.

– Então, vá até lá. É a Pousada Recanto das Árvores do senhor Eduardo. Não é grã-fina para uma moça feito você, mas é tudo muito limpo, comida de boa qualidade e bom preço.

– Dê-me o endereço.

O homem ensinou a ela como chegar, pois estava próximo e ela seguiu adiante.

Quando chegou na recepção deparou-se com um senhor de meia-idade que a atendeu com educação:

– Quarto para uma ou duas pessoas?

– Só uma. Vou apenas passar o resto do dia e a noite. Amanhã irei embora.

Eduardo olhou para a moça desconfiado. O que uma pessoa como aquela, fina e com carro importado, queria passando uma noite ali? A curiosidade era grande, mas resolveu não perguntar nada.

– Siga-me, então. Tenho garagem, mas para usar paga uma taxa a mais.

– Não tem problema. O senhor trabalha com cartão? Saí de casa só com meus documentos, trouxe pouco dinheiro.

– Trabalho sim, felizmente.

Andressa seguiu para o quarto, e Eduardo foi explicando:

– Servimos café da manhã, mas não temos almoço e janta. Aos meus hóspedes sugiro o restaurante da Dália, que fica aqui em frente.

– Muito obrigado, moço, mas só vou mesmo querer fazer um lanche.

– Lá na Dália também tem lanchonete.

Eduardo girou a chave na fechadura e mostrou o quarto, que era limpo, arrumado e arejado.

– Não temos quarto suíte. Há o banheiro social que é usado por todos.

Andressa não estava gostando daquela pobreza que ela considerava extrema, mas tinha que aceitar. Para que ninguém a encontrasse era fundamental estar muito longe de casa. Ouvira muitas histórias de coisas ruins que aconteciam nas periferias e nos subúrbios, mas coisas igualmente ruins aconteciam em bairros nobres como o de sua família, por isso não sentia medo.

Ela não pôde perceber, mas Eduardo, encantado com suas formas físicas, olhava para seu corpo sentindo o desejo a lhe corroer por dentro e queimá-lo como fogo.

Andressa foi ao banheiro, despiu-se e tomou uma longa ducha. Mesmo sentindo-se tomando banho numa pocilga, a água gelada a fez relaxar. Não percebeu que estava sendo observada por Eduardo, através de uma pequena fresta que ele havia feito para espiar as clientes nos momentos íntimos do banho.

Depois do banho, vestiu uma roupa que havia comprado numa loja assim que saíra e foi para a lanchonete. Seu estômago dava sinais de fome e ela nem se importou muito com a simplicidade do restaurante de Dália, até porque o lanche era simples, mas de excelente qualidade.

Dália era uma mulata simpática e logo puxou conversa com ela:

– Está hospedada no Recanto?

– Sim, vou passar essa noite lá.

– Por que não trouxe seus pais para lanchar com você ou tomar alguma coisa?

– Estou sozinha, meus pais não vieram comigo.

Dália assustou-se. O que uma moça fina daquelas queria hospedada na pensão de Eduardo, sozinha? Sentiu medo por ela, mas resolveu não dizer nada. Eduardo era encrenqueiro e violento, e nunca Dália se esqueceu de uma moça que tinha dormido sozinha lá há quase dois anos e que havia sido estuprada por um homem misterioso que arrombou a porta de seu quarto e a violentou. Todos comentaram à boca pequena que tinha sido o próprio Eduardo o autor do crime, mas nada ficou provado; os pais da moça eram pobres e a menina havia brigado em casa e, com medo de dormir na rua, procurara abrigo lá.

O caso havia sido praticamente esquecido, mas Dália lembrava-se dele muito bem. Teve uma sensação de medo esquisita e quase ia pedindo para Andressa sair dali o quanto antes, mas não queria encrenca com Eduardo.

Dália calou-se, e como Andressa não gostava muito de conversar com gente pobre e sem nível social, sentiu-se aliviada. Terminou o lanche, pagou e regressou à pousada.

Passou pela recepção, pegou as chaves, abriu a porta e jogou-se na cama, chorando. Ao pensar no pai casado novamente e que outra mulher substituiria o lugar de sua mãe, grande raiva e revolta tomaram conta de seu ser. Depois de chorar muito, abriu a bolsa e pegou um dos livros de sua faculdade que estava lá. Pensou que não adiantaria chorar o leite derramado, que deveria sim, fortificar-se para infernizar totalmente a vida de Laura Miller desde o dia em que ela pisasse em sua casa.

Começou a ler o livro, mas um sono forte a acometeu e ela acabou por adormecer.

Na recepção, Eduardo, com excitação doentia, maquinava um plano diabólico para possuir Andressa. Ele era um homem solteiro que, de vez em quando, tinha aqueles desejos estranhos que o dominavam. Quando viu Andressa surgir, sua mente se descontrolou e ele teve que se conter muito para não pegá-la à força e possuí-la ali mesmo na recepção. Mas daquela noite não passaria, e Andressa seria sua. Pensou mais um pouco e, intuído pelo obsessor que o perseguia fazia tempos, traçou todo o plano. Não poderia falhar.

Quando Andressa acordou passava das sete horas da noite. Sorriu ao pensar que, provavelmente naquele horário, todos já deviam estar preocupados com ela. Queria tomar outro banho, mas a água era gelada e havia outro hóspede naquele momento usando o banheiro.

Resolveu ir novamente ao restaurante da Dália comer alguma coisa. Não viu novamente os olhares sensuais que Eduardo lhe passou e, quando estava comendo seu sanduíche, viu Dália aproximar-se:

– Estava pensando: por que você não aluga um quarto na minha casa essa noite? Posso cobrar mais barato e será melhor para você.

Andressa estranhou:

– Você costuma fazer isso sempre?

– Nem sempre. Só quando vejo moças como você ficando hospedadas ali, naquele lugar.

– O que tem moças como eu?

Dália viu sua desconfiança e tratou de ser o mais natural que pôde:

— É que percebo que você é rica, fina, educada. Não combina muito com aquele lugar. Aposto que nem achou água quente para tomar banho.

— Tem razão, lá não há chuveiro elétrico.

— Então, por que não vem dormir na minha casa? Fica em cima do restaurante. Sou recém-separada, meu filho casou e mora no Rio de Janeiro, e você ficará muito à vontade lá.

O tom de Dália era muito natural para que Andressa desconfiasse de algo. Bem que podia aceitar, mas Dália era uma pobretona.

A mentora de Andressa estava ali, tentando livrá-la do perigo, intuindo Dália e também Andressa:

— Aceite, minha querida. Essa mulher só quer seu bem. Será muito melhor para você que passe a noite na casa dela. É uma pessoa muito honesta.

Andressa não pôde ouvi-la, mas captou seus pensamentos como se fossem seus:

"Dália parece querer meu bem, talvez seja melhor passar essa noite na casa dela, me pareceu honesta, embora seja pobre".

Quase ia aceitando o convite quando o obsessor de Eduardo surgiu e aproximou-se dela dizendo com vigor:

— Essa mulher é uma lésbica que quer possuí-la durante a noite, não entre nessa ou se arrependerá da hora que nasceu.

Como Andressa era muito mais voltada para o lado material da vida e pouco cultivava a espiritualidade, aquele pensamento foi captado na íntegra e ela aceitou como se fosse a mais pura realidade.

Tomada de pavor por Dália, disse tentando ser educada:

– Agradeço seu convite, mas vou ficar lá mesmo. Já paguei a conta antecipadamente, muito obrigada.

Deixou o resto do sanduíche sobre o prato, jogando sobre a mesa uma nota maior do que o lanche valia, e saiu a passos largos, sem nem mesmo esperar o troco.

Dália notou que algo estranho tinha acontecido ali, mas compreendeu que a moça estava assustada e, por isso, preferia dormir num lugar que lhe pareceu mais seguro. Balançou a cabeça e decidiu que, na hora de dormir, rezaria para que nada de ruim acontecesse àquela garota.

Andressa voltou para a hospedaria e foi para o quarto. Havia uma pequena televisão e ela a ligou. Ficou passando de canal em canal, mas nada a agradou. Resolveu pegar o livro de administração que estava estudando para recomeçar a ler, mas os pensamentos estavam acelerados e ela só pensava em todos preocupados com ela. Aquilo a divertia muito. Já passava das dez da noite e ela sabia que, na sua casa, o desespero reinava absoluto. Pensou:

"É bom para que eles vejam quem sou".

Continuou pensando em como fazer para infernizar Laura e os planos se avolumavam em sua cabeça. Não sabia nem por onde começar, mas era certo que aquela mulherzinha jamais seria feliz ao lado de seu pai.

capítulo 20

❖

As horas foram passando e ela adormeceu mais uma vez.

Passava das duas da manhã quando ela ouviu o ruído da fechadura de seu quarto. Alguém estava abrindo. Rapidamente, acendeu a luz do abajur e viu Eduardo entrando, com olhos de desejo, com pequeno pano na mão.

– O que o senhor deseja? Saia daqui agora ou vou gritar.

Mas não deu tempo. Eduardo lançou-se sobre ela, tapou sua boca e colocou sobre seu nariz um lenço embebido em clorofórmio. Logo, Andressa estava desmaiada e Eduardo a possuiu muitas vezes, até deixar o quarto e sair rapidamente para a garagem.

Sabia que iria cometer aquela loucura, mas também sabia que teria de fugir rapidamente assim que a fizesse. Por isso, arrumou todos os seus principais pertences mais cedo, colocou em seu carro e, naquele momento, ganhava a estrada sem destino.

Quase uma hora depois, quando Andressa acordou e percebeu o que havia ocorrido, soltou um grito tão estridente que acordou os demais hóspedes que estavam ali. Logo, todos estavam dentro de seu quarto, assustados e sem entender ao certo o que havia acontecido. Uma senhora de meia-idade, vendo-a chorar de maneira descontrolada, cobrindo-se o mais que podia, se aproximou tentando conversar:

– O que houve, menina? O que aconteceu aqui?

Mas Andressa não conseguiu falar, seu choro aumentou e parecia descontrolado. Até que um rapaz perguntou:

– Onde está o seu Eduardo? Ele tem que aparecer. A moça está desesperada.

Ao ouvir aquele nome, Andressa despertou do transe quase louco que a invadira dizendo:

– Não, esse homem não! Esse homem é um monstro e tem que ser preso.

– O que houve com você? – perguntou o rapaz, já imaginando o que ocorrera.

– Esse homem asqueroso entrou em meu quarto, colocou um lenço em meu nariz e abusou de mim. Meu Deus! Que horror! O que será de minha vida agora por diante?

Andressa voltou a chorar lembrando-se então do pai, das tias e dos irmãos quando soubessem o que tinha acontecido. Naquele momento, arrependeu-se amargamente de sua rebeldia, mas, ao mesmo tempo, um ódio mortal dominou seu coração pela mulher que iria se casar com seu pai. Ela era a causadora de tudo o que havia acontecido.

O rapaz disse:

— Você precisa se acalmar. Tem certeza que foi seu Eduardo quem a atacou?

— Tenho sim. Foi ele. Chamem a polícia, chamem meu pai.

— Vou fazer as duas coisas. Me passe o número de seu pai. Antes de tudo ele precisa saber o que houve.

Ninguém estava dormindo quando o celular de Renato tocou, exceto Vera, todos permaneceram na sala na esperança que um dos telefones tocasse ou Andressa surgisse pela porta de repente.

Renato olhou no visor e não reconheceu o número, mas prontamente atendeu:

— Preciso falar com o senhor Renato de Santana.

— Sou eu — disse com voz trêmula.

— Senhor, me chamo Ricardo e não tenho boas notícias. Sua filha Andressa estava passando a noite na Pousada Recanto das Árvores quando foi violentamente estuprada pelo proprietário.

Renato sentiu o coração descompassar, parecendo querer saltar do peito. Todos estavam ao seu redor e ele nada dizia, paralisado com a notícia. Ricardo continuou:

— Alô? O senhor está me ouvindo?

— Sim. Pode repetir, por favor.

Ricardo repetiu e finalizou:

— O senhor precisa vir para cá urgentemente. Iremos chamar a polícia, mas o senhor precisa ajudar sua filha a fazer a queixa.

Parecia um pesadelo.

— E como ela está?

— Agora mais calma, mas todos nós aqui acordamos com seus gritos de desespero. Por favor, venha logo.

Renato anotou o endereço num bloco e se perguntou por que Andressa fora se atrever a parar num lugar tão longe.

Ansiosos pelas notícias, um a um foi ficando pálido à medida que Renato narrava os fatos. Celina foi a primeira a gritar:

– Maldita Laura Miller, foi por culpa dela que tudo isso aconteceu.

– Pare de falar bobagem, tia. Andressa foi uma irresponsável, isso sim. Uma menina mimada e inconsequente.

– E você ainda defende essa mulherzinha?

– Parem com essa discussão, vocês dois – interveio Fábio. – Cada minuto que passa é um tormento para nossa irmã. Vamos logo buscá-la.

Quando os três estavam saindo, Celina tornou:

– Por favor, não deem queixa, não deixem abrir inquérito.

– O que? A senhora ficou louca? – questionou Renato, incrédulo.

– Vocês é que estão loucos se fizerem isso. Nossa família é importante, logo a sociedade vai ficar sabendo e Andressa não vai ter sorte na vida. Ficará para sempre com o estigma de ter sido estuprada. Que rapaz de nossa sociedade vai querer um namoro sério com uma garota que foi violada dessa forma por um monstro?

Renato refletiu que Celina tinha razão, mas por outro lado não deixaria o homem que fez aquilo sair impune.

Fábio tornou:

– Acho que a própria Andressa não vai querer que a polícia saiba de nada. Tia Celina tem razão.

– Vamos, no caminho decidiremos o que fazer – finalizou Renato saindo com os filhos.

Berenice, que a tudo escutara, pois estava na sala com eles, aproximou-se de Celina dizendo:

– Como sempre querendo abafar as coisas como se assim tudo pudesse ser resolvido. Não acha que um dia tudo é descoberto?

– Quem pediu sua opinião, sua atrevida?

– Ninguém, eu que quero dar e a senhora sabe que tenho autoridade para isso. Afinal, quantos segredos dessa família eu não guardo, hein? Se um dia eu resolver falar tudo o que sei, esse estupro que a coitada da Andressa sofreu será café pequeno.

– Cale a boca, maldita – disse Celina levantando a mão para esbofeteá-la.

Berenice enfrentou-a com coragem:

– Pois ouse me bater e assim que seus sobrinhos entrarem por aquela porta, eu conto a sujeira que você foi capaz de fazer com o pai deles. Ah! E conto à Helena também! Eu acredito que ela blefou ao dizer que sabe seu segredo, mas se não sabe, farei questão de contar assim que ela entrar aqui como a verdadeira dona da casa.

– Eu mato você antes disso.

– Mata não, conheço você. E se me matasse teria de matar o meu marido e o Duílio também, pois eles, igualmente, sabem o quanto você é nojenta e doente.

Berenice saiu da sala, deixando mais uma vez Celina ali, sentada na poltrona, vencida e humilhada pelos seus próprios erros do passado.

capítulo 21

Renato e os filhos mal se falaram durante o trajeto, cada um chocado e imerso nos próprios pensamentos de indignação.

Quando chegaram à frente da pousada, havia grande aglomeração de pessoas, e a polícia já estava lá.

Andressa já havia tomado banho e vestido a mesma roupa com a qual saíra de casa. Ao ver o pai e os irmãos chegarem, correu a abraçá-los chorando novamente:

– Perdão, papai, perdão!

– Calma, filhinha! Não precisa pedir perdão. Eu a amo.

– Eu não deveria ter saído de casa, como fui burra. Jamais me perdoarei por isso. Quero esse homem preso e morto! Sinto-me suja e doente depois de tudo que ele me fez.

– Calma, minha filha. Me conte como tudo aconteceu.

Ela levou o pai e os irmãos para uma sala contígua e narrou a situação com voz cheia de soluços.

Renato sentia tanto ódio do homem que fizera aquilo que seria capaz de matá-lo naquele momento se o encontrasse. Fábio e Humberto aproximaram-se da irmã, abraçaram-na e alisaram seus cabelos.

– Tudo vai passar, Andressa, e você vai esquecer o que houve aqui esta noite.

– Nunca! – gritou ela, olhos injetados de fúria. – Uma mulher jamais esquecerá um fato como esse. E tudo culpa de Laura. Agora tenho mais motivos para odiá-la e desejá-la longe do senhor.

– Você está nervosa. Laura nada tem a ver com isso.

– Tem sim, foi tudo culpa dela.

Renato ia argumentar, mas a um gesto de Humberto, resolveu se calar. Não adiantaria falar nada a ela naquele momento.

– Fiquem com a irmã de vocês que vou falar com a polícia.

Chegando à recepção, o delegado indagou:

– O senhor sabia que sua filha estava aqui?

– Não, ela saiu de casa desde cedo e não disse aonde ia. Estávamos preocupados, sem dormir esperando que chegasse.

– Essa vizinha contou que o senhor Eduardo já praticou um ato desse antes, mas ficou impune.

Renato olhou e viu Dália à sua frente. Deram as mãos e ela tornou:

– Sua filha foi fazer um lanche em meu restaurante. Quando a vi fiquei com receio do que pudesse acontecer, pois o Eduardo já fez o mesmo com uma moça aqui do bairro, até convidei para que dormisse em minha casa. Parecia que estava adivinhando.

O delegado voltou a olhar para Renato:

– Por que sua filha estava aqui?

– Ela se desentendeu conosco pela manhã e saiu sem falar nada. Coisas de menina rebelde.

– Desculpe-nos, senhor, mas sua filha não é mais uma menina, já tem 22 anos. Ela é, sim, inconsequente e não aprendeu a ter limites. Mas discutir isso agora não adianta, quero que o senhor venha à delegacia prestar a queixa para que possamos começar a procurar esse marginal. O senhor soube que ele fugiu em seguida e ninguém sabe o paradeiro?

Com um gesto, Renato chamou o delegado a um canto:

– Não quero prestar queixa.

– Como? Não entendi. Sua filha foi estuprada e o senhor não vai prestar queixa? Estou ouvindo bem?

– Ouviu sim. Não prestarei queixa e desejo que esse caso seja encerrado aqui. Minha família faz parte da alta sociedade paulistana. Se vierem a saber o que ocorreu, minha filha ficará mal vista. Por isso, exijo que o senhor se cale diante do que viu e vamos fingir que nada aconteceu. Eu odeio esse Eduardo, mesmo sem o conhecer, mas quero que vá arder nas chamas do inferno. Basta o que minha filha passou, não desejo sua execração social.

O delegado olhou-o firme:

– É isso mesmo que o senhor deseja? Prefere que a justiça deixe de ser cumprida em nome dos papéis sociais?

– Sim, é isso mesmo.

— Pois sua filha não pensa assim e está disposta a prestar queixa, vou falar com ela.

O delegado entrou na sala que Andressa estava e a convidou para ir à delegacia. Renato olhou-a e repetiu tudo o que havia dito ao delegado acrescentando:

— Você vai querer que suas amigas fiquem sabendo o que aconteceu? Vai querer que o rapaz de quem gosta saiba disso?

Ela olhou para os irmãos que pareciam concordar com o pai e finalizou:

— Não irei prestar queixa. Pode ir, senhor delegado.

O delegado que havia muito tempo queria pegar Eduardo, irritado pela impotência, deixou o local com a polícia. Logo, o ambiente foi se tornando vazio, permanecendo somente Dália e Ricardo.

— Se precisarem de mim, estou aqui – disse Dália penalizada, olhando para Andressa.

— Por que não fui dormir com você? Nada disso teria acontecido.

— Não pense mais nisso agora. Você é jovem, vai esquecer e superar.

— Nunca vou superar uma coisa dessas.

— Vai sim, o tempo é um santo remédio. Foi um prazer conhecê-la, embora em situação tão ruim.

— Foi um prazer também.

Ambas se abraçaram e ali pareceu nascer uma sincera amizade.

Renato olhou para Ricardo dizendo:

– Agradeço não só por ter ligado, mas pela forma calma com que me passou tão trágico acontecimento. Gostaria de recompensá-lo.

– Não precisa, senhor.

– Você está hospedado aí faz tempo?

– Na verdade, sou o único hóspede fixo daqui. Minha família voltou para o Ceará, mas eu abri uma oficina que conserta veículos e resolvi ficar. Agora que o estabelecimento será fechado, terei de procurar outro lugar para morar. Mas agradeço sua intenção. Meu desejo só foi o de ajudar.

Renato apertou com força a mão de Ricardo, gesto que foi imitado imediatamente por Fábio e Humberto. Andressa fez o mesmo, mas, ao apertar a mão do rapaz e olhar dentro de seus olhos, seu coração disparou. Parecia estar vendo o mais belo homem que já vira na vida. Ele pareceu pensar o mesmo dela. Disse sorrindo:

– Aqui está meu cartão. É simples, mas se um dia precisar de um conserto num dos carros de vocês, poderei fazer.

Renato recebeu o cartão e só naquele momento lhe veio à memória um fato esquecido:

– O carro de Andressa está aí na garagem, gostaria que você fizesse uma revisão nele e me entregasse assim que terminar.

– Mas eu posso levar o carro de Andressa. Está bom, não precisa de revisão – disse Humberto.

– Esqueceu que terão de arrombar a porta da garagem ainda? O tal do Eduardo fugiu levando todas as chaves. E será boa outra revisão no carro de Andressa. Será uma forma de pagar o favor que Ricardo nos fez.

Ele corou:

– Farei a revisão com todo prazer. Se não houver realmente nenhum problema, nem vou cobrar.

Assim acertado, Andressa e os irmãos entraram no carro e voltaram para casa. Tudo o que mais queriam era esquecer aquela madrugada trágica e triste.

capítulo 22

A notícia do estupro de Andressa chocou tanto Helena que ela queria a todo custo ir até a mansão.

– A senhora não pode fazer isso – aconselhou Leonora. – O que vão dizer? Pense que seus filhos não podem desconfiar de nada e você, vendo sua filha numa situação dessas, pode se trair. É preciso cuidado.

– Mas eu preciso ajudar Andressa, ela necessita do apoio de uma mãe numa hora dessas.

– Você terá todo tempo do mundo para isso. Um fato como esse traumatiza muito uma jovem, ela precisará de muito apoio e, assim que você se casar com Renato, fará isso da melhor forma possível.

– Tem razão, Leonora, mas é muito difícil para mim ficar longe de minha filha numa hora dessas.

– Mas a distância é apenas física, o amor de mãe não tem limites e você pode estar próxima a ela neste momento, em pensamento, ajudando-a com todo seu coração.

Os olhos de Helena encheram-se mais uma vez de lágrimas.

– Como posso fazer isso?

– Vamos orar por Andressa e por toda aquela família. Enquanto oramos, visualize Andressa envolvida em muita luz. Imagine toda aquela mansão recebendo muita Luz Divina, e por fim, vamos orar também pelo homem que lhe fez mal.

Helena protestou:

– Como vamos orar por um monstro desses?

– Para que uma oração surta efeito e seja ouvida por Deus, é preciso que ela beneficie a todos e não apenas a quem nos convém. Quem faz o mal sofre tanto ou mais do que aquele que foi vítima de sua maldade, pois enquanto aquele que foi atingido está harmonizando erros do passado, quem faz o mal está criando sofrimentos para o futuro, dos quais irá demorar muito para se libertar. Por isso, em nossas orações, devemos sempre pedir a Deus por todos aqueles que praticam a maldade sobre a Terra, pois eles são espíritos muito sofredores e necessitados de ajuda.

Comovida com a explicação de Leonora, as duas entraram no quarto e começaram a orar. A prece foi tão sincera que podia se perceber as duas mulheres envolvidas por espíritos amigos e energias coloridas de harmonia e paz. Depois que terminaram, sentiram sono e foram dormir.

Quando Andressa acordou no dia seguinte demorou a reconhecer o próprio quarto. Quando deu por si e se lembrou de tudo que havia vivenciado, um pranto dolorido prorrompeu de seu peito e Celina, que estava dormindo na poltrona ao lado, acordou e, preocupada, aproximou-se do leito, abraçou a sobrinha e ficou calada alisando seus cabelos.

Quando Andressa ficou mais calma, o sentimento de desespero e ultraje que sentia por ter sido violentada sexualmente deu lugar a um sentimento de ódio descomunal. Começou a gritar:

– Maldita Laura, mil vezes maldita!

Celina estranhou:

– Por que está falando isso da Laura?

– E a senhora ainda pergunta? Foi por causa dela, desta maldita mulher, que tudo isso me aconteceu. Só resolvi sair de casa e dormir fora porque fiquei revoltada com o fato de papai ter anunciado que iria se casar com ela. Se essa mulher não tivesse aparecido em nossas vidas eu não teria passado por uma coisa tão hedionda como esta.

Celina alegrou-se. Iria aproveitar a fragilidade da sobrinha para jogá-la definitivamente contra Helena. Destilou seu veneno:

– Tem razão, Andressa, também sinto que essa mulher só veio trazer desgraças para nossa família. Veja só o que lhe aconteceu. Se eu fosse você ameaçaria seu pai: se ele continuar com essa ideia de se casar com Laura você some para sempre desta casa. Faça tudo, mas não deixe que essa mulher entre aqui.

Andressa pareceu pensar por alguns minutos, depois disse:

– Ao contrário, não vou me opor a este casamento. Meu ódio por ela é tão grande que o que mais desejo é que se case com meu pai e venha morar aqui. Juro que Laura não terá um dia sequer de paz nesta casa. Seria muito bom para ela ficar longe daqui e não pagar pelo mal que me fez, quero que ela fique perto, que sofra muito.

Celina estava feliz em ver o ódio de Andressa por Laura. Sabia que não teria como impedir aquele casamento, mas naquele momento tinha uma aliada para fazer Laura infeliz a tal ponto de ela mesma desistir e ir embora daquela casa, por livre e espontânea vontade.

– Está certa, minha querida. E tem aqui em sua tia uma grande aliada. Agora vá tomar outro banho e trate de se recuperar, em breve essa tal de Laura estará circulando pela mansão e não é bom que ela a veja com ares de moça frágil. Sei que é difícil superar um acontecimento como esse, mas é preciso que supere, principalmente para se vingar da mulher que foi a causadora de tudo.

Andressa abraçou a tia e dirigiu-se ao banheiro. Ligou o chuveiro e permitiu que a água morna e leve escorresse pelo seu corpo. Já havia tomado muitos banhos desde que chegara a casa pela madrugada, mas parecia que, quanto mais se lavava, mais suja ficava. As cenas degradantes daquele homem nojento a possuindo não paravam de surgir em sua mente e ela parecia que ia enlouquecer.

Sentou-se no chão e, enquanto a água escorria pelo seu corpo, deixou que grossas lágrimas de nojo, desespero, ódio e raiva escorressem juntas. Dentro de si sentia-se imunda e parecia que nunca mais se livraria daquele sentimento. Naquele momento, jurou mais uma vez para si que faria Laura sofrer o máximo que pudesse. Só o pensamento daquela mulher sofrendo era o que aliviava sua dor.

Quando Andressa desceu, encontrou apenas Renato e Vera Lúcia na mesa do café da manhã. Pelo visto os rapazes haviam saído mais cedo.

Ao vê-la, Renato perguntou:

– Como está, minha filha?

– E como você queria que estivesse? Mal, muito mal. Não sei como vou me recuperar desse acontecimento. – retirou-se chorando.

Celina sentou-se à mesa e começou a se servir. Renato ponderou:

– Acredito que Andressa vai precisar da ajuda de um psicólogo. Ninguém supera um trauma desses sozinha, sem ajuda de um profissional.

Vera Lúcia concordou:

– Conheço terapeutas ótimos e vou indicar um para minha sobrinha.

Celina, tomando pausadamente um copo de suco, disse com voz irônica:

– Não sei se Andressa vai querer ajuda de um psicólogo. Estávamos conversando e o que ela mais quer agora é se vingar de Helena – frisou com ares de zombaria.

Renato exasperou-se:

– Vingar-se de Helena? Mas o que Helena tem a ver com isso?

– É o que também quero saber – perguntou Vera Lúcia sem entender.

Foi com prazer que Celina disse:

– Sua filha está culpando Helena pelo que lhe aconteceu. Disse que se você não tivesse anunciado que iria se casar, ela não teria saído de casa e nem teria pensando em dormir fora. Disse que está ansiosa para que o casamento aconteça logo para tornar a vida de "Laura" um inferno.

Renato esmurrou a mesa:

– Mas que disparate! A culpa do que aconteceu a Andressa foi dela mesma, por ter sido sempre mimada e habituada a ter todos os seus desejos satisfeitos. Ela foi irresponsável de ter ido para longe de casa e se hospedado em um lugar perigoso. Helena não tem absolutamente nada a ver com isso.

Vera Lúcia objetou:

– Meu sobrinho está certo, e aposto que você deu total apoio a ela.

– Claro que não – mentiu Celina com ares de ofendida. – Jamais apoiaria um pensamento infantil desses, mas vocês sabem como é Andressa, quando coloca algo na cabeça não tira por nada. Acho bom vocês irem se preparando, essa casa vai virar um inferno quando Helena chegar aqui.

– Pois eu vou tratar de colocar limites em Andressa. Vocês sabem que amo Helena e quero viver com ela em paz para recuperar o tempo que me foi roubado por um assassino cruel e implacável. E se eu fosse vocês, trataria de colaborar para esta paz. Sabem muito bem que Helena tem todas as cartas na manga, sabe de segredos de vocês duas que estou longe de suspeitar o que sejam. Se ela perceber que tem alguém aqui nesta casa fazendo da vida dela um inferno, pode revelar o que sabe, o que não seria bom para ninguém. Pensem nisso.

Dizendo aquilo, Renato levantou-se da mesa e se dirigiu para o escritório.

Vera Lúcia notou que a irmã estava pálida e trêmula:

– Renato está certo, é melhor que você não colabore com essa ideia maluca de Andressa. Helena irá perdoar a filha, mas com certeza não a perdoará e revelará o seu segredo, que aliás, deve ser algo bem sujo.

Celina bradou:

– Maldita Helena! O pior é que estamos todos nas mãos dela, inclusive você, que quer se fazer de santa, mas também tem um segredo que deve ser igualmente sujo. Já esqueceu que Helena sabe o que você fez na sua viagem pela Europa em 1974?

Vera Lúcia pareceu não se importar com aquilo:

– Sempre fui amiga de Helena e aqui dentro ela terá todo meu apoio. Vocês sempre souberam que eu nunca acreditei que ela tivesse matado nosso irmão. Helena é boa, honesta, íntegra. Só você não enxerga isso.

Irritada com o rumo da conversa, Celina mudou de assunto:

– Por que os rapazes saíram tão cedo?

– Para tentar evitar o pior.

– Como assim?

– Pelo que Renato contou havia repórteres ontem no hotel. Ninguém sabe se eles apuraram a fundo os fatos, mas o que menos queremos é que um acontecimento deste vá parar nos jornais.

– É realmente preocupante, mas o que eles pretendem fazer?

– Foram verificar os jornais do dia nas bancas de jornal mais próximas. Irão comprar todos os jornais que falem do assunto.

Celina franziu o cenho preocupada:

– Não vai adiantar muito. Vamos torcer para que não tenha saído em jornais de grande circulação, senão a reputação de Andressa estará perdida para sempre. Nenhum rapaz jovem e do nosso nível social vai querer se casar com uma mulher que foi estuprada.

Vera Lúcia não acreditou no que ouvia:

– É com isso que você está preocupada? Casamento? Os meninos foram fazer isso para evitar mais constrangimentos para a irmã. Quem for se casar com ela será por amor e quem ama não tem nenhum tipo de preconceito.

Levantando-se da mesa Celina disse:

– Mas é uma tola mesmo, ainda acredita em amor em pleno século XXI...

capítulo 23

Zelí começou a gargalhar alto e suas gargalhadas eram tantas que passaram a ecoar por todo o apartamento de Pâmela e Duílio que, naquele momento, terminavam o café da manhã.

Como Zelí não parava de rir, eles estranharam e foram até a sala ver o que estava acontecendo. Encontraram a mulher vestida em seu habitual robe cor-de-rosa, rolando de rir, trazendo nas mãos um jornal que já começava a ficar amassado.

– O que está acontecendo aqui, posso saber? – perguntou Duílio irritado.

A voz grave de Duílio fez Zelí parar de rir por alguns instantes, ajeitar o robe e novamente abrir o jornal para ler em voz alta:

– Filha de grande empresário é estuprada num hotel da periferia.

Zelí recomeçou a rir, então mais contida, enquanto Duílio arrebatava o jornal de sua mão para lê-lo junto à esposa. À medida que liam, os rostos de ambos ficavam pálidos.

Duílio sentou-se numa poltrona e pediu à esposa que lhe trouxesse um copo de água com açúcar. Naquele periódico, além de fotos de Andressa e Renato, havia uma foto do estuprador. A matéria contava em detalhes como tudo havia acontecido e, ao final, o repórter criticava a excessiva liberdade que os pais da classe alta davam a seus filhos.

Duílio conhecia Andressa desde pequena e estava chocado com o que havia acontecido, mas o que mais lhe preocupava era aquele assunto arranhar, de alguma forma, a imagem da empresa, o que seria péssimo para os negócios. Felizmente, aquele era um jornal de quinta categoria que Pâmela assinava para Zelí, que adorava acompanhar as fofocas que ali traziam e os bastidores da televisão. Restava saber se os grandes jornais do país tinham tomado conhecimento daquele fato.

Quando Pâmela trouxe sua água e ele a tomou, sentiu-se mais calmo. Olhou para a sogra com raiva e perguntou:

– Como é que a senhora tem coragem de rir tanto da desgraça dos outros?

Zelí arqueou as sobrancelhas exageradamente finas e com olhos brilhantes e críticos, levemente fechados de ironia, disse:

– Acho muito engraçado quando essas coisas acontecem com gente rica, não dizem que estupro é coisa de pobre? Pois agora estão vendo que não. Principalmente essa família metida que nunca sequer permitiu que eu entrasse naquela mansão translumbrante. Por isso achei bom.

— Mamãe, deixe de ser cruel, Andressa é apenas uma criança.

— E o que ela queria sozinha naquele bairro distante? Aposto que está apaixonada por um pobretão. Se for verdade vou gostar mais ainda — fez pequena pausa, suspirou profundamente e disse em tom jocoso: — Ah, como é bom esse costume que tenho de sempre ler o jornal antes de tomar café. Notícias como esta abrem mais o meu apetite. Com licença.

Zelí retirou-se da sala, enquanto Pâmela afrouxava ainda mais a gravata do marido e pedia:

— Desculpe a mamãe mais uma vez. Tem horas que ela é insuportável.

— Já nem ligo mais para sua mãe, o que estou com medo é que esse escândalo tome proporções grandiosas e prejudique a empresa.

— Você acha que isso pode acontecer? Mesmo que as pessoas saibam, Andressa não teve culpa de nada, ao contrário, ela foi vítima de um ato cruel e monstruoso.

Duílio balançou a cabeça de um lado a outro:

— Não sei... As pessoas são muito preconceituosas e assim como sua mãe, vão achar que Andressa estava na periferia em busca de homem.

— Mas o mundo dos negócios não vai se importar com uma coisa dessas. Fique despreocupado, meu amor.

Duílio beijou a esposa dizendo:

— Deus te ouça, Deus te ouça...

Dizendo aquilo arrumou-se novamente e partiu para a empresa.

Eram 11 horas da manhã quando a campainha da mansão soou. Renato encontrava-se ainda no escritório quando Berenice entrou assustada:

– Senhor Renato, a senhora Helena está aí fora pedindo para entrar, pois quer lhe falar. O que faço?

Renato empalideceu. Relutou a manhã inteira em não ligar para Helena a fim de informar o estado de Andressa, pois tinha certeza que depois que dissesse que a filha não estava nada bem, ela apareceria por lá. Mas percebeu que não tinha adiantado, o jeito era enfrentar a situação:

– Mande entrar, Berenice. Afinal, todos sabem que Laura Miller é minha noiva e como tal pode vir a esta casa quando quiser.

– Mas o senhor comentou que ia fazer um jantar especial para apresentá-la à família. As crianças podem achar estranho a presença dela aqui sem nenhum aviso prévio.

– Sei disso, mas não posso deixar a mãe de meus filhos lá fora esperando. Se algum deles aparecer, invento uma desculpa qualquer.

– Como queira.

Berenice saiu e Renato foi para o quarto vestir uma roupa melhor. Queria sempre estar impecável na frente de Helena. Seu coração batia descompassado, feito um adolescente. Como a amava!

Berenice autorizou a entrada de Helena e a recebeu na porta principal. Seus olhos brilharam de emoção ao fitar aquela mulher linda, fina e elegante que sempre lhe despertou admiração desde a primeira vez que Renato a levou àquela casa. Percebeu que os olhos de Helena também brilharam emocionados e com espontaneidade abraçaram-se.

– Dona Helena, que emoção vê-la novamente dentro desta casa, pensei que isto nunca iria acontecer. Como Deus é grande!

– Você pode não acreditar, Berenice, mas eu sempre soube que este dia chegaria. Nunca, nem um dia sequer naquela triste penitenciária, deixei de acreditar que um dia voltaria e recuperaria o amor de meus filhos.

– Que injustiça fizeram com a senhora!

– Mas a justiça será feita, e não se preocupe, tenho certeza que não foi você quem matou o doutor Bernardo. Mas vamos parar com esta conversa porque pode chegar alguém. Me conduza até a sala e diga a Renato que o estou esperando. Sei que Andressa está arrasada e não saio daqui hoje sem ver minha filha.

– O que aconteceu com ela foi horrível. Tomara que ela deixe a senhora vê-la. Nada como o amor de mãe para ajudar a curar uma ferida dessas.

Berenice conduziu Helena à imensa sala de estar e quando ela ia se acomodar em uma das poltronas percebeu que Andressa descia as escadas perguntando:

– Berenice, onde está tia Celina?

A emoção tomou conta de Helena ao olhar para a escada e ver sua filha adulta, linda e educada, dirigindo-se a Berenice. Na época de sua prisão, Andressa era uma criança, mas poderia reconhecê-la em qualquer lugar do mundo. Contudo, conteve-se e não demonstrou nenhuma emoção.

Andressa, percebendo que havia visitas na casa, perguntou:

– Desculpe, não sabia que havia visitas.

Quando Andressa olhou dentro dos olhos de Helena uma onda de amor tão forte brotou de seu coração que ela sentiu todo seu corpo formigar e grande sensação de harmonia a envolveu. Sem saber o que estava acontecendo com ela, deixou-se levar por aquela emoção e ficou alguns minutos imóvel, fixando o rosto daquela desconhecida que, para ela, soava imensamente familiar. Quando deu por si, Berenice a estava apresentando:

– Andressa, esta é Laura Miller, futura esposa de seu pai.

Aquelas palavras pareceram setas que foram atiradas contra seu peito. Ficou calada e novamente olhou o rosto da mulher. Finalmente a conhecia. Fora ela a culpada pelo desastre da sua vida. Deveria odiá-la mais do que tudo no mundo, mas estranhamente não conseguia sentir nada além de um grande amor fraterno por aquela mulher que lhe era totalmente estranha.

– Muito prazer, senhora Laura, sou a filha mais velha.

– O prazer é todo meu, Andressa. Como é que você está?

A pergunta de Helena feita com tanta sinceridade e carinho rompeu toda e qualquer barreira do ódio que Andressa queria sentir e uma emoção muito maior a invadiu e ela começou a chorar sentidamente abraçada a Helena que acariciava seus cabelos.

Os soluços de Andressa foram ouvidos por toda a casa e logo Renato, Celina e Vera Lúcia, pasmos e nervosos, presenciavam aquela cena sem entender o que estava acontecendo.

Helena, aos poucos, conduziu a filha para o sofá e fez com que se deitasse colocando sua cabeça sobre seu colo. Como viu que Andressa não queria falar sobre o que lhe acontecera, deixou que ela continuasse chorando para desabafar. Helena, discretamente, também chorava com o coração aos pedaços pelo sofrimento da filha.

Ninguém ousou dizer nada. Berenice se retirou, mas Vera Lúcia, Celina e Renato acomodaram-se nas demais poltronas.

Quando finalmente Andressa parou de chorar, tirou a cabeça do colo de Helena, olhou para ela profundamente, pegou em suas mãos e disse:

– Desculpe-me, senhora, estou sofrendo muito e quando a vi uma emoção tão forte tomou conta de mim que minha única reação foi chorar. A senhora não sabe o que me aconteceu e deve estar achando que sou uma garota mimada qualquer que brigou com o namorado.

– Não se preocupe com isso, Andressa. Sei que não é uma garota mimada qualquer. Se está sofrendo deve ter algum motivo sério e, se quiser me ter como amiga, pode contar comigo.

Todos perceberam o entrosamento instantâneo entre mãe e filha, contra o qual ninguém poderia fazer nada. Foi com ódio que Celina foi forçada a aceitar aquela situação, mas com alegria que Vera Lúcia e Renato viam que o amor de mãe tivera o poder de romper as barreiras do ódio e do ressentimento. Continuaram calados ouvindo o diálogo que acontecia entre mãe e filha, como se eles não estivessem ali:

– Eu teria todas as razões do mundo para odiá-la até o fim da minha vida – disse Andressa, emocionada. – Contudo, não sei como e nem por que, quando a vi senti um amor tão grande e uma confiança tão profunda que não sei explicar, mas não consigo odiá-la, por mais que queira.

Helena estranhou aquelas palavras.

– Mas por que tanto ódio contra mim?

– Por que essa madrugada passei por uma das piores coisas que uma mulher pode passar. Quando soube que papai iria se casar com a senhora, dei uma de revoltada, saí de casa sem destino e por isso me aconteceu uma tragédia. Mas olhando para a senhora não consigo mais culpá-la. Algumas pessoas dizem que existe reencarnação. Agora estou vendo que é bem provável que seja verdade, pois o que senti pela senhora ao vê-la e ainda estou sentindo, só pode ser porque nos conhecemos de outras vidas.

Ambas se abraçaram mais uma vez e Helena disse:

– Então deve ser verdade, pois ao vê-la senti também um amor tão grande como se você fosse minha filha de verdade.

Renato, vendo que aquela conversa estava tomando um rumo perigoso, resolveu intervir:

– Fico muito feliz que você tenha mudado tão rapidamente sua opinião a respeito de Laura. Temos tudo para ser uma família feliz – lembrando que tinha que manter a farsa, Renato foi até Helena e a aproximou de Celina e Vera Lúcia dizendo:

– Sua visita sem avisar à nossa casa me faz com que eu precise apresentá-la às minhas duas tias logo agora. Estava programando as apresentações para o jantar, mas conheça logo essas duas mulheres maravilhosas que me ajudaram a criar meus filhos quando a mãe deles morreu. Esta é Celina e esta é Vera Lúcia.

Elas ficaram constrangidas com aquela situação, mas sabiam que fazia parte do plano, por isso cumprimentaram-se como se tivessem se conhecido naquele momento. Novamente sentaram-se e Renato perguntou:

– E então, Laura, o que a trouxe à nossa casa de maneira tão urgente, sem ter me avisado antes?

Helena já havia formulado a desculpa muito antes de sair de casa:

– Fui à empresa hoje pela manhã e lá me disseram que você não iria participar da importante reunião com os acionistas hoje à tarde porque não estava passando bem. Fiquei preocupada, pois embora você não vá com frequência à empresa, nesta reunião mensal você só costuma faltar se algo muito grave tiver acontecido. Liguei para seu celular várias vezes e você não atendeu, liguei para a casa, mas também ninguém atendeu. Muito preocupada, resolvi quebrar qualquer regra e vir aqui. Afinal de contas, o que aconteceu?

Renato respondeu:

– Nada demais, apenas uma leve indisposição e...

Ele ia continuar quando Andressa interrompeu:

– Não precisa mentir, papai, não para Laura. Não tenho como explicar, mas gostei demais dela para esconder algo tão grave, pode deixar que eu mesma conto – virando-se para

Laura, levantou-se, puxando-a pelo braço, e pediu: – Venha comigo até meu quarto e ouça tudo que tenho para lhe dizer.

Helena fez um gesto dizendo que sim e ambas subiram as escadas de mãos dadas. Ao ver aquela cena os três ficaram mais uma vez espantados. Renato e Vera Lúcia, muito alegres, e Celina sentindo muito ódio.

capítulo 24

✦

Renato e as tias ficaram um bom tempo na sala discutindo sobre a rápida amizade surgida entre mãe e filha, quando Fábio e Humberto chegaram com rostos abatidos mostrando desespero.

– Veja isto aqui, papai – deram ao pai um dos jornais mais famosos e de maior circulação de São Paulo, que trazia a mesma notícia do jornal que estava na casa de Duílio, mas com muito mais sensacionalismo e detalhes.

Renato, ao ler, empalideceu e passou o periódico para as tias que igualmente empalideceram.

– Infelizmente não pudemos fazer nada. Andressa vai precisar de muito apoio para vencer isto – disse Fábio, sentando-se ao lado do pai no sofá e apertando suas mãos para lhe dar coragem.

– Uma vergonha como essa acaba com a vida de qualquer moça de família – bradou Celina, chorando de raiva.

– Mas não há motivo para Andressa ter vergonha, ninguém tem culpa de ser violentado sexualmente. Todos vão perceber que Andressa é, na verdade, uma vítima inocente de um monstro inescrupuloso – ponderou Vera Lúcia com calma.

Humberto retorquiu:

– Tia Vera tem razão. Ninguém pode ter preconceito com uma pessoa só por que ela foi estuprada. A senhora está exagerando, tia Celina.

Aproveitando o silêncio estabelecido na sala naquele momento, Renato informou:

– Minha futura esposa, Laura Miller, está lá em cima no quarto conversando com Andressa. Espero que, quando ela descer, vocês a tratem com toda educação possível.

Os rapazes se alegraram e Fábio disse:

– Claro que vamos tratá-la bem, papai. Jamais seremos contra a mulher que o senhor escolheu para ser feliz. Mas que tipo de milagre aconteceu aqui para que Andressa aceitasse que Laura subisse para seu quarto para conversar?

– Nós também não sabemos – disse Renato reflexivo. – Ela, que estava com tanto ódio de Laura, a ponto de ter fugido de casa, ao vê-la transformou-se completamente. Vocês precisavam ver. Foi algo tão impressionante que nem ela mesma sabe explicar. Andressa abraçou-se a Laura chorando, depois conduziu-a até o sofá onde deitou-se colocando sua cabeça sobre o colo dela. Logo conversavam feito velhas amigas, até que surgiu o assunto do estupro e Andressa a convidou para falar do assunto em seu quarto.

Humberto e Fábio abraçaram o pai com alegria dizendo:

– Mas isso é uma felicidade muito grande, papai. Já estávamos imaginando como seria desagradável para o senhor e para Laura ter que conviver dentro desta casa com o ódio de Andressa que é cabeça dura e transformaria a vida de vocês num inferno.

Renato sorriu:

– Isto é verdade, meus filhos. Se eu fosse católico, diria que foi milagre de algum santo.

Todos riram, ao que Humberto disse:

– Agora sim, vejo que o senhor é um homem feliz. Vejo que ama de verdade a Laura, pois nunca vi esse sorriso em seus lábios nem esse brilho de felicidade em seus olhos.

Vera Lúcia acrescentou:

– Além disso, noto que o pai de vocês está cuidando mais da aparência. Tenho certeza que ele será feliz com Laura como nunca foi com outra mulher.

Celina reagiu:

– Só espero que Renato não esqueça de Helena, a grande mulher que foi a mãe de vocês – disse, apontando para a falsa pintura sobre a lareira.

– Que comentário de mal gosto, Celina! – disse Renato contrariado. – Claro que jamais vou esquecer de Helena mas meus filhos entendem que preciso reconstruir minha vida. Nunca me casei com Letícia porque não a amava de verdade, mas com Laura é diferente e tenho certeza que serei muito feliz.

– Também temos certeza, papai – disse Fábio olhando para Celina: – Aposto que a tia está é com ciúmes porque agora terá outra mulher para cuidar da casa, do papai e de nós. Mas saiba, tia Celina, que a senhora e tia Vera são insubstituíveis em nosso coração.

O comentário de Fábio mexeu profundamente com Celina, mas ela não demonstrou, apenas disse:

– Obrigada, Fábio, agora, me deem licença.

Enquanto Celina saía para o jardim, eles continuavam a conversar até que os passos de Helena e Andressa descendo as escadas fizeram com que todos se calassem.

Renato aproximou-se da futura esposa, abraçou-a apresentando-a:

– Estes são meus filhos Fábio e Humberto. Esta é Laura, minha futura mulher.

Helena não entendeu. Aquele rapaz que Renato a estava apresentando como seu filho não era filho dela. Só Andressa e Fábio eram seus filhos. Será que Renato havia tido algum outro fora do casamento e ela não sabia? Certo descontentamento apertou-lhe o coração, mas ela fingiu nada sentir e apertou as mãos dos rapazes com alegria e simplicidade:

– Vocês são lindos e é um grande prazer conhecê-los.

– A senhora é que é a mais linda de todas as mulheres que já vi – disse Fábio, deslumbrado diante da beleza de Helena que o impactou.

– Realmente, o papai tem muito bom gosto. Além de linda, vejo que é uma pessoa de bem – disse Humberto sorrindo.

– Obrigada, vocês é que são uns amores.

– Laura é a melhor mulher que papai poderia ter conhecido – falou Andressa voltando a abraçá-la. – Como me arrependo de pensar mal dela sem a ter conhecido!

– Não diga isso, meu amor – disse Helena com ternura. – Você estava com ciúmes de uma mulher ocupar o lugar da sua mãe, mas isso não irá acontecer. Cada pessoa é única em nosso coração.

Helena havia conquistado todos os filhos de Renato naqueles poucos instantes que passara ali. Quando todos se sentaram mais uma vez na sala, Renato tornou:

– Acredito que não precisará mais de jantar de apresentação. Todos já conhecem Laura e estou muito feliz que tenham gostado dela. Mas faço questão de um belo jantar de noivado, coisa que deve acontecer o mais rápido possível. Amo-a muito e não quero mais perder tempo.

– Papai está certo – disse Humberto. – Vamos marcar o jantar para o próximo sábado. Que acham?

– Acho ótimo! – disse Renato empolgado. – Quanto mais rápido eu ter Laura por esposa, melhor será.

O clima estava muito bom e Helena foi convidada para almoçar. Sentiu-se como se nunca houvesse saído dali. Só Celina é que demonstrava seu ódio e desagrado, lançando à Helena indisfarçáveis olhares de rancor e dando indiretas irônicas a todo momento.

O que ninguém percebia era que Fábio não parava de olhar para a mãe com olhos apaixonados. Surgia ali um amor impossível que muito poderia fazê-lo sofrer, caso não soubesse guiar-se.

As semanas foram passando e Helena passou a frequentar a casa de Renato assiduamente. Convivendo muito bem com os filhos ela se sentia harmonizada e feliz, tão feliz a ponto de desistir de saber a identidade do verdadeiro assassino que a fez pagar por um crime injustamente. Já que a vida de Vera e de Fábio correm perigo, era melhor deixar tudo como estava e usufruir daquela felicidade sem igual.

Uma tarde em que Helena não estava na mansão e Andressa lia atentamente um texto do seu curso na sala de estar, Berenice veio chamá-la:

— Há um rapaz aí fora querendo lhe falar.

— Quem é?

— Disse que se chama Ricardo e veio lhe entregar seu carro.

Só naquele momento Andressa se lembrou que seu carro havia ficado no maldito bairro para revisão na oficina de um simpático rapaz que a ajudara naquela noite. Lembrar-se de tudo mais uma vez fez seu coração bater mais forte.

— Peça que entre.

Ricardo entrou na grande sala, acanhado. Estava bem vestido, cabelos bem penteados e perfumado. Perfume este que Andressa logo identificou ser de má qualidade.

— Senhorita, seu carro está ótimo. Já o coloquei na garagem. Quero pedir desculpas a você pela demora, pois precisei viajar para visitar minha mãe que adoeceu. Mas liguei para seu pai e comentei o fato.

— Muito obrigada, Ricardo. Meu pai está no escritório e já havia me falado da demora, vou avisá-lo para que possa lhe pagar.

Ele a interrompeu:

— Andressa, antes de você falar com seu pai, preciso falar com você em particular.

— O que deseja?

— Pode ser no jardim?

Ela o olhou desconfiada:

– Por que não aqui?

– Desculpe-me, é que aqui me sinto acanhado. Nunca entrei numa casa dessas.

Ela sorriu:

– Compreendo. Vamos, então.

capítulo 25

✦◆✦

Quando chegaram ao jardim, sentaram-se num banco de madeira trabalhada debaixo de um belo ipê amarelo. Ele, com receio, mas ao mesmo tempo movido pelo impulso, tornou:

– Andressa, eu estou apaixonado por você. Eu te amo desde que te vi pela primeira vez.

Um leve rubor cobriu as faces dela.

– O que você disse?

– O que ouviu. Estou te amando, não consigo te esquecer. Gostaria que me desse a chance de ser seu namorado.

Uma forte indignação tomou conta de Andressa que, sem pensar duas vezes, esbofeteou o rapaz:

– Quem você pensa que é?

Ricardo ia falar alguma coisa, mas ela o impediu, continuando a gritar com indignidade:

– Só porque fui violentada daquela maneira, pensa que virei uma qualquer? Eu tenho posição, tenho nome. Não importa se aquele fato horroroso saiu nos jornais, todos sabem que fui uma vítima. Jamais uma moça como eu iria namorar um zé ninguém como você. Atrevido!

Ricardo, ainda passando a mão no rosto para aliviar a ardência da bofetada, levantou-se e, frente a frente com ela, disse com dignidade:

– Me desculpe por te amar, mas você não merece meu amor nem o amor de ninguém. É uma pessoa mesquinha, soberba, que se acha superior aos outros só porque tem dinheiro e nome. Como me enganei com você... Vim procurá-la pois realmente me apaixonei. Quando te vi pensei que fosse uma pessoa bondosa, digna, pensei que fosse gente. Mas você não é gente! Adeus!

Completamente indignada, Andressa correu atrás dele detendo-o quando já estava no portão:

– Como ousa falar assim comigo? Não tem medo do que meu pai possa fazer com você?

– Não, não tenho medo do senhor Renato, pois pelas atitudes dele, vejo que é bem diferente da filha. Tenho certeza que seu pai jamais faria nada contra mim. Posso morar num bairro pobre, posso não ter uma profissão de rico, mas sou um rapaz honesto e digno, acreditei que você fosse realmente uma pessoa humilde e humana, embora a riqueza que tem. Mas saiba que, mesmo gostando de você, mesmo que você se ajoelhasse aos meus pés, eu é que não iria mais querer um relacionamento. Uma pessoa como você só pode espalhar a infelicidade onde passa. Adeus.

Ela ainda gritou, mas Ricardo abriu o portão e ganhou a rua sumindo na primeira esquina.

Andressa adentrou a casa chorando muito. Os soluços foram ouvidos e logo todos estavam na sala. Celina abraçou-a perguntando:

– O que houve, minha querida?

Ela prosseguia chorando sem nada dizer.

Renato perguntou a Berenice:

– Quem esteve aqui?

– Foi um rapaz que veio entregar o carro dela.

– O que foi que ele lhe fez? – perguntou Renato preocupado.

Finalmente, ela controlou o pranto e respondeu:

– Ele teve a ousadia de me pedir em namoro.

Celina não acreditava no que ouvia:

– Como assim? O rapaz que veio entregar seu carro aqui pediu-lhe em namoro?

– Sim, tia! Um pobre qualquer, dono de uma oficina tenebrosa naquele maldito bairro onde sofri a pior coisa de minha vida.

– Era só o que faltava! Estão vendo como tenho razão? Bastou ser violentada para todo tipo de gente achar que pode namorá-la? Que absurdo! Você não vai tomar nenhuma atitude, Renato?

– Vou –, disse ele com calma. – Vou até a oficina dele pagá-lo e pedir desculpas pelo que Andressa fez, pois no mínimo ela deve ter dito uns bons desaforos.

– Não apenas disse como dei um tapa em seu rosto, para que aprenda quem sou.

Renato empalideceu:

– Você deu um tapa no rosto do rapaz?

— Sim, e daria outros se ele tivesse ficado mais.

— Isto é um absurdo, e você deve desculpas a ele. Vou trazê-lo aqui e se você não pedir desculpas não sei do que serei capaz.

— Nunca! Nunca!

Vera ponderou:

— Não faça isso, Renato. Tudo que aconteceu com Andressa no bairro que esse rapaz mora foi muito traumático. Talvez por isso ela tenha tido esse tipo de reação.

— Não é por isso, tia Vera. Ela tem gênio ruim mesmo. Acha-se melhor que os outros só porque tem dinheiro e status. Não sei como é assim. Aqui nesta casa nunca tivemos esse tipo de comportamento ou pensamento. A não ser que tenha sido má influência de tia Celina.

— Eu? Agora a culpa é minha?

— Só pode ser, porque aqui é a única a ter preconceito social. Eu, tia Vera, nunca tivemos esse tipo de preconceito.

— Ah, esquece o quanto o seu pai odiava Helena por ela ser pobre? Não sei se Andressa aprendeu comigo, mas ela está certa. Onde se viu uma pessoa qualquer querer namorá-la?

— O rapaz é gente, não é uma pessoa qualquer. E ela vai pedir desculpas a ele nem que eu tenha que forçá-la.

Naquele momento, Andressa, de tanto chorar, começou a ter náuseas e em seguida vômitos. Como aqueles sintomas não paravam, Celina ligou para o médico da família, que chegou depois de meia hora.

Já no quarto, Andressa havia melhorado, mas ainda sentia muita ânsia de vômito que não conseguia controlar.

Dr. Carlos a examinou com calma e, ao final, disse:

– Precisamos de um exame para confirmar, mas tenho quase certeza que Andressa está grávida.

Aquela notícia teve o impacto de uma bomba.

Renato, com lágrimas nos olhos e muito desespero, pediu:

– Doutor, diga que não é verdade.

– Infelizmente, eu soube o que aconteceu e pelo exame clínico percebe-se que seu útero está dilatado, cresceu. Dentro de minha experiência posso afirmar que está grávida, mas só o exame de sangue irá confirmar.

Renato balbuciou:

– Não pode ser.

Naquele momento, Andressa desmaiou.

capítulo 26

Renato estava na sala, de cabeça baixa e com o telefone na mão, sem saber se ligava para Helena ou não, a fim de comunicá-la a trágica notícia.

Andressa, chocada, acordou novamente gritando, e o doutor Carlos precisou dar-lhe calmantes para que conseguisse dormir. Celina também fora medicada e os rapazes, revoltados, saíram para beber com os amigos. Era Vera Lúcia quem estava com a sobrinha no quarto. Naquele final de tarde o resultado do exame de sangue já havia saído, comprovando a indesejada gravidez.

Por fim, Renato resolveu ir à casa de Helena. Lá chegando, Leonora o recebeu com atenção e pediu que ele esperasse. Logo, Helena surgiu na sala com ar preocupado:

– O que o trouxe aqui a essa hora? Sinto um aperto no peito. O que aconteceu com meus filhos?

Helena já sabia que Humberto era adotivo, mas também se afeiçoara ao rapaz e o incluía na pergunta.

– Nem sei por onde começar. Posso dizer que uma tragédia se abateu sobre nós.

– Meu Deus! Conte-me logo. Ocorreu algum acidente?

Renato disse à queima-roupa:

– Andressa está grávida do monstro que a estuprou.

Helena sentiu-se gelar.

– Como isso pôde acontecer? Meu Deus! Coitada de minha filha. Precisamos fazer alguma coisa.

– Embora seja trágico já temos a solução: vamos abortar essa criança.

– Embora meu coração doa em saber que vamos abortar um inocente, dessa vez tenho que concordar. Andressa jamais teria paz em gerar uma criança concebida dessa maneira ou viver feliz em vê-la crescer perto dela, lembrando-se sempre do ato hediondo que sofreu.

– Nem ela nem nós. Nossa filha foi aviltada como mulher e não iremos conviver com o fruto desse crime, que só nos trará infelicidade dia após dia.

Leonora apareceu na sala de repente:

– Me desculpem, senhores, mas estava passando e não pude deixar de ouvir o final da conversa. O senhor deve pensar bem e não deixar que essa criança seja abortada jamais.

– Mas o que é isso, Helena? Sua empregada ouve conversa atrás das portas?

– Não, Renato. Leonora é muito educada e jamais tem esse costume.

– Não tenho mesmo, ouvi sem querer, mas tenho certeza que foi Deus quem me fez ouvir para que possa abrir os olhos de vocês antes que aconteça o pior.

– Não queremos sua opinião, mocinha – disse Renato claramente chateado.

– Mas eu quero – tornou Helena com firmeza. – Leonora é uma sábia e se diz que não devemos fazer o aborto, com certeza tem razão. Sente-se conosco Leonora e nos explique.

Leonora sentou e os encarou:

– Essa criança não está vindo para sua família por acaso. Toda gravidez, mesmo que aconteça num ato como esse, traz um espírito que necessita viver com a família e, principalmente com a mãe, para se redimirem do passado, encontrar a paz e a felicidade. Abortar, além de ser um crime grave, corta toda essa programação.

– De onde você tirou essa ideia? – perguntou Renato, intrigado com a forma firme, segura com que Leonora falava.

– Sou espírita há muitos anos e aprendi muitas coisas sobre a vida. Uma delas é que o direito de viver é sagrado e a ninguém é dado tirá-lo, só a Deus!

– Sei que essa doutrina é muito boa, tenho conhecidos que são espíritas e posso dizer que são as melhores pessoas que já conheci, mas não posso acreditar nisso. Deus está nos forçando a conviver com uma criança que só nos fará mal, até mesmo pela simples presença.

Leonora prosseguiu sem titubear:

– O senhor é uma pessoa de coração bom, senhor Renato, tenho certeza que vai entender o que vou lhe explicar. Deus nunca erra. Se Ele permitiu que sua filha engravidasse, mesmo num ato desses, é porque essa criança vai trazer muita luz, não só para ela, mas para todos vocês.

– Você está querendo insinuar que foi Deus quem quis que ela engravidasse dessa maneira?

– Não é bem assim. Nem tudo de ruim que acontece na Terra é pela vontade de Deus, mas sim pela ignorância e rebeldia dos homens. Pela vontade de Deus só as coisas boas acontecem. Sua filha agiu com rebeldia e com certeza tinha outras atitudes em sua vida que atraíram esse acontecimento. Deus não queria que isso acontecesse, mas ela, Andressa, atraiu o fato por meio de seus pensamentos e atitudes.

Renato ia protestar, mas Leonora não deixou:

– Quanto à gravidez, é claro que Deus não queria que ela acontecesse dessa forma traumática, mas se Ele permitiu é porque será para o bem de todos. Os acontecimentos ruins que nos acontecem, embora não sejam da vontade de Deus, são permitidos por Ele para nosso crescimento moral e espiritual. Nada na Terra ocorre sem que Deus permita. Por mais que Ele não queira ou deseje, Ele permite, pois é a única forma que os envolvidos escolheram para aprender.

– Mas minha filha jamais escolheu aprender de uma forma dessas.

– Conscientemente não, mas devo lhe dizer que a maior parte dos acontecimentos de nossas vidas são projeções do nosso inconsciente, sede da alma, que sabe sempre o que é melhor para nós. Chegou um momento em que Andressa não tinha mais condições de aprender pelo amor, então sua própria alma provocou esse fato para que ela aprendesse pela dor. Se vocês permitirem o aborto, será pior para ela.

Renato estava levando a sério a conversa.

– O que pode acontecer com ela?

– Se o espírito que está para nascer tiver entendimento, for bom, vai sofrer com o choque de ser abortado, mas entenderá e esperará nova oportunidade. Mas se o espírito reencarnante for endurecido, rebelde e até mau, poderá se voltar contra ela ou contra vocês e então todos perderão a paz. Terão um espírito obsessor ao lado interferindo em todas as suas decisões, trazendo depressão para Andressa, remorso persistente e até mesmo a loucura.

– Mas se for um espírito mau, é melhor logo que seja abortado. Assim nos livraremos dele de vez. Mesmo que nos persiga do além, é melhor do que tê-lo no seio de nossa família.

– É aí que o senhor se engana. Mesmo que o espírito que está reencarnando seja mau, rebelde ou vingativo, está voltando para desenvolver o amor, a compaixão, o perdão e para aprender a ser melhor, resgatando o passado. Quando ele nascer, esquecerá suas vidas anteriores e passará a amar todos vocês. Se for recebido com carinho, amor, proteção, se tornará uma pessoa de luz, honesta, íntegra e vencerá suas más tendências. Deus só permite acontecer o que é para o melhor. Por isso, não importa quem esteja no ventre de Andressa para nascer. O que importa é o amor que vocês têm e podem dar a ele.

– Mas quem poderá amar um ser que foi gerado num estupro?

– Qualquer um pode amar se esquecer essa doença chamada preconceito.

– Preconceito?

— Sim, preconceito. Vocês estão valorizando muito mais a honra da filha de vocês que foi usurpada do que a vida de um ser indefeso e inocente. Estão dando mais valor às regras da sociedade do que às leis eternas do espírito. Se Andressa entender isso, tenho certeza que amará o filho dela agora, dentro do seu ventre. Seja como for, essa criança não foi culpada pelo que lhe aconteceu.

— Mas nossa justiça permite o aborto nesses casos. Não estaremos cometendo crime algum.

— A justiça dos homens é falha e imperfeita, mas a de Deus é perfeita, eterna e imutável. Vocês podem cometer esse ato que, pelas leis humanas não é crime, mas pelas leis cósmicas é um crime grave ao qual todos, um dia, deverão responder com severidade. Não devemos viver segundo as leis dos homens, mais sim segundo as leis de Deus.

— E nos países onde o aborto é obrigatório quando uma mulher só pode ter um filho, como é o caso da China?

— Aí é outro contexto. A mulher é obrigada a abortar. Aqui não é obrigação, é uma escolha.

— Então, as chinesas ficarão sem responder diante das leis de Deus?

— Um crime é um crime, não importa onde for cometido, contudo, Deus avalia com justiça todas as situações. Uma mulher que é obrigada a abortar pelas leis do seu país também fica compromissada com as leis cósmicas, mas para ela esse compromisso será cobrado de outra maneira. Chegará o dia em que ela terá todas as crianças que abortou para se quitar com a própria consciência. Já quem escolhe o aborto por livre e espontânea vontade sofrerá muito com essa atitude, até que tudo esteja novamente em seu lugar. Deus é justo e conhece o íntimo do homem. O que vocês querem fazer não é se livrar de uma criança porque não têm dinheiro ou condições de criá-la como fazem muitas mulheres, mas porque não querem viver com a mancha de um dia terem sido feridos em seu orgulho e vaidade. Não faça isso, senhor Renato!

Tanto Renato quanto Helena estavam tocados diante do que foi exposto por Leonora. Ele disse:

– Não sei mais o que pensar depois de tudo o que ouvi aqui. Você concorda com ela, Helena?

– Concordo. Com Leonora tenho aprendido muito sobre a vida. Sei que tudo que ela diz é sempre certo. Estou estudando o Espiritismo e sei que a verdade da vida se encontra nele. Não vou deixar Andressa abortar.

Renato passou a mão pela testa, a fim de enxugar o fino suor que a cobria. Murmurou:

– Meu Deus, pobre de minha filha! Que desgraça!

– Vou conversar com ela, você sabe como Andressa confia em mim e o quanto estima minha amizade. Vou fazer com que nunca pense em abortar.

– Não sei se isso é certo...

– Você ainda não está convencido depois de tudo que ouviu aqui?

Renato demorou um pouco e respondeu:

– Realmente, Leonora está certa. Estamos pensando é no social e não na criança indefesa que está por vir.

– Graças a Deus! Ele tocou seu coração. Obrigada, Leonora.

– Não agradeça a mim, agradeça a Deus, a Jesus e aos amigos espirituais que estão presentes aqui. Perto de Renato há um senhor alto, calvo, bigode branco, tez morena, usando óculos arredondados, pedindo para você não deixar Andressa abortar. Que chega de mortes na família dele.

Renato prorrompeu em prantos. Era seu pai quem estava ali ou estava sendo vítima de um engano?

Enxugou as lágrimas e, emocionado, perguntou a Helena:

– Você mostrou alguma foto do papai a Leonora ou falou como ele era fisicamente?

– Não, nunca! Leonora jamais costuma mentir ou inventar algo acerca da espiritualidade.

Leonora prosseguiu:

– Ele disse que faz questão de provar que está aqui. Está dizendo para você perdoar de coração o que sua tia Celina lhe fez quando era adolescente.

Agora era a prova definitiva. Só o seu pai sabia o que havia acontecido em sua adolescência por culpa de Celina. Renato, chorando baixinho, fechou os olhos e disse para o pai:

– Papai, não deixarei mais uma morte acontecer. O senhor hoje me provou que a vida continua e que a morte não é o fim. Fique tranquilo, pois será como o senhor pede. Apenas peço que nos ajude a descobrir e a punir quem tirou sua vida.

Leonora repetia o que Bernardo lhe passava:

— Isso é com a justiça dos homens, meu filho! Esqueça também esse assunto e, na hora certa, todos saberão.

— Por que Deus permite que erros jurídicos como esses aconteçam, deixando que pessoas inocentes paguem por crimes que não cometeram?

— Os erros jurídicos só acontecem do ponto de vista humano, do ponto de vista divino não existe erro jurídico nem erro médico nem erro algum. Tudo no universo está certo e acontece visando ao crescimento e à evolução do ser humano, libertando-o das culpas do passado, permitindo se harmonizar com a lei soberana da justiça divina. Não culpe os erros humanos, eles só são permitidos porque na Terra existem pessoas precisando passar por eles.

— Então, nunca devemos puni-los por terem errado?

— Não é isso. O erro, mesmo sendo apenas do ponto de vista humano, deve sempre ser corrigido, e os responsáveis devem responder pelo que fizeram, pois, embora tenham sido instrumentos das leis de Deus, também precisam aprender e evoluir para que um dia não errem mais.

— E por que Deus nunca permitiu que o assassino fosse descoberto e preso até hoje?

— Porque ainda não chegou a hora. Nada no universo está atrasado ou adiantado. Tudo sempre acontece na hora certa. Se as pessoas soubessem disso, jamais sofreriam por antecipação ou ansiedade. Vou-me embora, que Jesus fique com vocês.

Foi tudo muito emocionante e Renato, abraçado a Helena, chorava baixinho enquanto Leonora murmurava singela prece de agradecimento a Deus por ter permitido aquele contato tão salutar e benéfico.

Já era noite quando Renato saiu de lá levando Helena consigo. Leonora, vendo-os sair, voltou a orar. Desta vez para agradecer novamente por um dia ter conhecido a Doutrina Espírita.

capítulo 27

Helena chegou à mansão para conversar com a filha. Encontrou todos na sala, emocionou-se ao rever os filhos, mas teve que conter a emoção. Após os cumprimentos de praxe foi direto para o quarto de Andressa, que se encontrava jogada na cama chorando de mansinho, abraçada ao travesseiro.

Quando viu Helena entrar, levantou-se rapidamente e abraçou-a com emoção. Voltaram para a cama onde Helena sentou-se colocando a cabeça da filha no colo. Pegou suas mãos, colocou-as sobre o ventre e disse:

– Você acha mesmo que ele tem culpa de alguma coisa?

Andressa não respondeu. Helena voltou a perguntar:

– Acredita que seu filho merece sua rejeição?

Como ela não respondia, Helena tornou:

– Se não quer conversar agora, vou respeitar o seu momento. Vou descer, outro dia volto.

Quando Helena fez menção de levantar, Andressa pediu súplice:

– Por favor, Laura, não vá. Preciso muito de você.

Helena sentou-se novamente e deixou que ela falasse:

– Preciso muito de você para me explicar o que está acontecendo comigo. Nem eu mesma sei. Não estou me reconhecendo.

Helena disse, procurando ser carinhosa:

– Posso entender que uma moça de sua idade, tendo sofrido tamanha violência, não queira ter por perto o fruto dessa experiência tão amarga. Mas eu gostaria muito de lhe pedir que não aborte essa criança. Pelo amor que tem a si mesma e a Deus.

Andressa silenciou por instantes, sentou-se na cama e frente a frente com Helena, pegando em suas mãos, disse:

– Você não está entendendo o que está se passando dentro de mim. Quando recebi a notícia de que provavelmente estava grávida, desmaiei. Talvez o susto, a imagem daquele monstro vindo em minha direção, não sei dizer, mas me desesperei e não aguentei a pressão, desmaiando, mas quando voltei a mim, estranho sentimento se apossou de minha alma. É isso que não consigo entender. Não estou conseguindo me reconhecer.

Helena notou que Andressa estava com dificuldade em se expressar, mas grande sentimento de alegria despontou em seu peito. Será que Andressa havia aceitado o filho? Permaneceu em silêncio, dando-lhe coragem para que prosseguisse:

– Quando acordei e olhei para meu ventre fui sentindo um amor tão forte, mas tão forte, que posso dizer que já amo esta criança do fundo de meu coração e não a abortaria por nada deste mundo.

Lágrimas de emoção desceram pelos belos olhos verdes de Helena:

— Deus tocou seu coração, Andressa! Foi Ele quem te deu esse amor.

— Não sei o que foi, mas eu não consigo mais me ver sem meu filho. Pela minha personalidade, pelo meu jeito de ser, não era jamais para estar aceitando gerar um filho de um homem asqueroso, que me violentou e me envergonhou perante toda a sociedade. Mas esse sentimento é tão grande que não conseguirei jamais fazer um aborto. Você me ajuda?

— Claro que ajudo, minha querida! – disse Helena. – Quando soube do acontecido fiquei com muita compaixão por você, mas acredito que um filho, venha como vier, é sempre um presente de Deus e por isso vim aqui pedir para que o deixe nascer, nem que depois você o dê para adoção.

— Nunca! Meu filho viverá comigo para sempre. Posso não me entender, posso não saber o que se passa comigo, que deveria agora estar odiando este ser e pedindo a meu pai para providenciar a primeira clínica de aborto que ele encontrasse. Mas, não! Meu coração pede que eu tenha meu filho e o ame cada vez mais.

— Você pode estar se estranhando, mas eu não. Algo me dizia que você reagiria assim.

— Como pode saber se nunca conviveu comigo? Todos me chamam de arrogante, esnobe, fria e sem coração.

— Posso não ter convivido com você, mas sou muito observadora e desde que a vi, pela primeira vez, percebi que é uma alma boa, generosa, capaz de muito amar.

Andressa ouvia emocionada. Sempre fora criticada pelo seu jeito, nunca ninguém lhe dissera aquelas palavras. Helena prosseguiu:

— Você é uma pessoa boa, Andressa. Dá para ver nos seus olhos que possui sentimentos nobres no coração. Essa sua postura arrogante, indiferente e esnobe é uma defesa que seu espírito criou inconscientemente para protegê-la. Você acredita em vidas passadas?

— Acredito. Embora nunca tenha me aprofundado no assunto.

— Eu estou estudando e, pelo pouco que aprendi, sei que nosso espírito passa por muitas reencarnações para atingir a perfeição. Muitas delas são marcadas por muita dor e sofrimento e, por isso, ao voltar a reencarnar, o espírito adquire determinadas posturas para se defender de coisas que já passaram, mas que acredita que possam acontecer novamente. Li num livro que uma senhora descobriu, numa sessão de regressão de memória, que ela sempre fugira do casamento com medo de ser traída e sofrer muito, mas esse medo vinha por uma experiência vivida por ela na vida anterior, ocasião em que amou muito, mas foi profundamente traída e magoada. Quando percebeu que aquilo havia passado e que não mais iria se repetir, mudou de vida e está começando a se relacionar amorosamente.

Percebendo que Andressa ouvia com atenção, ela continuou:

— Algo semelhante pode estar acontecendo com você. Você pode ter vivido alguma experiência traumática em sua última encarnação e, por isso, desenvolveu essas posturas rígidas, na tentativa de evitar o sofrimento. Mas a vida é sábia e está encaminhando você para viver tudo aquilo que teme, a fim de se superar e mostrar a si mesma que é forte, e que o passado passou.

– Suas palavras estão tocando minha alma. Sinto que é verdade o que diz.

– Por isso você, embora tenha odiado saber que seu pai se casaria novamente, gostou de mim assim que me viu, pois sua bondade e seu amor pelo próximo, embora traga traumas de outras vidas, ainda são maiores que tudo. O mesmo aconteceu com seu filho. Se você fosse realmente essa pessoa arrogante e ruim que diz ser, estaria agora nas mãos de alguém que tiraria essa criança de seu ventre. Mas, como seu amor por tudo e por todos é muito maior, você o amou e o quer para sempre ao seu lado.

Andressa continuava calada, olhos marejados, ouvindo aquela que era sua mãe, mas que sequer desconfiava:

– Mas, no seu caso, creio que há algo ainda maior. Acredito que, para você ter amado tanto essa criança em tão pouco tempo, é porque ela tem um laço muito forte de amor com seu espírito, que vem de muitas vidas.

– Quer dizer que já posso ter vivido com meu filho em outras existências?

– Segundo o Espiritismo, as famílias terrenas não são formadas ao acaso. Muitas delas são compostas por almas afins que voltam à Terra para prosseguir suas jornadas evolutivas. Contudo, às vezes, grupos de inimigos retornam na mesma família para reatar os laços de amizade e se perdoar mutuamente.

– Então, só pode ser verdade o que você está falando, e mais: sinto que você também já fez parte de minha vida passada. Se realmente existir a reencarnação, nós já vivemos juntas, porque a estima e a confiança que sinto por você são realmente inexplicáveis.

Helena abraçou a filha com muito amor, morrendo de vontade de dizer que, independentemente de terem vivido juntas em outras vidas, ela era sua mãe, quem a tinha gerado em seu ventre, e que grande parte daquela confiança e daquele amor vinha desse milagre de Deus. Mas tinha que renunciar àquilo e não dizer nada. Ela jamais poria em risco o amor da filha caso ela soubesse da acusação de assassinato e consequentemente os 20 anos de reclusão impostos à Helena. Só quando o assassino fosse descoberto é que poderia se revelar para Andressa e para Fábio.

Andressa cortou seus pensamentos:

– Você precisa me ajudar, Laura. Sei que meu pai e toda minha família jamais irão aceitar meu filho. Vão querer que eu aborte. Não deixe que façam isso comigo. Eu amo meu filho!

– Não se preocupe, querida, conversei com seu pai e ele não quer que você aborte.

– Meu pai? Tem certeza?

– Sim. Ele foi à minha casa e lá conversamos muito. Consegui convencê-lo.

– Incrível seu poder. Meu pai só pode amá-la muito mesmo. Mais uma vez obrigada. Mas há meus irmãos e minhas tias, principalmente tia Celina. Eles não me deixarão em paz e, mesmo que meu filho nasça, irão tratá-lo com desprezo.

– Juro a você que isso não irá acontecer. Eu estarei aqui nesta casa e vou impedir que façam qualquer tipo de maldade com a criança.

Fragilizada, Andressa pediu:

– Você jura?

– Não preciso jurar. Dou minha palavra, é mais que suficiente. Então, vamos descer e comunicar sua decisão a todos?

– Não tenho coragem.

– Terá! Você estará ao meu lado. Ninguém ousará dizer nada que a contrarie. Troque de roupa, arrume-se para ficar mais bonita do que já é e vamos descer.

Tomada de grande coragem que mais uma vez Andressa não sabia de onde vinha, ela foi se arrumar para se apresentar à família.

Sem saber, Helena havia sido intuída a dizer tudo aquilo à filha. E era tudo real. O espírito que nasceria por Andressa era um grande amor de sua vida passada, mas como não pôde vir nesta encarnação para se unir pelos laços do matrimônio, estava voltando naquele momento para viver junto à Andressa, na condição de filho, e juntos poderem sublimar antiga paixão que muito os levou ao sofrimento tempos atrás.

capítulo 28

❖❖❖

Todos ainda continuavam na sala quando Andressa e Helena desceram as escadas. Sentaram juntas e Helena disse:

– Andressa decidiu que não irá abortar a criança. Vai deixá-la nascer e cuidar dela com muito amor.

Breve silêncio se fez e logo ouviu-se a voz de Celina:

– Você só pode estar brincando conosco. Isso não é possível. Andressa jamais deixará esse verme nascer.

– Respeite sua sobrinha, Celina! – disse Helena em tom grave. – Serei a nova dona desta casa e não vou admitir que ninguém fale mal dessa criança ou não a trate bem quando nascer.

Celina pareceu não ouvir, fixou os olhos miúdos de raiva na sobrinha e perguntou:

– O que esta mulher está falando é verdade? Você só pode ter enlouquecido. Diga para sua tia que é mentira desta invasora.

Andressa, magoada pela forma como a tia se referiu a seu filho, disse firme:

– O que Laura disse é verdade. Não vou abortar meu filho de jeito nenhum. Já o amo do fundo de meu coração.

Celina levantou-se raivosa e bradou:

– Foi culpa desta mulher. Foi você quem a influenciou a tomar essa decisão.

Antes que Helena pudesse se defender, Andressa também se levantou e enfrentou a tia:

– Não foi Laura quem me convenceu de nada, muito menos me influenciou. Simplesmente passei a sentir um grande, um imenso amor por meu filho e não há pessoa neste mundo que me faça tirá-lo de dentro de mim.

Andressa falou com tamanha firmeza que fez com Celina sentasse calada, pondo as mãos na cabeça como a dizer que a sobrinha havia perdido a razão.

Foi a vez de Vera Lúcia se expressar:

– Pois eu acho maravilhosa a atitude de Andressa em ter essa criança. Um filho é uma coisa sagrada. Não importa como ele vem, o que importa é que vamos amá-lo do mesmo jeito. Parabéns, minha sobrinha.

– Eu também apoio minha filha.

– Você? – gritou Celina, sem acreditar. – Mas você foi o primeiro a dizer que Andressa teria que abortar!

– Mudei de opinião.

– Com certeza foi esta mulher quem fez você mudar tão de repente. Nem bem chegou e já está destruindo a nossa família.

Desta vez foi Renato quem se alterou. Levantou-se e dedo em riste disse:

– Respeite Laura, que será minha mulher e a nova dona desta casa. Também será a nova mãe de meus filhos se eles assim quiserem. Mudei de opinião porque Laura me convenceu que o aborto é algo criminoso e que nunca vale a pena. Se a senhora não aprender a respeitar minha mulher, vou pedir que saia desta casa e não volte nunca mais.

– Meu Deus! Nunca fui tão ofendida em toda a minha vida – Celina fingia que chorava com mágoa.

Fábio, que até aquele momento participava de tudo calado, disse:

– Eu também acho que papai está certo. Não está vendo que Laura é uma mulher exemplar, que só quer nosso bem? Laura me conquistou assim que a vi e não vou admitir que ninguém fale com ela nesse tom.

Humberto, que também estava calado, ponderou:

– Calma, meu irmão, acho que não devemos nos meter nisso.

– Claro que devemos, afinal Andressa é nossa irmã e tem direito de fazer da vida dela o que quiser, e Laura será a mulher de papai, precisa e merece nosso respeito e nossa defesa.

Humberto calou-se, pois não queria ter problema com a tia.

Celina refletiu por instantes, depois disse:

– Tudo bem. Posso respeitá-la e não dizer nada que a magoe, mas saiba que não gosto de você e minha amizade não terá jamais.

– Contanto que me respeite e não atrapalhe minha vida com meu marido e com meus enteados, não vejo problema.

– Agora terão a responsabilidade de ter toda a sociedade falando que Andressa, filha de quem é, herdeira de uma das maiores fortunas do país, teve um filho do homem que a estuprou. Passem bem.

Celina subiu as escadas feito um furacão. Andressa, ouvindo o que ela acabara de dizer, começou a chorar.

Laura a abraçou com carinho:

– Não fique assim, minha querida. Não vamos dar importância ao que diz a sociedade. O que importa é seu filho. Lembre-se de que é muito melhor ser feliz, do que ficar se escondendo ou cometendo crimes só com medo do que os outros irão dizer.

– E quanto à sua tia Celina, ficarei atento. Qualquer coisa que ela faça contra você ou essa criança, a expulso daqui – disse Renato.

– Apoiado, papai – disse Fábio, que não conseguia tirar os olhos de Helena.

Helena estava muito emocionada com o apoio do filho. Tão emocionada que não percebia que os olhares dele eram de amor carnal e não de um filho admirando a mãe.

Pouco tempo depois, Helena e Renato deixaram a mansão a fim de ficarem a sós.

Não passou despercebida a Vera Lúcia a paixão perigosa que Fábio estava sentindo pela mãe. Seu coração descompassou e ela estava ali, em seu quarto, ajoelhada, pedindo a Deus que a perdoasse por nunca ter dito a verdade sobre o assassino. Helena só poderia revelar sua verdadeira personalidade quando ele aparecesse e fosse preso. Mas até lá Fábio se apaixonaria cada vez mais pela mãe e sofreria muito.

Ao pensar naquilo, Vera Lúcia sentia o coração doer de angústia. Resolveu que falaria com Fábio, caso estivesse em casa, e tentaria demovê-lo daquele nefasto sentimento.

Desceu a escada e percebeu que toda mansão estava às escuras, só a luz do escritório estava acesa. Renato já teria voltado?

Entrou e notou que era Fábio quem estava lá, ouvindo músicas românticas com o olhar perdido num ponto indefinido. Ela se amargurou ainda mais. Tinha que demover o sobrinho daquela paixão.

Sentou-se na cadeira à frente e pediu:

– Abaixe o som, Fábio, preciso falar com você.

Ele abaixou com o controle remoto e perguntou preocupado:

– Algum problema? Onde está Andressa?

– Não é com ela o problema, mas com você.

– Comigo? – perguntou sem entender.

– Você está apaixonado por Laura, a futura mulher de seu pai.

Fábio corou:

– A senhora não deve estar bem, pode estar tendo algum daqueles surtos. Vamos procurar o remédio.

– Estou ótima, Fábio. Não queira fugir de você mesmo. Notei claramente que está apaixonado por Laura. Meu filho, tire esse sentimento de dentro de você. Está errado, ela será a mulher de seu pai, sua futura esposa.

– Já que a senhora descobriu, vou dizer a verdade. Eu não estou só apaixonado, eu amo Laura.

O coração de Vera parecia que ia saltar pela boca:

– Não diga isso nem de brincadeira. Quer se tornar inimigo de seu pai?

— Já pensei nisso, tia, mas não posso me conter. Estava aqui refletindo e decidi que vou brigar pelo amor de Laura até o fim.

— Meu Deus! Que horror! O que posso fazer para tirar essa ideia de sua cabeça?

— Nada. A senhora pode e vai me fazer um grande favor. Fique calada e jamais diga a ninguém o que conversamos aqui. Não sei como vou fazer para conquistar Laura, mas não vou deixar que se case com meu pai e, se não conseguir impedir o casamento, a conquistarei mesmo sendo esposa dele e a tomarei para mim.

— Você está louco? Seu pai merece ser feliz, merece seu respeito!

— Mas eu também mereço ser feliz e sei que só serei feliz com Laura ao meu lado.

— Com tantas moças de sua idade por aí, por que foi logo se apaixonar por ela?

— Eu sempre gostei de mulheres maduras. A senhora não sabe, mas sempre as namorei, e até tive recentemente um romance com uma casada, mais velha que Laura.

— Não quero saber o que você faz de sua vida, só não irei permitir que atrapalhe a felicidade de seu pai que já sofreu tanto na vida. Não falarei com ninguém o que conversamos, mas vou tentar de todas as formas impedir mais essa tragédia em nossa família.

Dizendo aquilo saiu apressada, subindo as escadas de dois em dois degraus. Naquela noite, Vera não conseguiu dormir e só via à sua frente uma solução: revelar o verdadeiro assassino à Helena. E era aquilo que iria fazer, o mais rápido que pudesse.

capítulo 29

◆

No decorrer dos dias, todos foram se habituando à ideia de que Andressa iria realmente ter um filho, fruto de um estupro. Helena estava sempre por perto, conversando com todos que, aos poucos, passaram a ver a situação com o máximo de naturalidade possível, exceto Celina que não participava das conversas e estava sempre fechada em seu quarto ou brigando com as empregadas.

Só Berenice notou que Vera Lúcia estava mais agitada que o habitual. Subia e descia as escadas o tempo inteiro, falava com mais frequência ao celular e quase não se alimentava direito.

Ao final de uma semana, após descobrir a paixão do sobrinho pela mãe, Vera chamou Helena ao seu quarto.

Já no quarto, Vera Lúcia muito trêmula e pálida, pegou nas mãos de Helena dizendo:

– Já não posso adiar mais, hoje você vai saber quem matou o Dr. Bernardo.

Helena assustou-se:

– Por que resolveu me contar isso?

– Porque coisas graves estão acontecendo e não posso mais deixar esse segredo encoberto.

– Você está me deixando nervosa, Vera, que coisas são estas?

– Seu filho Fábio está apaixonado por você.

– Como?

Vendo que Helena não queria acreditar no que ouvia, Vera contou-lhe tudo, ao final disse:

– Não é motivo mais do que suficiente para eu revelar?

– Estou pasma! Nunca pensei que toda aquela atenção fosse uma paixão.

– Pois é, e das mais perigosas.

– Contudo, você pode morrer e ele também.

– Não, não vou mais morrer. Durante essa semana consegui fazer coisas muito sérias. Agora estou protegida e Fábio também. Vou contar-lhe tudo, mas não aqui. Assim que sair daqui hoje não leve Renato com você. Depois de meia hora chego à sua casa e lá conversaremos. Finalmente, você poderá dizer a seus filhos que é a mãe deles e esse assassino miserável será preso.

– Você diz que fez coisas que agora a deixam protegida e Fábio também. Por que não fez isso desde o começo?

– Porque o que fiz esta semana exige muita coragem, coisa que, infelizmente, nunca tive. Trago dentro de mim grande remorso por sua prisão, porque eu sempre soube quem matou o meu irmão e por covardia nunca disse, mas agora finalmente me libertarei desse fardo.

– Me conte o que você fez, por favor!

– Quando eu lhe revelar quem é o criminoso, você entenderá tudo. Agora vamos descer para que ninguém desconfie.

Elas não perceberam que alguém escutava toda a conversa por detrás da porta e saiu rapidamente sem ser visto antes que as duas saíssem do quarto.

Foi difícil para Helena conter Renato aquela noite para que não fosse para sua casa. Quando finalmente chegou encontrou Leonora sentada no sofá, olhos fechados, em prece. Quando ela terminou, Helena disse:

– Não quis interromper sua oração. Está se sentindo bem?

– Não estou. Desde cedo comecei a sentir uma angústia muito grande, como se algo terrível fosse acontecer.

Helena assustou-se:

– O que você acha que pode ser?

– Não sei. Tenho orado a Deus desde que a sensação começou. Pedi a ele que se fosse pela presença de um espírito perturbador, o levasse para um local de refazimento. Mas não creio ser a presença de um espírito. Acho que algo ruim realmente vai acontecer.

Helena empalideceu:

– Isso me deixa muito preocupada. Você não sabe o que aconteceu hoje. Vera resolveu me contar quem é o assassino.

Leonora surpreendeu-se:

– Por que?

Helena contou tudo e finalizou:

– Será que seu pressentimento tem a ver com isso?

– Não sei, mas vamos continuar em prece. Quando temos um presságio ruim não é para nos assustarmos com ele, mas sim para orarmos a Deus pedindo que Ele envolva a todos em vibrações de paz e harmonia para que o acontecimento se dê da maneira mais suave possível ou até possa ser evitado conforme a vontade Dele.

As duas oraram juntas e Helena pôs-se a esperar por Vera. Ela havia dito que chegaria em meia hora, mas já passava mais de uma hora e nada de Vera aparecer. Helena e Leonora iam à janela que dava para o jardim de onde podiam ver a rua, praticamente deserta àquela hora da noite.

Finalmente, viram o carro de Vera se aproximar.

Vera desceu do carro e Helena estava abrindo a porta para recebê-la quando o inesperado aconteceu. Dois homens vestidos de preto, encapuzados, montados numa moto, apontaram duas armas para Vera e um deles disse:

– Não fará o que quer. Sua vida termina aqui.

Um grito de pavor se fez ouvir e vários tiros foram disparados em direção à Vera que tombou na mesma hora. Helena gritou e correu para acudi-la enquanto os motoqueiros fugiam rapidamente.

– Socorro! Socorro! – gritava Helena vendo Vera agonizar em seus braços.

Leonora ligou para os bombeiros, e se juntou à Helena que chorava alucinada:

– Ela está morrendo, faça alguma coisa!

– Os bombeiros estão chegando.

– Ligue para Renato, avise a ele.

Leonora entrou e ligou.

Os poucos vizinhos começaram a surgir e pequena aglomeração se fez. Vera estava banhada em sangue e Helena temia por sua morte. Vera lhe disse que estava segura e não morreria mais, mas estava enganada. O assassino havia descoberto que ela contaria a verdade, então, tentou impedi-la.

Vera tentava balbuciar algumas palavras, mas não conseguia dizer nada. Helena desesperada, tentava:

– Diga-me quem é ele, diga-me, Vera!

O som do carro do corpo de bombeiros se fez ouvir e logo Vera estava sendo conduzida para o hospital. Helena foi junto, não sem antes pedir que Leonora avisasse a todos para onde Vera estava sendo levada.

A notícia caiu como uma bomba na família. Vera era muito estimada e todos entraram em desespero. Renato ligou para a casa de Duílio e ele se surpreendeu dizendo que iria em seguida para o hospital.

Quando todos já estavam no hospital, um dos médicos responsáveis disse que Vera tinha sido gravemente ferida e corria grande risco de morte. Informou que faria uma cirurgia delicada, porém, a família deveria se preparar para o pior.

O tempo de espera foi angustiante para todos. Ninguém entendia por que Vera havia sido atacada na frente da casa de Helena. Três longas horas se passaram até que o médico voltou com a fatídica notícia:

– Infelizmente, a senhora Vera não resistiu aos ferimentos e morreu durante a cirurgia. Lamentamos, mas tudo fizemos para que isso não acontecesse. Meus pêsames.

Descontrole geral tomou conta de todos, intimamente, suspeitavam que mais aquela morte tinha relação com o assassinato, porém, nada disseram. O fato de Vera ter sido morta em frente à casa de Helena mostrava claramente que aquele crime, sem nenhuma tentativa de assalto, tinha os mesmos motivos que levaram o criminoso a matar o patriarca da família, vinte anos antes.

Os sobrinhos estavam inconsoláveis e, quando chegaram a casa, cada um foi se fechar em seu quarto. Helena, então, viu-se a sós com o restante da família e aproveitou o momento:

– Foi um de vocês quem matou a Vera.

Aquela declaração à queima-roupa surpreendeu a todos:

– Como ousa dizer isso? – disse Celina irritada.

– Não apenas ouso, como posso afirmar que um de vocês cometeu esse crime lastimável. Por que não se revela logo?

– Calma, meu amor, você está nervosa – disse Renato abraçando-a.

– Não, não estou apenas nervosa, mas indignada. A pessoa que fez isso com Vera é o pior dos monstros. Ontem à noite ela me chamou ao quarto dela e me disse que iria me revelar quem matou o Dr. Bernardo. Pediu-me que eu não levasse Renato comigo para casa e que, meia hora depois que eu saísse daqui, ela chegaria lá para me revelar tudo. Vera tinha um forte motivo para me dizer a verdade que guardou desde que o irmão morreu.

– Como assim? Vera sabia quem matou o Dr. Bernardo? – perguntou Duílio incrédulo.

Parecia que todos ali queriam saber a mesma coisa, tal a ansiedade que expressavam no olhar.

— Sim, ela sabia. Vera presenciou a cena do crime, viu tudo, mas nunca pôde dizer porque o assassino a chantageava.

— Como assim? — perguntou Bruno, interessado.

— O assassino descobriu que Vera sabia a verdade e a ameaçava de morte. Não só ela, mas meu filho Fábio.

— Isso eu posso garantir — disse Renato. — No dia em que Helena saiu da prisão, tia Vera me pediu que a perdoasse, que fosse buscá-la para viver de novo nesta casa. E ela revelou que sabia quem era o assassino, mas não podia dizer, pois sua vida e a de Fábio corriam risco. E estava certa. Quando foi revelar a verdade, morreu. — Renato começou a chorar. Parecia um pesadelo que sua tia tão querida tivesse morrido por causa de uma pessoa monstruosa que não queria ser descoberta.

Vendo o sofrimento do amado, Helena sentenciou:

— Eu sei que é um de vocês e quando eu tiver a prova, juro que terei o prazer em colocá-lo na cadeia. Agora já não é apenas por mim, mas por Vera, que sofreu a vida inteira e terminou morta desse jeito.

— Você está nos acusando seriamente pela segunda vez — disse Duílio com raiva. — Posso processá-la por calúnia.

Ela sorriu maliciosa:

— Duvido que tenha essa coragem. Posso não ter provas de que foi você quem matou meu sogro, mas o que tenho em mãos sobre sua pessoa é o suficiente para deixá-lo na miséria e na cadeia. Por isso não tente brincar comigo. Aliás, nem você, nem Celina, nem Morgana, nem Bruno, nem Letícia, nem você, Berenice, e seu marido Osvaldo. Tenho provas contra vários delitos de vocês e caso eu morra, meus cinco advogados têm todos os originais e vocês estarão comprometidos para sempre. Por isso, rezem muito para que eu não seja vítima de um arranhão sequer.

Todos se calaram, roendo-se de ódio de Helena. Infelizmente, nada podiam fazer contra ela.

Vendo que o clima estava desagradável e pouco amistoso, visto que Renato estava claramente ao lado da mulher, um a um foi se retirando e Celina recolheu-se aos seus aposentos, assim como fizeram Berenice e Osvaldo.

Helena, sozinha na sala com Renato, disse:

– Não vamos deixar mais um crime passar em branco. Vamos entregar todos eles à polícia. O que tenho sobre cada um é suficiente para que o inquérito seja reaberto e a vida deles investigada.

– Não, Helena, pelo amor de Deus. Esse assassino não é de brincadeira. Minha querida tia está morta. Infelizmente, ela falava a verdade. Não quero pôr a vida de Fábio em risco.

– E vamos viver para sempre à mercê dele ou dela? Nunca poderei me revelar como mãe de meus filhos por causa de um monstro que precisa ser detido e preso?

– Vamos aguardar. Por agora não podemos arriscar a vida do nosso filho.

– Coitada de Vera! Não queria que tivesse esse fim.

Lembrando da doçura e do amor de Vera, ambos recomeçaram a chorar baixinho.

capítulo 30

◆

O velório e enterro de Vera foram em clima de desespero para todos, principalmente para os sobrinhos e para Celina que, inconformada, acusava intimamente Helena, pois sua irmã havia sido assassinada quando ia a seu encontro.

A polícia começou a fazer as investigações, e Helena foi chamada a depor, mas omitiu o verdadeiro motivo da visita de Vera à sua casa àquela hora da noite. Disse apenas que gostava muito dela e queriam conversar mais à vontade, longe do ambiente da mansão.

Por fim, o crime foi considerado tentativa de assalto. A polícia concluiu que Vera ia ser roubada, mas os bandidos viram Helena e Leonora à janela e, como não conseguiram o que queriam, mataram a vítima.

Um mês depois, o caso foi dado por encerrado.

A falta de Vera na mansão provocou em todos tristeza profunda que parecia não ter fim. Andressa chorava muito e os rapazes, para fugir do clima melancólico que se instalara na casa, saíam o tempo inteiro e durante as noites iam para barzinhos ou festas diversificadas.

Durante uma daquelas noites solitárias, quando Celina e Andressa já haviam se recolhido, Helena e Renato se encontraram na sala, tomando delicioso vinho e ouvindo música relaxante.

– Nossa vida precisa mudar. Não aguento mais o clima que se criou aqui. Temo que Andressa, abalada como está, perca o bebê – clamou Renato buscando as mãos macias e carinhosas da mulher amada.

– Eu também acho que não podemos mais viver assim. A perda de Vera foi lamentável, mas ficarmos desse jeito não vai trazê-la de volta. Tenho aprendido que não devemos chorar muito por quem já se foi ou ficar lamentando em demasia sua morte. Isso prejudica o espírito em sua nova estada no plano astral. Por outro lado temo pelos meninos. Outro dia o Fábio chegou bêbado.

– Estou temeroso pelo Fábio, ele tem bebido muito ultimamente.

Helena calou-se por instantes. Ela sabia que Fábio estava apaixonado por ela e essa era a verdadeira causa de seu abuso no álcool. Contudo, jamais poderia falar com Renato. Aquilo a angustiava muito e não foram poucas as vezes que chorara sem saber como solucionar a questão. Seu filho era um rapaz lindo, agradável, sensível, por que fora cometer o erro de se apaixonar por ela?

– Está calada por que, meu amor? No que pensa? – Renato interrompeu seus pensamentos.

Ela disfarçou:

— Preocupada com nossos filhos. Porque também considero Humberto meu filho. Mas o estado de Andressa, deprimida, e Fábio bebendo demais é o que mais me angustia.

De repente Renato teve uma ideia:

— Que tal anteciparmos nosso casamento? Só assim a alegria voltará a reinar aqui. Em vez de uma cerimônia comum, daremos uma grande festa. Agradaremos aos nossos filhos, traremos muita gente.

— Acho uma boa ideia, mas não corro o risco de ser reconhecida em meio a tantas pessoas?

— De jeito nenhum. Você sabia como papai era reservado, você quase não foi vista por ninguém do nosso meio durante o tempo que ficou casada comigo. Sempre fomos muito reservados, nunca demos festas em casa ou recebíamos os amigos.

Helena alegrou-se, beijando-o nos lábios:

— Então amanhã, durante o almoço, anunciaremos nosso casamento para daqui a quinze dias!

— Só isso?

— Creio ser o tempo necessário para agitar essa casa e banir para sempre a tristeza que Vera deixou. Ela nos amava, queria nosso bem, ficará feliz de onde estiver, vendo nosso enlace. E também é o tempo suficiente para que tudo fique regularizado perante a lei.

— Então faremos isso, amor! Amanhã daremos a notícia.

Renato e Helena beijaram-se com ardor e ele foi levá-la de volta para casa.

No dia seguinte, pela manhã, passava das 11h quando Helena chegou. Cumprimentou Renato, abraçou Andressa e dirigiu-se à cozinha, pois queria falar em particular com Berenice. Chamou a governanta à área de serviço e perguntou:

– E ontem? Que horas Fábio e Humberto chegaram?

– Humberto chegou mais cedo, por volta das duas da manhã, mas Fábio chegou passava das cinco...

Vendo que Berenice relutava em falar algo mais, Helena encorajou-a:

– Novamente bêbado. Não minta!

– Sim, senhora! Novamente bêbado. Os amigos o trouxeram dirigindo o carro dele. Estou com pena do meu menino. Eu o vi nascer, nunca imaginei que chegaria a esse ponto.

Helena encheu os olhos de lágrimas:

– Berenice, você é uma boa alma. Desculpe se a acusei pelo crime naquela noite no jantar, mas sei que você é incapaz de matar alguém. Só esse favor que está me fazendo, passando algumas noites acordada, esperando a hora dos meus filhos chegarem para ver o estado deles, nunca terei como pagá-la.

Berenice também ficou emocionada:

– Para mim eles também são meus filhos. Não faço diferença entre eles e Duílio.

Helena aproveitou para fazer uma pergunta que a muito vinha incomodando, mas que não tivera coragem de fazer a Renato:

– Como foi a adoção de Humberto? Como tudo aconteceu?

Berenice sentou-se num banco fazendo um gesto para que Helena a acompanhasse e começou a contar:

– Foi tudo muito estranho. A chegada de Humberto aqui foi uma surpresa para todos nós.

Assim que você foi condenada e presa, Vera Lúcia e Celina resolveram fazer uma longa viagem pela Europa. Todos nós estranhamos, pois as duas nunca se deram bem por serem muito diferentes. Celina sempre foi o poço da arrogância e do esnobismo, enquanto Vera era o símbolo da gentileza e da simplicidade. Elas sempre discordavam em tudo.

Sempre percebi que entre elas havia um grave segredo. Na verdade, o segredo é de Celina. Vera Lúcia com certeza descobriu algo muito grave que ela fez no passado e vivia ameaçando em contar quando Celina cometia alguma injustiça com alguém. Vera sempre foi muito justa e não gostava quando Celina maltratava os empregados, brigava com Renato e até com o senhor Bernardo, como você cansou de ver enquanto morou aqui.

Então, de repente e sem justificativa, as duas foram viajar juntas para a Europa. Passaram lá mais de um ano. Um mês depois que regressaram, numa noite, Osvaldo estava no portão fazendo a vigilância quando ouviu que alguém, envolto em um manto escuro, se aproximou, deixou uma pequena caixa e saiu correndo. Osvaldo ainda tentou seguir, mas estava muito escuro, nessa noite havia faltado energia aqui no bairro, e a luz da lanterna só fez meu marido ver que se tratava de uma mulher. Ele colocou a luz na caixa de papelão e a abriu. Teve uma surpresa ao ver um bebê rechonchudo e rosado que, com o efeito da luz, piscou os olhinhos e começou a chorar. Trouxe-o para dentro de casa e todos se enterneceram com a criança.

Seu Renato a levou no dia seguinte para as autoridades e Vera Lúcia insistiu que ele deveria adotar a criança como seu filho. De tanto a tia falar, Renato pediu preferência de adoção à justiça, caso os pais do bebê não fossem encontrados. Passou pouco tempo e a justiça concedeu a criança em adoção a Renato. Foi uma alegria para todos. Humberto veio trazer luz a esta mansão, tão sombria por sua prisão e pela morte do patriarca. Ele o registrou como se fosse seu filho e fez com que todos nós nos calássemos. Fez também com que ele adorasse a misteriosa mulher da pintura sobre a lareira, achando ser a mãe dele. É tudo que sei.

Helena estava intrigada:

– Por que você associou a viagem das duas com a chegada de Humberto? Acaso está querendo dizer que...

– É isso mesmo. É uma desconfiança minha e de meu marido Osvaldo desde que essa criança apareceu aqui. Tenho certeza que Celina ou Vera Lúcia ficou grávida e, para não ser mal falada na sociedade, viajou para ter essa criança fora e depois deixou aqui na porta.

Helena surpreendeu-se:

– Mas nenhuma das duas foi dada a namoros. Sempre foram solteironas convictas!

– Isso é o que aparentavam. Acredito que uma delas deve ter tido um relacionamento proibido e engravidou. Por certo, deveria ser com um homem casado.

– Você afirma com tanta convicção!

– Observe bem o Humberto. Ele tem todos os traços da família. Desde pequenininho notei isso, não só eu como todos, mas ninguém tem coragem de dizer. Sempre comentam entre si que não se parece com ninguém, porém parece muito com Renato. Tem a mesma cor, os mesmos cabelos, olhos quase idênticos e lábios proeminentes iguais aos dele. Claro que seu Renato não é o pai, seria impossível, mas uma das duas poderia ser a mãe.

Só naquele momento Helena viu a incrível semelhança de Humberto com Renato, parecia-se até mais que seu filho Fábio.

– É um mistério. Mas quem você acha que, das duas, é a mais provável de ser a mãe?

– Pela insistência desesperada na adoção, tenho quase certeza de que seja Vera.

– Preciso fazer um exame de DNA para descobrir.

– Mas como? Vera está morta!

– Farei com Celina, se não for compatível, é porque Humberto é filho de Vera.

– Mas, sendo irmãs, não é difícil diferenciar pelo código genético? Desculpe-me, não entendo bem dessas coisas.

– Pelo que li sobre o assunto, o código genético da mãe é 99,9% compatível com o do filho. Logo, se o de Celina não tiver essa porcentagem, a mãe é Vera.

– Mas como a senhora vai fazer? Celina jamais irá concordar em fazer o exame.

– Tenho meios para conseguir isso. Até com um copo que ela beba água, podemos tirar a saliva e fazer o teste. Quanto a Humberto, faremos do mesmo jeito, sem ninguém saber. Isso será um segredo nosso!

– Que terei imensa alegria em guardar. Quero descobrir de fato a origem do nosso menino.

– Vamos descobrir.

A voz de Renato chamando Helena se fez ouvir e as duas saíram da área de serviço, ficando Berenice na cozinha e Helena retornando à sala. Já era mais de meio-dia e todos se encontravam na sala. Renato, em tom solene, disse:

– Laura veio hoje almoçar conosco para fazer um comunicado.

– Do que se trata? – perguntou Celina fulminando-a com o olhar.

– Só depois do almoço. Vamos? – chamou Renato.

– Não quero almoçar, perdi a fome.

– Ora, tia, deixe de birra, vamos todos comer juntos, conversar. Vamos alegrar o ambiente.

– Impossível. Jamais superarei a morte de minha irmã.

– Não vamos falar sobre isso agora. Vamos almoçar, e depois Laura dará seu comunicado.

Andressa e Humberto abraçaram Helena com carinho e junto com Fábio, visivelmente desgastado pelo abuso do álcool, seguiram para a sala de jantar.

Todos comeram alegremente, com Helena falando de coisas triviais e interessantes. Até Celina, mesmo sem querer, acabou alegrando-se com a conversa e as boas energias do ambiente que ficaram mais leves.

Quando terminaram, já na sala de estar onde tomavam café, Renato tornou:

– Laura vai comunicar a vocês algo muito importante. Por isso, fiz questão que até Berenice e Osvaldo estivessem aqui presentes.

Helena abraçou Renato e revelou:

— Vamos nos casar dentro de quinze dias e daremos uma grande festa nesta casa.

Andressa, muito feliz, começou a bater palmas, sendo seguida pelos outros. Todos abraçaram o casal desejando boa sorte e felicidades, exceto Celina que, sentada numa das poltronas, não mexia um músculo da face. Helena também notou a palidez e o constrangimento de Fábio ao abraçá-la, fingindo felicidade, mas fez que nada percebeu. Olhou para Celina e perguntou:

— E você, Celina? Não vai nos parabenizar?

— Não sou falsa. Sou contra esse casamento. Acho que a mãe dos meninos é insubstituível.

— Não seja tão radical. Você teme que eu domine esta casa e lhe tire a liberdade, mas não farei isso. Você terá toda autonomia aqui e nada vai mudar.

Helena disse aquilo com tanta sinceridade que acabou por tocar um pouco o endurecido coração da tia do marido.

— Que seja feita a vontade de vocês, só não acho certo fazer uma festa aqui com apenas um mês da morte de minha irmã. Além do mais, nossa família nunca abriu os portões desta casa para nenhum tipo de recepção. Não é usual em nossa vida.

— Mas essas coisas precisam mudar, Celina — tornou Helena tranquila e carinhosa, dirigindo-se para a outra e pegando em seu braço. A sinceridade de Helena era tanta que impediu que Celina a rechaçasse. — Essa casa está mergulhada na tristeza, na amargura e na revolta. Precisamos mudar, trazer a alegria de volta para cá. Os filhos de Renato são jovens, precisam de um ambiente alegre para viver.

Você e o Renato também são jovens, precisam recuperar a alegria, encontrar a felicidade. Vera morreu, infelizmente, mas não podemos passar o resto da vida tristes e amargurados por isso. Onde quer que ela esteja ficará muito triste com nossa tristeza. Sei que é católica, sei que acredita que sua irmã está viva em outro lugar. Quer que ela fique ainda mais triste vendo todos nós aqui vivendo na infelicidade?

Lágrimas escorriam pelo rosto de Celina, vendo muita lógica em tudo que Helena dizia. Mas não cedeu:

– Eu ainda acho errado, mas se querem fazer e são apoiados por todos, que façam! Com licença!

Disse isso e saiu em direção ao jardim. O clima começava a ficar pesado pelas palavras e pelo choro de Celina, mas Helena interveio:

– Vamos entender que a tia de vocês é assim mesmo e só com o tempo é que mudará. Vamos aproveitar e nos abraçar, comemorando esse acontecimento feliz.

Todos se abraçaram emocionados e voltaram a conversar. Helena começou a falar acerca da decoração e da pequena reforma que pretendia fazer em alguns cômodos da casa, pedindo opiniões de todos que logo estavam envolvidos. Parecia que a alegria realmente estava voltando àquele lar.

capítulo 31

A reforma começou e Andressa saía inúmeras vezes com Helena para escolher alguns móveis novos, cortinas diferentes, tapetes, objetos de decoração, quadros mais vivos, tudo para a casa ficar mais bela possível para o grande dia.

Durante essas saídas, Andressa fazia o possível para demonstrar alegria e felicidade, mas Helena notava no fundo dos seus olhos uma tristeza que ela não conseguia ocultar. Numa tarde, quando terminaram as compras daquele dia, foram para a praça de alimentação do shopping e pediram deliciosos sorvetes.

Helena olhou a filha com muito carinho e tornou:

– Andressa, sei que está muito feliz com o meu casamento com seu pai, mas noto tristeza nos seus olhos. Você tenta disfarçar, mas sei que algo a incomoda profundamente. Tenho certeza que não é seu filho.

Os olhos dela encheram-se de lágrimas:

— Não, meu filho está ótimo. Tenho feito os exames e ele cresce saudável e lindo! Eu o amo, e como já disse, jamais o rejeitaria por nada deste mundo.

— Então, o que se passa com você?

A confiança de Andressa por aquela que não sabia ser sua mãe era tanta, que ela não teve como resistir e se abriu:

— É que estou apaixonada e não vejo como ficar ao lado de quem amo.

— Que lindo! A paixão é muito bonita quando vivida com equilíbrio.

— Não no meu caso, que é uma paixão impossível.

— Por que é impossível? Ele é casado, noivo, tem namorada?

— Não. Nada disso...

Vendo que ela estava com receio de se abrir mais, Helena a incentivou:

— Vamos, querida, se abra. Quem sabe não possa ajudá-la?

— Estou apaixonada por Ricardo!

— É algum colega de faculdade?

— Não, não é ninguém de nosso meio. Ricardo é o rapaz que estava no mesmo hotel que eu quando tudo aconteceu. Foi ele quem fez a revisão em meu carro e foi até minha casa levá-lo de volta. Desde que o vi pela primeira vez senti algo diferente. Quando ele foi à minha casa, senti meu coração descompassar. Ele me chamou ao jardim e declarou estar apaixonado por mim, pediu-me em namoro. Mas eu estava completamente revoltada com o que havia me acontecido e vi naquele pedido um golpe, uma tentativa de um rapaz pobre em pertencer à alta sociedade às custas de uma moça estuprada. Me revoltei e disse coisas a ele das quais me arrependo muito. Ricardo reagiu com tanta dignidade que me tocou ainda mais e desde aquele dia não consigo esquecê-lo. Estou apaixonada e sinto que o amo de verdade.

Helena sentiu-se tocada com a revelação da filha:

– Mas o que pode haver de impedimento nesta relação? Vocês dois se amam, podem e devem ficar juntos.

– Como você, uma mulher tão rica e fina, pode aceitar com naturalidade uma união dessas? Ele é um rapaz que não tem onde cair morto, sobrevive de uma oficina mecânica.

– Posso ser rica sim, mas não tenho nenhum preconceito social. Soube que seu pai casou com sua mãe, mesmo ela sendo muito pobre. E pelo que soube os dois se amavam muito. Precisamos esquecer isso de "classe social". Todos nós somos filhos de um mesmo Pai que nos ama igualmente.

– Você é muito nobre, Laura! Não canso de agradecer a Deus o fato de você ter surgido em nossas vidas. Mas as outras pessoas não pensam como você. Meu pai, minha tia e principalmente meus irmãos jamais aceitariam. Já tive de impor essa criança que está em meu ventre, agora terei também de impor um pobretão?

– Você não impôs nada. Seu filho foi aceito com muito amor e carinho por todos, até mesmo Celina não comentou mais nada desagradável. Seus irmãos trazem presentes para ele e Renato só fala do neto que vai nascer. Isso já foi superado e creio que ninguém será contra esse namoro e futuro casamento. Se seu pai foi capaz de desposar uma moça pobre no passado, não é agora que será contra ao ver a filha casando com uma pessoa sem posses.

– Mas irão dizer que ele está me dando o golpe do baú. Ninguém acreditará em nosso amor.

– E o que é mais importante? O que você pensa e sabe que é verdade ou a opinião dos outros?

Andressa calou-se e Helena prosseguiu:

– Nunca dê importância ao que os outros dizem. Isso é vaidade e orgulho. Sempre terá alguém falando mal de nós, nos criticando, duvidando de nossas intenções, mas não podemos parar nossa vida por isso. O que importa é o que somos por dentro, o nosso coração, as nossas atitudes perante a vida. Se você quiser eu a ajudo e Ricardo será seu.

Um brilho de contentamento despontou dos olhos claros de Andressa, mas logo depois desapareceu e ela disse:

– Mesmo que todos aceitem, não acho possível que Ricardo me perdoe depois de tudo que disse a ele naquele dia.

Helena permaneceu calada por alguns segundos, e então teve uma ideia:

– Eu vou procurá-lo, basta que você me dê o endereço, você lembra?

– E como ia esquecer aquele lugar?

– Então, diga-me onde é. Ainda é cedo, vou lá, falo com ele, digo dos seus sentimentos e o quanto está arrependida pelo que lhe disse.

Ela corou:

– Tenho medo de ser rejeitada.

– O medo é o nosso maior inimigo, nunca devemos nos guiar por ele. Se você não tentar uma reaproximação, nem que seja através de mim, nunca saberá a reação dele e viverá para sempre nessa dúvida. Passe-me o endereço, deixo você em casa e sigo para lá.

– Só você mesmo para fazer isso por mim. Amo-a como se fosse minha mãe!

Aquela frase foi demais para Helena que quase desequilibrou-se emocionalmente, mas rapidamente se recompôs e replicou em tom natural:

– E eu a amo como se fosse minha filha.

Ambas se abraçaram e em seguida foram para o carro. Fizeram de acordo com o combinado e Helena, ao deixar Andressa em casa, seguiu para a oficina de Ricardo.

capítulo 32

Helena dirigiu-se para o bairro onde Ricardo morava, mas Andressa dera-lhe o nome da rua do hotel e não da oficina onde ele trabalhava. Contudo, não foi difícil descobrir, já que a oficina ficava perto, e Ricardo era bastante conhecido ali.

Quando ela parou o carro em frente ao grande galpão que lhe servia de ambiente de trabalho, Ricardo saiu debaixo de uma caminhonete, limpou as mãos numa estopa, esfregou-as no já sujo macacão azul e, olhando-a, perguntou:

– Qual o problema, dona?

– Gostaria de conversar com você, Ricardo.

Ele a olhou desconfiado colocando as mãos nos bolsos do macacão.

– Como sabe meu nome? Nunca a vi por aqui.

– Sou a futura madrasta de Andressa.

Ricardo tomou leve susto. Logo, pensou que ela deveria estar ali para lhe pedir desculpas pelos impropérios ditos pela moça quase dois meses antes.

— Se veio pedir desculpas pelo que Andressa fez, não precisa. Não guardo raiva alguma dela.

— Não vim pedir desculpas. Vim falar sobre Andressa sim, mas gostaria que não fosse aqui fora, nem na presença de outras pessoas. Tem algum lugar onde possamos conversar a sós?

Havia ali dois rapazes que trabalhavam com Ricardo e ele, vendo que aquela mulher tinha ido com boas intenções, convidou-a para uma saleta que servia de escritório. Era um lugar pequeno, com um armário de aço, uma mesa e duas cadeiras. Ele fez um gesto para que ela se sentasse na cadeira da frente, enquanto ele ocupou a outra.

— Pode dizer.

— Você está muito defensivo, Ricardo. Compreendo que o que Andressa fez não foi bom, mas não precisa ficar desse jeito. Vim aqui porque desejo o melhor para vocês.

— Para nós? Como assim?

— Andressa, embora tenha feito o que fez com você, descobriu que o ama.

Ele empalideceu. Não podia ser verdade.

— Não estou entendendo. Andressa recusou o meu amor da pior forma possível. Como descobriu que me ama?

— Ela fez aquilo porque estava vivendo momentos muito difíceis. Tenho certeza que você entendeu a reação dela.

— Não creio, senhora. Andressa demonstrou naquele dia que é geniosa, tem um temperamento difícil e se acha melhor que todo mundo só porque é rica. Por mais que eu a ame, não posso aceitar uma coisa dessas. Compreendo que goste de sua futura enteada, mas ela não é o que aparenta. É uma garota estúpida e eu diria que até má.

– Não diga isso, Ricardo. Conheço Andressa muito bem. Ela tem gênio forte, personalidade dura, muitas vezes, mas não possui coração ruim, ao contrário, é uma menina muito boa. As coisas que tem passado e o fato de ter descoberto que está grávida modificam muito a personalidade dela. Garanto que hoje Andressa está melhor do que era antes.

Ricardo assustou-se:

– Ela está grávida? Como assim?

– Isso mesmo. Infelizmente, aquele estupro resultou numa gravidez. Mas saiba que ela já ama o filho e não vai abortá-lo.

Parecia um pesadelo. Andressa grávida daquele homem asqueroso e ainda amando o filho.

– A senhora tem certeza que Andressa aceitou essa criança?

– Absoluta! Ela ama o filho e fará de tudo para que cresça sadio e feliz.

Ricardo pensou que se aquilo fosse verdade ela realmente estava mudada. Contudo, não mudava nada entre eles.

– Mesmo que tenha mudado em nome do filho, não creio que me ame. Como a senhora pode afirmar isso?

– Foi ela mesma quem me disse. Percebi que Andressa andava muito triste ultimamente e acabei forçando-a a me dizer a razão. Ela me confessou que ama você e que nunca o esqueceu desde a primeira vez que o viu.

O coração de Ricardo acelerou e uma onda de calor gostoso envolveu seu corpo. Se aquilo fosse verdade passaria por cima da humilhação sofrida e ficaria com ela. Mas havia outro problema e resolveu se abrir:

— Mesmo que seja verdade há a questão da diferença social que há entre nós. Quando a pedi em namoro o fiz movido pela paixão, sem pensar em mais nada, mas depois do que ela me disse, passei a refletir e cheguei à conclusão de que nossa diferença social é muito grande. Jamais daria certo.

Helena enterneceu-se. Via que aquele rapaz humilde e bondoso amava mesmo sua filha.

— Isso não é problema algum, Ricardo. O pai de Andressa não tem preconceitos, e eu muito menos. Em breve me casarei com Renato, serei a dona daquela casa. Você lá será muito bem tratado, posso garantir.

— Mas ela tem irmãos. São filhinhos de papai mimados e esnobes. Como reagirão diante disso?

— Você está julgando os rapazes sem conhecê-los. Posso garantir que também não terá nenhum problema com eles.

Ricardo animou-se:

— Mas o que a senhora propõe? Que eu vá lá e volte a falar com ela?

— Sim, é o que Andressa mais quer. Mas lembre-se de que ela está grávida de outro. Você vai amar esta criança como se fosse sua?

— Com certeza, senhora Laura. Meu amor por Andressa é tão grande que passa por cima de todas as coisas. Essa criança não pediu para vir ao mundo e deve ser muito amada por todos nós. Parece que estou vivendo um sonho do qual não quero acordar.

Helena riu:

— Não é sonho, é a realidade. Quero você lá hoje à noite. Vou preparar tudo para que conversem à vontade e se acertem.

Ela se levantou e ele lhe deu a mão, apertando-a firme:

— A senhora não irá se arrepender de ter vindo me procurar. Farei sua enteada a mais feliz das mulheres.

Ricardo sorria feliz e Helena entendeu por que a filha se apaixonara por ele. Além de ser um rapaz lindo, fisicamente e de rosto, possuía beleza de alma, era um espírito nobre.

Quando saiu de lá não deixou de fazer uma prece, agradecendo a Deus por tudo ter corrido bem.

Assim que chegou à mansão, foi para o quarto com Andressa e contou-lhe tudo. Ela sorria feliz e agradecia Helena.

— Agora, trate de ficar mais linda do que já é, pois seu príncipe logo estará aí.

— Ficarei sim. Nem acredito que vou realizar este sonho. Só fico com medo da reação dos outros.

— Pode deixar. Vou descer agora e falar com eles. Estão todos aqui.

— Tenho medo.

— Não tenha, pois você é adulta e dona de sua vida.

Helena desceu e encontrou Celina juntamente com Renato, na sala.

– Onde estão Fábio e Humberto? – perguntou em tom dissimuladamente autoritário.

– Fábio está tomando banho e Humberto estudando no escritório – respondeu Renato estranhando o tom de Helena.

– Mande chamar o Humberto e vamos esperar o Fábio terminar o banho. Tenho um comunicado a fazer.

– Lá vem você de novo – reclamou Celina. – O que é dessa vez?

– Nada de mais, só devo lembrá-la que sou mãe deles e devem respeitar minhas decisões.

– Eles não sabem que você é a mãe. Só fazem o que querem – zombou Celina.

– Pois farei valer minha autoridade de mãe, se for preciso. Quem terá coragem de ir contra mim aqui?

– Não estou entendendo por que está tão agressiva, meu amor – disse Renato realmente sem entender.

– É que o que vou dizer talvez não seja aceito por algumas pessoas. Mas é um comunicado, não é um pedido de opinião. Caso você, Celina, fique contra, não terei alternativa a não ser contar o que sei sobre seu passado.

Ela enrubesceu.

– Você é uma chantagista perversa!

– Que seja, mas pelo bem e felicidade de minha filha faço qualquer coisa, até revelar seu segredo escabroso, que pode ter feito com que você tenha matado o próprio irmão, pois ele descobriu e a estava infernizando.

Celina engoliu o ódio. Helena prosseguiu:

– Então é bom aceitar o que vou dizer, sem reclamar, ouviu?

– Mas você se refere à Andressa? O que é? – perguntou Renato preocupado.

– Não é nada demais, apenas desejo a aprovação de você, que é o pai, de Celina, a única tia viva, e dos irmãos.

– Aprovação para quê? – perguntou Fábio descendo as escadas e já fascinado pela beleza de Helena.

– Logo todos irão saber. Por favor, chame Humberto no escritório.

Fábio chamou o irmão e, quando todos estavam reunidos, Helena comunicou:

– Andressa está apaixonada e tudo indica que será correspondida. Se ela e o rapaz se acertarem, coisa que torço muito, eles irão namorar, noivar e casar.

A notícia surpreendeu a todos. Andressa era de namorar, mas não passava de encontros casuais durante as festas que ia ou nos passeios de fim de semana, mas nunca se apaixonara por ninguém. Após os acontecimentos que deram outro rumo à sua vida, vivia mais em casa, só saindo para estudar, evitando até mesmo um contato mais profundo com as amigas e colegas de curso, para evitar críticas sobre sua condição. Como poderia estar apaixonada?

Essa foi a pergunta que Renato e os filhos fizeram a Helena, que respondeu calmamente:

– Andressa está apaixonada por Ricardo, o mecânico que fez a revisão de seu carro. Ela o conheceu na fatídica noite que resolveu dormir naquela pensão.

– Mas isso é impossível! – disse Fábio contrariado. – Conheço bem minha irmã, ela jamais se apaixonaria por um pobre mecânico.

– Você está enganado a respeito de sua irmã, aliás, todos vocês aqui parecem conhecê-la pouco. Andressa criou uma imagem para si e para os outros que não corresponde à sua verdadeira natureza. Intimamente, ela não é essa pessoa preconceituosa e esnobe que sempre quis mostrar, mas sim uma pessoa simples e humilde.

Humberto zombou:

– A senhora é que não a conhece. Logo Andressa, simples e humilde?

– Pois eu garanto que é. Tanto que aceitou o filho e está apaixonada por um mecânico, disposta a viver esse amor. Ela tem todo meu apoio. Eu mesma fui procurar o rapaz hoje para conversar sobre os sentimentos dela.

Renato estava surpreso:

– Você foi procurar um homem para minha filha?

– Nossa! Porque, desde que fiquei sua noiva, considero Andressa minha filha também.

– Mas por que você foi procurar o rapaz?

Helena contou tudo que havia acontecido, a conversa que havia tido com a filha, em que ela expôs estar deprimida por sofrer de amor, e da decisão em ajudá-la. Finalizou:

– Ricardo vem aqui hoje à noite conversar com ela e não quero que ninguém diga nada ou seja contra. Entendeu bem, Celina?

Celina, que até aquele momento estava imóvel e calada, virou-se para ela e disse:

– Tudo bem, mas saiba que estará contribuindo ainda mais para a ruína de nossa família. Deixar Andressa namorar e casar com uma pessoa sem nível, sem ter onde cair morto, além de estar grávida de um estuprador, é demais para nossa família.

Helena provocou:

— Mas por que o preconceito, hein? Até onde sei, a mãe dos meninos, a primeira esposa de Renato, era muito pobre.

Celina calou-se, poderia ficar perigosa aquela conversa. Não disse mais nada e começou a limpar lágrimas de ódio que escorriam por seu rosto.

Fábio foi em defesa de Helena:

— Laura está certa. O que vale neste mundo é a felicidade e não o modo que ela aconteça. Andressa terá meu apoio integral. Torço para que esse Ricardo seja uma pessoa boa, que goste de conversar, que se torne nosso amigo.

Movido pelo altruísmo do irmão, Humberto também se manifestou:

— Se ela gosta dele também a apoio, afinal, o que Andressa mais precisa no momento é de um homem ao lado, dando-lhe forças nesse momento difícil.

— E você, Renato? Não diz nada? – inquiriu Helena.

— Eu só posso apoiar também. Nunca fui preconceituoso, e pelo que conheço do rapaz, parece ser uma pessoa honesta.

— Posso garantir que é. Os anos que passei de dificuldades me fizeram conhecer muito a alma das pessoas, às vezes, num simples olhar. Afirmo que Ricardo é um moço muito bom e merece nosso apoio.

Fábio, inebriado pela paixão, perguntou:

— Você passou por momentos de dificuldades? O que aconteceu com você?

Celina estremeceu com medo de que Helena dissesse algo comprometedor, mas ela soube conduzir a conversa:

– Tive que passar uns anos fora, resolvendo problemas da empresa de meu pai. Lidei com muita gente ruim e perversa, mas também conheci muitas pessoas boas e honestas. Sei muito bem diferenciar. O que posso dizer com certeza é que ninguém aqui vai se arrepender de dar uma chance a esse rapaz.

Fábio insistiu:

– Mas nos conte como foram esses anos.

– Em outro momento. Um dia direi a todos o que passei.

Pelo tom de Helena a conversa estava encerrada. Ela pediu a Renato:

– Gostaria que fosse comigo à minha casa, infelizmente não posso ficar para o jantar, mas depois Andressa me contará como foi – disse passando um olhar ameaçador para Celina.

Renato prontificou-se a ir para a casa de Helena e logo os sobrinhos ficaram a sós com a tia e perceberam que Andressa descia as escadas graciosamente arrumada.

Celina a interpelou:

– Como você pode cometer uma loucura dessas? Esse rapaz é um aproveitador, é um delinquente, quer é ficar com seu dinheiro.

– Tia, por favor. Deixe-me seguir minha vida. Eu amo Ricardo.

– Não ama nada. Está apaixonada por causa desse momento frágil pelo qual passa. No futuro verá que escolher esse rapaz foi a pior coisa que fez na vida. Desista! Não envergonhe mais o nome de nossa família.

Aquilo foi demais para Andressa que pegou fortemente no braço da tia, dizendo com raiva:

– Nunca mais diga isso. Você é uma solteirona amarga e infeliz e quer me fazer infeliz junto com você, mas não vai conseguir. Perdi todo o respeito que lhe tinha. A partir de agora se disser mais alguma coisa contra Ricardo ou contra o meu filho, não pensarei duas vezes em lhe dar uma boa bofetada. Suma da minha frente.

Celina, que jamais esperava aquilo da sobrinha, subiu as escadas chorando e trancou-se no quarto. Jogou-se sobre a cama e pensava com ódio:

"Maldita Helena, mil vezes maldita! É por causa dela que Andressa está assim e tudo de ruim está acontecendo em minha família. Um dia a terei em minhas mãos e assim a matarei como deveria ter feito desde que se casou com Renato."

Envolvida naqueles pensamentos tenebrosos, não conseguiu relaxar até tomar mais uma dose forte de seu calmante e dormir entorpecida.

capítulo 33

♦

Horas mais tarde, quando Ricardo chegou, muito bem arrumado e trazendo um lindo buquê de flores, Andressa sentiu o coração disparar e pensou estar vivendo um sonho. Não havia ninguém na casa, a não ser ela, a tia que dormia e os irmãos.

Fábio e Humberto foram cordiais com Ricardo e os quatro foram jantar. Ricardo mostrou-se falante, inteligente e até culto. Nem parecia ser apenas um mecânico de subúrbio. O papo franco, o sorriso sincero, agradaram os rapazes e deixaram Andressa ainda mais apaixonada.

Quando o jantar terminou, os rapazes saíram de casa e o casal pôde ficar a sós.

Andressa convidou:

– Vamos para o jardim de inverno. Lá poderemos ficar mais à vontade.

Quando chegaram lá, Ricardo, sem conseguir se conter, tomou Andressa nos braços e a beijou com paixão, dizendo:

– Amo você, quero ficar ao seu lado para sempre.

– Eu também amo você. Perdoe-me por tudo que lhe disse. Jamais deveria ter feito aquilo.

– Vamos esquecer, o que importa é o momento presente. Desde que a vi jamais consegui esquecer seu olhar.

– Nem eu, parece que o conheço há muitos e muitos anos.

Ele sorriu:

– Quem sabe não seja de outras encarnações?

Ela também sorriu:

– Pode ser! Só sei que amo você mais que tudo!

Os dois foram se envolvendo cada vez mais até que Ricardo, com muito carinho, levou-a até o quarto e a amou por longas horas.

Andressa e Ricardo estavam muito felizes, mas havia a preocupação dele em ser pobre e não poder colaborar com praticamente nada. Os dois pensavam em casar, mas ele resistia, pedindo um tempo para que pudesse juntar algum dinheiro que pudesse ajudar nas despesas.

Andressa percebeu que aquela forma de ser dele poderia atrapalhar a relação. Contou a Helena que naquele momento estava compartilhando com Renato sua preocupação de mãe.

– Ela o ama muito, mas ele é orgulhoso. Está difícil resolver isso.

– Talvez seja melhor eu mesmo resolver este problema – disse Renato.

– O que você pensa em fazer?

– Posso encaixar Ricardo como funcionário de nossa empresa. Lá ele poderá ganhar bem e não se sentir tão inferior por não ter dinheiro suficiente.

— Mas o que ele poderá fazer por lá? Será que irá aceitar?

— Não sei, mas há muitas funções que ele pode exercer. Ricardo é inteligente e aprende fácil. Farei a proposta e veremos como ele reage.

Helena enterneceu-se:

— Você não mudou nada, é o mesmo homem bom e generoso que conheci.

— Nem você! Mesmo tendo vivido tanto tempo numa cadeia, parece que nem passou por lá.

— Foi difícil não me corromper, mas consegui. Creio que foi uma grande lição pela qual meu espírito passou. Hoje sou mais forte, mais experiente, conheço melhor o ser humano. Embora toda tristeza em ter ficado longe de você e de meus filhos, em ter sido condenada por um crime que não cometi, sei que teve o lado bom: o da experiência.

— Só você mesmo para dizer isso!

Renato consultou o relógio e despediu-se de Helena:

— Preciso chegar a minha casa mais cedo hoje. Estou gostando de participar da reforma, de poder ver como as coisas estão ficando, de fiscalizar tudo pessoalmente. Quero chegar lá antes do entardecer.

— Vá sim! À noite você volta?

— Estava pensando em levá-la ao cinema. Que tal?

Ela sorriu:

— Muito bom, parece que ainda somos aqueles adolescentes daqueles bons tempos.

— E somos!

Ambos sorriram e com um beijo se despediram.

Helena dirigiu-se ao quarto, tomou um banho e já ia procurar Leonora na cozinha quando ouviu a campainha soar. Leonora estava cuidando de uma roseira e viu quando uma senhora, com ares de grande dama, chegou ao portão e apertou o botão.

Enquanto Leonora conversava com ela, Helena, pela vidraça da janela, sentiu o coração gelar. Era Ester! Havia desaparecido por um bom tempo, mas voltara, precisava atendê-la. Abriu a porta e foi recebê-la no portão. Leonora disse:

– Essa senhora afirma conhecê-la, mas eu nunca a vi aqui.

– Pode abrir o portão. Esta é Ester, uma grande amiga.

Ester sorriu e entrou abraçando-a ternamente.

– Como tem passado, Helena?

– Estou bem, dentro do possível. Ainda não consegui superar a morte de Vera.

Os olhos de Ester tornaram-se melancólicos:

– Foi muito triste o que aconteceu. Mas prefiro conversar com você a sós. Você se importa, Leonora?

– Não, senhora, fique à vontade.

Leonora continuou cuidando da roseira, enquanto Helena adentrou a casa, junto com Ester.

Sentaram-se no sofá e Helena perguntou:

– Deseja tomar alguma coisa?

– Não, minha querida, muito obrigada.

– Sua presença me deixa nervosa e apreensiva. A senhora me ajudou muito. Sem seu apoio, sem suas revelações, eu não estaria dominando a situação naquela casa. Mas o fato de não saber nada a seu respeito me dá medo.

– Não tenha medo, estou aqui só para ajudá-la e para me ajudar. Como disse a você, trago na alma certa culpa pelo que lhe aconteceu. Mas não insista, nada mais poderei dizer. Vim aqui dizer que a morte de Vera foi o pior que poderia ter acontecido.

Ester dizia com tanta firmeza e profundidade, que Helena sentiu-se tonta. Ester continuou:

– Não fique com medo. Basta esquecer essa história de querer saber quem é e seu filho estará protegido. Um dia esse criminoso se revelará por conta própria. Nada neste mundo fica oculto para sempre. Vim pedir que esqueça de verdade e entregue tudo nas mãos de Deus. A partir de hoje não poderei mais falar com você, mas sei que minha parte fiz bem. Você sabe de todos os segredos daquelas pessoas e pode prosseguir segura naquela mansão, sendo feliz com o homem que ama e reconquistando o amor de seus filhos. Era isso que eu queria para redimir um pouco minha consciência.

– Mas como posso conquistar o amor de meus filhos sem que eles saibam a verdade? Sem que eles saibam que sou a mãe deles?

– É só ter paciência e viver com eles como uma boa madrasta. No tempo certo, o assassino se revelará, e finalmente você ficará livre para dizer que é a mãe deles e que nunca foi uma criminosa.

– Mas você disse que não poderá mais me ver. O que vai fazer da vida?

– Vou fazer uma grande viagem. Pela idade que tenho, creio que não terei tempo de regressar.

Helena encheu os olhos de lágrimas:

– Muito obrigada por tudo, Ester. Sem sua ajuda eu não teria conseguido.

– Eu é que agradeço pela oportunidade que está me dando de me redimir. Que Deus a abençoe.

Ester calou-se e dirigiu-se à porta. Helena ia acompanhá-la até o portão, mas ela pediu:

– Não precisa, não é bom que nos vejam juntas. Adeus!

A porta fechou-se e com elegância e lentidão Ester passou pela alameda e chegou ao portão, abriu-o e saiu, fechando-o em seguida.

Helena inquietou-se. Dentro dela imensa e incontrolável vontade de saber quem era aquela mulher brotou em seu peito e ela chamou Leonora.

– Vamos seguir aquela mulher, agora!

– Mas quem é ela?

– É a mulher misteriosa que me ajudou.

Leonora surpreendeu-se:

– Ela mesma? Tem certeza?

– Sim e preciso saber quem é, vamos tirar o carro e segui-la, antes que se perca de nossas vistas.

Rapidamente, as duas entraram no carro e ainda conseguiram ver Ester dobrando a esquina. Helena a foi seguindo disfarçadamente até que a viu parar num ponto de ônibus.

De longe observaram, e logo Ester entrou, o que fez Leonora dizer:

– Deve morar num bairro elegante. Os ônibus para os bairros pobres demoram mais para passar.

– Vamos seguir aquele ônibus.

O coração das duas estava acelerado. O ônibus fez algumas paradas, mas em nenhuma delas Ester desceu. Já estavam rodando por quase uma hora até que o ônibus chegou ao Jardim América.

– Deve ser aqui. Não disse que morava num bom bairro?

Realmente, Ester desceu ali e seguiu por uma rua pouco movimentada. Havia uma praça bonita onde crianças brincavam ao sabor do entardecer. Ester passou por ali, parecendo não notar as crianças, e dobrou uma esquina. Helena acelerou um pouco o carro e entraram numa rua repleta de casarões antigos e sobrados ricos e bem conservados.

Ester entrou numa mansão rica e muito bonita. Abriu o portão e ambas a viram entrar pela porta principal e fechá-la em seguida.

Helena, coração aos saltos, disse:

– Ester que me desculpe. Sei que não quer que eu descubra quem é e sua origem, mas tenho que fazer isso. Essa mulher que nunca vi tem me ajudado desde que fui presa. Quero saber de quem se trata.

– A senhora não conhece ninguém por aqui? – perguntou Leonora, curiosa.

– Não, eu vim do interior e pouco saía enquanto estive casada. Nunca vim antes a esse bairro. Vamos para a casa.

Ambas estacionaram o carro e tocaram a campainha. Uma elegante criada veio atendê-las.

– Gostaria de falar com a dona da casa – disse Helena, sentindo o coração sair pela boca de tão nervosa.

– A dona Lúcia está amamentando o filhinho. Quem devo anunciar?

Ela ia dizer seu verdadeiro nome, mas corrigiu a tempo:

– Diga que é Laura Miller, noiva de Renato Alcântara Machado.

– Um momento, volto em seguida.

A criada entrou novamente e voltou com um sorriso.

– Podem entrar, logo dona Lúcia as atenderá.

Elas entraram e perceberam que a mansão não era apenas suntuosa por fora. Por dentro tinha um luxo e um requinte fora do comum. Ela viu um porta-retratos com a foto de Ester sobre um belíssimo console e perguntou à criada:

– Quem é esta senhora?

– É a dona Ester, avó do senhor Tarcísio, meu patrão e marido de dona Lúcia.

– Muito obrigada.

A criada saiu e elas se sentaram onde foi indicado e puseram-se a esperar.

– Por que você não disse logo que queria falar com Ester? – perguntou Leonora.

– Não! Se ela souber pela criada que estou aqui é capaz de se esconder.

Em poucos minutos uma jovem mulher, muito bem vestida, surgiu:

– Laura Miller, noiva de Renato?

– Isso mesmo, é um prazer.

– O prazer é todo meu. A família do meu marido tem negócios com a empresa de seu noivo. O que deseja?

Helena não sabia bem como começar, mas disse a que veio:

— Na verdade, eu vim aqui para falar com a senhora Ester. Pode chamá-la?

A jovem mulher fez uma cara estranha:

— Você quer falar com quem?

— Com a dona Ester, aquela do porta-retratos, a avó de seu marido.

Lúcia pareceu se irritar:

— Mas que brincadeira mais boba é esta? Vieram aqui para abusar de nossa paciência?

— Acalme-se. Vim aqui porque ela saiu de minha casa há pouco mais de uma hora e eu preciso terminar o que começamos a conversar.

— Ora, minha senhora, faça o favor de nos respeitar. É louca por acaso?

Helena não estava entendendo aquela reação:

— Custa chamar a dona Ester?

— Minha querida, como vou chamar a dona Ester se ela está morta há quase vinte anos?

Helena pareceu não ouvir direito:

— O que você disse?

— O que ouviu. Dona Ester foi barbaramente assassinada há mais de vinte anos. Ninguém nunca soube o que aconteceu. O que você quer remexendo nosso passado?

Helena sentiu uma tontura e teria desmaiado se não fosse amparada por Leonora, que pediu:

— Por favor, peça que tragam um copo com água para ela. Está muito nervosa.

— Ora, nervosa estou eu. Como é que essa louca vem aqui dizer que dona Ester saiu de sua casa agora há pouco?

Ponham-se daqui para fora e ainda vou me queixar com meu marido por causa dessa brincadeira idiota.

Nessa hora, Tarcísio acabava de chegar. Colocou a maleta sobre o sofá e perguntou o que estava acontecendo. Lúcia contou-lhe tudo e ele, muito pálido, com feições coléricas bradou:

– Minha avó está morta, como tem coragem de vir aqui dizer uma loucura dessas? Saiam daqui agora ou não responderei por mim.

Helena balbuciou apenas:

– Em que ano ela morreu?

– Ora, não faça perguntas, sua louca, saia daqui!

Praticamente expulsas, Leonora e Helena saíram da casa e entraram no carro. Quando Helena se refez, deu partida e saiu.

capítulo 34

❖

Só quando chegaram a casa foi que Helena desabou no sofá, olhou para Leonora e disse:
– Como isso é possível?
– Acalme-se, Helena, creio haver uma boa explicação.
– Mesmo que tenha, como posso ter conversado durante tanto tempo com um espírito, sem perceber? Isso parece loucura. Será que é possível?
– Tanto é que eu mesma a vi aqui. A Lúcia e o neto afirmaram que ela morreu há quase vinte anos. Como duvidar?
– Mas é muito para minha cabeça. Se eu contar a alguém dirão que estou louca. Ainda bem que a tenho por testemunha.
– Mas você não deve contar isso a ninguém. Ninguém entenderia.
– Você disse que há uma explicação. Posso saber qual é?
Leonora sentou-se calmamente ao lado de Helena e disse:

— Os espíritos desencarnados podem se materializar na Terra, conversar com os encarnados, ajudá-los e até passar um tempo com eles, sem que ninguém perceba.

— Isso parece uma loucura.

— Mas não é. Ao contrário, é um fato comprovado por cientistas de renome que se dedicaram a estudar o assunto. Sir William Crookes, um grande físico americano, estudou esses fatos à luz da ciência e pôde, não só comprovar a imortalidade da alma, mas provar que os espíritos podem se materializar aqui na Terra. O resultado desses estudos é um livro chamado "Fatos Espíritas", que é publicado pela Federação Espírita Brasileira. O livro traz até a foto de um espírito materializado.

Helena abriu a boca e fechou-a novamente, tamanho o espanto. Leonora prosseguiu:

— A senhora Ester deve ter uma estreita ligação com a família de Renato e com o crime que aconteceu. Veio ajudá-la, se materializando aqui, para que você pudesse recuperar tudo o que perdeu. Provavelmente, é um espírito que traz culpas na consciência, mas com profunda vontade de reparar e ser melhor. Por isso recebeu ajuda do alto para se materializar e vir até você.

— Como isso pode acontecer? Será que ela já era um espírito quando foi me visitar na cadeia?

— Provavelmente na primeira visita ainda estava encarnada, mas logo depois deve ter sido assassinada e, no plano espiritual, assim que se recuperou, recebeu essa concessão.

— Me explique como isso pode acontecer.

– Para um espírito se materializar aqui na Terra não é tão fácil. É necessário que ele recolha uma substância chamada ectoplasma, que é uma mistura de fluidos materiais com fluidos astrais, e componha seu corpo por meio dela. Geralmente, é necessário que médiuns doem essa substância, mas ela pode também ser encontrada nos animais, nas plantas e na água. Acredito que Ester usou essa substância para conseguir o seu objetivo.

– Isto é incrível! Eu senti o toque das mãos dela, seu calor, tudo! Era como se estivesse viva.

– A impressão é esta porque, ao se materializar, o espírito também materializa todos os órgãos do corpo físico e que também estão presentes no perispírito.

– O perispírito tem órgãos?

– Sim. O corpo astral, ou perispírito, possui todos os órgãos do corpo de carne e vai continuar a possuir até quando o espírito precisar reencarnar. São esses órgãos, em estado fluídico, que proporcionam a reencarnação e mantêm vivas e sadias todas as funções do corpo humano.

– O que você está me dizendo é fantástico demais para ser verdade. Pensei que os espíritos fossem como uma fumaça ou que não tivessem corpo, como algo etéreo.

– Está enganada. Enquanto estiverem sujeitos à reencarnação, principalmente na Terra ou em mundos da mesma categoria, o corpo astral terá todos os órgãos. Só os perde quando chegam ao grau de espíritos muito evoluídos ou espíritos puros, mas é um processo lento e que continua em outros planetas mais evoluídos.

Helena olhou para Leonora e era como se a estivesse vendo pela primeira vez. Nunca poderia imaginar que uma moça simples como ela pudesse ter tanta sabedoria.

– Você aprendeu isso nos livros de Allan Kardec?

– Sim, principalmente no livro "A Gênese", contudo, o perispírito é melhor e mais profundamente explicado nas obras do espírito André Luiz, psicografadas pelo Chico Xavier, principalmente na primeira parte do livro "Evolução em Dois Mundos".

Helena deu um longo suspiro:

– Depois dessa preciso ler ainda mais. Tem muita coisa neste mundo que não sei e, se não fosse você, eu estaria louca neste momento.

– Vamos prosseguir estudando juntas e você vai ver que neste mundo há mais coisas do que se possa imaginar.

– Você disse que um espírito materializado pode conviver com as pessoas. Mas isso pode acontecer por muito tempo?

– Não. Como disse, não é fácil uma materialização, por isso, os espíritos que a conseguem são rápidos ao entrar em contato com os encarnados. Para que ficassem mais tempo teriam que usar mais ectoplasma e outros elementos que não são facilmente conseguidos. Muitos cientistas prosseguem estudando esses fenômenos e um dia teremos respostas para todas as nossas dúvidas.

Helena pediu:

– Gostaria que fizéssemos uma prece para Ester. Ela pode ter suas culpas, mas vou lhe ser eternamente grata por ter feito tanto esforço para me ajudar.

– Vamos orar e agradecer. A gratidão eleva e comove nossa alma.

As duas elevaram os pensamentos e oraram com fervor a Deus por ter permitido que Ester tivesse ajudado, sem perceber que ela estava ali, em espírito, sorridente por ter cumprido sua missão.

capítulo 35

◆

Horas mais tarde, no plano espiritual, Bernardo e Ester estavam reunidos com outros espíritos numa sala simples conversando acerca de Helena:

– Sinto imensa gratidão por Deus ter me dado a concessão de poder me materializar no mundo terreno e ajudar Helena. Só Ele sabe o quanto minha consciência ficou mais leve com isso – tornou Ester com sorriso alegre.

Bernardo, olhos melancólicos, disse:

– Você se culpa, mas tudo faz parte de um plano maior. Helena teria que passar pela experiência de ser presa inocente, pois ainda não havia se libertado de sua culpa pelo que fez no passado.

– No final do século XVIII, no Rio de Janeiro, eu era um barão muito rico e com grande influência no governo. Minha esposa era uma baronesa vaidosa, gostava de brilhar em sociedade e amava com paixão o nosso único filho Renato. Pensava num casamento brilhante para ele, com uma moça linda e igualmente rica, de cultura refinada e que lhe fosse muito obediente, pois queria controlar o filho e os netos mesmo depois do casamento.

Foi quando conheceu a jovem Helena, filha de aristocratas franceses que haviam imigrado para o Brasil, onde expandiram os negócios com a indústria têxtil e eram vistos em alta conta na sociedade daquele tempo.

Para minha esposa, Helena representava tudo o que ela sempre sonhou. Não foi difícil unir os dois jovens num namoro curto que logo culminou num noivado. Ocorre que meu filho estava envolvido com uma de nossas criadas fazia tempo. Quando descobrimos o envolvimento, ela estava grávida do primeiro filho, mesmo assim a expulsamos de casa. Contudo, não adiantou. Apaixonado, Renato procurou-a incessantemente até que a encontrou num cortiço.

Não adiantaram nossas rogativas para que ele acabasse com aquela relação, e muito mimado e já trabalhando para o governo, assumiu a criança e as outras duas que vieram depois. Tirou a criada do cortiço e deu-lhe pequena e simples casa. Renato nunca deixou de procurá-la, mesmo depois de noivo e com o casamento marcado com Helena.

Por sua vez, Helena era uma jovem possessiva e ciumenta, embora tivesse bom coração. Começou a desconfiar que Renato a traía e, com ajuda de sua fiel criada, descobriu tudo. Foi até a casa da amante do noivo muitas vezes ameaçando-a para que se separasse, mas a outra, altiva e corajosa, não desistia.

Até que Renato foi ficando cada vez mais interessado pela noiva e descobrindo que a amava. Quando se deu conta do grande sentimento que o unia à Helena, foi até a casa da amante e terminou tudo com ela.

Desesperada e sem aceitar o fim da relação, a amante procurou Helena várias vezes ameaçando fazer um escândalo e impedir que se casasse.

Foi quando, inspirada por um espírito das trevas, Helena teve a ideia. Iria matar a rival e ficar livre para sempre daquelas ameaças.

E assim fez. Pegou escondido uma das armas do pai e, no meio de uma noite escura, foi procurá-la. A outra mais uma vez a enfrentou e novamente ameaçou fazer um escândalo no dia do casamento. Sem pensar em mais nada, Helena tirou a arma sob o manto que a cobria e deu três disparos. Sua rival estava morta. Logo as três crianças apareceram gritando pela mãe, mas Helena saiu sem olhar para trás.

Muito nervosa e já com remorso, chegou a casa e procurou por sua outra fiel criada Leonora e contou o que tinha feito. Penalizada com a patroa, Leonora pediu que ela se entregasse dizendo que era assassina. Não iria acontecer muita coisa. Naquele tempo, uma moça rica e bem posicionada como Helena jamais pagaria pelo crime numa cadeia, mas mesmo assim, ela, temerosa que Renato a rejeitasse, nunca revelou nada.

O casamento aconteceu e depois que voltaram da lua de mel, novamente Helena procurou Leonora dizendo que estava com muito remorso e sentindo pena dos filhos da rival assassinada. De tanto a criada insistir, ela acabou acatando a ideia: iria procurar as crianças e criá-las como se fossem suas.

Quando foi até o bairro pobre onde sua ex-rival residia, descobriu que as crianças estavam sendo criadas pela vizinha. Foi procurá-la e Celina, cheia de ódio, disse:

– Matou a mãe deles e agora veio matá-los também?

– Não, senhora, vim levá-los para que vivam com o pai.

– Pois eu não acredito em nada do que você diz. Você é uma assassina e eu vou pessoalmente entregar as crianças ao pai contando tudo que você fez.

Helena ficou nervosa e suplicou:

– Não faça isso. Se o fizer meu casamento terminará.

– Melhor! Assim minha amiga será vingada. Quando a vi morta, jurei que me vingaria de você, pois ela era como se fosse minha irmã.

– Eu lhe dou quanto quiser, mas deixe-me levar essas crianças e não conte nada.

Celina ia responder quando a grossa voz de Renato se fez ouvir tomando-a de susto:

– Então, foi você quem a matou? Como pôde, Helena? Logo você, a mulher que amo, que é tão doce?

– Essa aí não presta, moço. É uma assassina cruel e estúpida. Nunca a perdoarei por ter matado minha amiga e deixado três crianças órfãs neste mundo odioso.

Helena ainda tentou enganar:

– Não acredite nela, meu amor, eu não fiz nada.

– Não adianta negar, Helena, ouvi tudo. Estava ansioso para ver meus filhos e nunca poderia imaginar que a encontraria aqui e teria essa revelação.

Helena ajoelhou-se aos pés do marido suplicando:

– Perdoe-me, Renato, eu tinha muito medo de perder você. Se eu o perdesse minha vida não mais teria sentido.

Renato pediu:

– Levante-se, eu a perdoo. Mas você deverá realmente criar essas crianças como se fossem suas e nunca teremos filho algum. Já bastam os três.

– Tudo bem, eu aceito.

Renato olhou para a mulher que cuidava de seus filhos e perguntou:

– Como é seu nome?

– Me chamo Celina e gostaria muito de lhe fazer um pedido. Eu me afeiçoei muito a estas crianças e gostaria de ajudar a criá-las. Sou viúva e sem filhos, pode me levar para sua casa?

Helena esperava ouvir um "não" do marido, mas ele a contrariou:

– Sim, você poderá ir. Arrume suas coisas e nos siga.

Helena protestou:

– Não faça isso, Renato, essa mulher será um inferno em nossas vidas.

– É o mínimo que posso fazer depois do que ela fez, cuidando de meus filhos.

Helena calou-se temendo uma reação intempestiva dele. Depois daria um jeito naquela Celina.

Celina chamou as crianças que brincavam num campinho próximo e logo os três estavam contentes abraçando o pai.

Quando todos chegaram a casa, a reação de minha esposa foi a pior possível. Não tolerava a ideia de ter que viver com netos bastardos e uma lavadeira pobre do subúrbio. Mas com o tempo as crianças a conquistaram e ela teve que aceitar o fato da nora ser uma assassina, não havendo alternativa a não ser tolerar aquela situação.

Aos poucos, as crianças foram se apegando em demasia à Helena, que os amou verdadeiramente como mãe, e eles como filhos. Criaram laços que se perpetuariam pela eternidade.

Mas o remorso era grande. Quase todos os dias lembrava-se de que havia tirado a vida da verdadeira mãe daqueles seres inocentes e aquele sentimento a atormentava. As energias de culpa emanadas por ela acabaram por atrair o espírito da amante de Renato, que vagava pelo umbral, tomada de ódio.

A presença daquele espírito na casa mudou tudo. Helena foi ficando triste, calada, e Renato, aos poucos, foi levado a procurar outras amantes para sentir alegria de viver. Eu e minha esposa ficamos preocupados com o estado de nossa nora, procuramos médicos, mas eles não sabiam diagnosticar com precisão o que ela tinha.

Até que um dia, a criada contou-me que quem atormentava Helena era a babá das crianças, a viúva Celina que viera com eles. Disse-me que Celina sempre acusava Helena, induzindo-a a sentimento de culpa, dizendo que um dia ela pagaria pelo crime de ter matado sua amiga.

Enraivecido, pensei numa forma de acabar com aquilo, mas tinha que ter cuidado, pois Renato gostava de Celina e lhe devia gratidão por ter cuidado de seus filhos quando a mãe deles morreu e ele estava em lua de mel. Conversei com Celina que prometeu ceder, mas notei um brilho de malícia e falsidade em seu olhar.

Eu via dia a dia o casamento de meu filho desmoronar e até as crianças perderem a alegria. Culpando Celina por tudo, resolvi que iria matá-la sem que ninguém percebesse. Pedi a um ex-escravo que me era fiel, e ele me trouxe uma erva mortal, que matava sem deixar vestígios. Com muita estratégia, misturei a erva à sua comida com ajuda de uma das cozinheiras e ela, assim que terminou a refeição, tombou morta.

Renato chamou o médico que diagnosticou um ataque do coração. Celina foi enterrada com muita tristeza por meu filho, mas com o tempo e longe da influência perniciosa dela, Helena foi melhorando até que se curou de vez.

Todos nós vivemos muito felizes depois disso e morremos em idade avançada. Contudo, quando chegamos do lado de cá, fomos aprisionados por espíritos de uma falange justiceira e vivemos os horrores do umbral.

Descobri que a melhora de Helena aconteceu porque um espírito trevoso, que se dizia justiceiro, aproximou-se da amante de Renato e de Celina convencendo-as a deixar a vingança de lado, pois logo poderiam chamar alguém para orar, evocar a Deus e elas seriam presas e afastadas do lar. Convenceu as duas a dar um tempo e a esperar que todos desencarnassem para que aí pudessem me ter e ter Helena, tais quais escravos. Foi aí que vivemos prisioneiros das duas por décadas.

O tempo passou e um dia, de tanto sofrer, chamamos pelo Criador. Numa prece sincera e emocionada, pedimos perdão a Deus por tudo o que tínhamos feito e assim fomos resgatados.

A amante de Renato, Celina e todos nós estávamos reunidos um dia quando um mentor de alta hierarquia disse-nos que precisaríamos reencarnar para apagar nossas culpas e resgatar o passado.

Tudo foi aceito por nós e programado. Helena ainda cultivava a culpa e pediu para pagar por um crime que alguém cometesse, a fim de limpar sua consciência para sempre e conseguir a paz.

Eu também pedi para morrer de forma violenta para reparar em minha consciência pelo o que fiz com Celina.

Os mentores disseram que havia outras formas de harmonizar o passado, através do bem e do amor, mas nosso remorso era tanto que não aceitamos. Hoje sei que, se tivéssemos escolhido o caminho do amor, tudo seria mais fácil e esse drama na Terra não teria se repetido.

Precisamos aprender a perdoar a nós mesmos, porque é muito mais fácil perdoar ao semelhante, seja qual for o crime que ele tenha feito contra nós, do que perdoarmos a nós mesmos.

Aprendemos, ao longo das reencarnações, que podemos resgatar nossos erros sofrendo muito, expiando através de muita dor as nossas ignorâncias e falta de conhecimento do bem. Mas esse não é o único caminho. Deus é perdão e bondade, amor e compreensão. Se quisermos mesmo, poderemos refazer todos os nossos erros com atos e sentimentos de bondade, espalhando o perfume do amor, da caridade, da generosidade e da gratidão. Enquanto não aprendermos isso e não nos julgarmos merecedores da felicidade, não sairemos do círculo do sofrimento perfeitamente evitável.

Na verdade, ninguém perdoou nem a si nem ao próximo. A amante reencarnou num corpo diferente, mas inconscientemente se vingou de Helena, tirando minha vida e fazendo com que ela pagasse pelo crime. Celina guardou imenso ódio de Helena.

Eu também, com minhas atitudes terrenas, com meus pensamentos, com toda minha vida voltada para o lado material e sem me libertar da culpa pelo crime passado, atraí um assassinato e morri antes do tempo previsto.

Foi então que um dos presentes perguntou:

– E sua mulher? Por que morreu tão cedo?

– Minha esposa Eliete nunca foi feliz. Desde a vida passada não desenvolveu a consciência, não se realizou como mulher e vivia para a sociedade. No fundo, uma tristeza muito grande a acompanhava e ela renasceu assim. Nesta vida continuou do mesmo jeito, cultivando preconceitos, sem realização interior, sem alegria, sem espiritualidade, e foram esses elementos que a levaram a ter a pneumonia grave que a levou em duas semanas quando Renato ainda era adolescente. Hoje ainda prossegue em tratamento em outra colônia.

– E afinal, quem é esta amante hoje? Quem tirou sua vida na Terra?

– Infelizmente, você ainda não deve saber.

Ester falou:

– Eu não fiz parte daquela reencarnação, mas nesta fui muito amiga de quem assassinou Bernardo. De certa forma influenciei o crime. Mas, graças a Deus, estou desfazendo esse laço.

O silêncio tomou conta do ambiente e minutos depois Bernardo sentenciou:

– Nunca se deve brincar com as leis divinas nem fazer mal ao semelhante. Hoje aprendi isso e espero que todos um dia aprendam. Vamos nos unir e mais uma vez fazer uma prece.

Todos começaram a orar fervorosamente. As boas energias daquela prece atingiram os envolvidos e os deixaram com mais paz.

capítulo 36

◆

O tempo passou rápido e Helena resolveu ocultar de Renato a descoberta que havia feito a respeito de Ester. Ele estava ainda descobrindo a espiritualidade e não convinha abordar o assunto naquele momento, assunto esse que até ela mesma ainda estava tentando entender.

Naquela noite, Renato chamou Ricardo em seu escritório e pediu que se sentasse. Fixou os olhos no rapaz e foi direto:

– Gostaria de lhe fazer uma proposta. Queria que trabalhasse conosco na empresa.

Parecia que o rapaz esperava aquele momento:

– O senhor quer dizer que sua filha não pode se casar com um simples mecânico feito eu?

– Não é isso, Ricardo. Você sabe que não tenho nada contra você ou sua profissão, mas acredito que sendo marido de Andressa você queira contribuir para que a vida dela e do filho seja a melhor possível. Sei que não é nenhum aproveitador, ao contrário, percebo que quer muito colaborar com algo de si. Por isso estou lhe oferecendo um emprego, um trabalho melhor, em que ganhe mais e possa fazer o que quiser com mais dignidade.

O discurso de Renato comoveu Ricardo. Via que o sogro não o queria humilhar nem jogar na cara sua condição de rapaz pobre, mas ajudá-lo realmente.

– O senhor tem razão, desejo muito contribuir para que minha vida com Andressa seja melhor, mas não sei o que posso fazer em sua empresa, nunca tive condições de estudar muito, fiz curso de mecânica de automóveis e é só o que sei fazer.

Renato pôs a mão no queixo pensativo. Logo, teve uma ideia que julgou excelente:

– Já que você só sabe lidar com automóveis, podemos ser sócios. Eu invisto na compra de um galpão num bairro mais centralizado, na compra de melhores e mais modernos equipamentos de trabalho, e você poderá cobrar mais caro pelo serviço, trabalhando melhor.

Os olhos de Ricardo brilharam de satisfação, mas logo depois se entristeceram:

– Seria muito bom, na verdade representaria para mim a realização de um sonho. Mas o senhor continuaria tendo um genro mecânico...

– Já disse que não me preocupo com isso, nem Andressa. Ela mudou muito desde o triste episódio e também graças à convivência com Laura. Além disso, ela ama você mais que tudo. Para que o preconceito? Ser mecânico é uma profissão digna, honrada, igual a qualquer outra.

– O senhor pensa assim, mas a sociedade não.

– Nunca liguei para o que a sociedade pensa. Então? Negócio fechado?

Ricardo se levantou, apertou a mão que o sogro lhe estendia e disse:

– Negócio fechado. Só falta saber como serão divididos os lucros em nossa sociedade. Estou entrando com o trabalho e o senhor com o capital. Como vamos fazer?

– Pense em tudo, faça os cálculos e depois me diga o valor que preciso para entrar na sociedade. Até negociar a compra do galpão fica por sua conta.

– Muito obrigado, senhor Renato. Tenho certeza que não se arrependerá.

– Sei que não. Desde que o vi pela primeira vez percebi que era um rapaz honesto.

Ambos se abraçaram e, assim que saiu do escritório, Ricardo encontrou Andressa ansiosa na sala esperando para saber do que se tratava a conversa. Ele explicou tudo e ela ficou imensamente feliz, agradecendo a Deus por tudo estar se resolvendo bem.

A reforma da casa ficou pronta, e finalmente o dia do casamento chegou. Helena fez questão de trazer Leonora para morar com ela e, naquele momento, estavam juntas, terminando de arrumar os cabelos.

Helena estava linda num longo e elegante vestido branco-prateado, com graciosa tiara de prata, trazendo à mão um lindo buquê de rosas brancas e amarelas.

Duas leves batidas à porta fizeram com que Helena permitisse a entrada. Era Fábio, muito bonito, vestido num terno cinza-claro, cabelos lisos arrumados para cima, com estranho brilho no olhar.

— Gostaria de falar com você. Prometo ser rápido.

Helena percebeu a intenção do rapaz e Leonora também. Sabia da paixão que o filho sentia por ela, e orava todos os dias para que aquilo se desfizesse.

Helena olhou para Leonora e pediu:

— Saia um instante e me espere aí fora. Precisamos dar os toques finais.

Leonora obedeceu, e Fábio se aproximou. Coração aos saltos, nunca tinha visto Helena tão linda como naquele momento, o que fez sua paixão aumentar.

— O que deseja, Fábio? Algum problema com seu pai?

Ele, olhos vidrados de emoção, exalando álcool pegou em suas mãos e pediu:

— Por favor, não se case com meu pai!

O coração de Helena estremeceu:

— Que loucura é esta, Fábio? Eu amo seu pai, o que pode haver de errado em nosso casamento?

— Eu a amo, Laura. Amo-a loucamente, desde que a vi.

Helena estava abismada, pensava que Fábio iria se declarar, mas não daquela maneira tão intensa. Não podia permitir aquilo. Ele era seu filho, seu filhinho querido que vira nascer, vira dar os primeiros passos. Parecia estar no meio de um pesadelo. Reagiu com vigor:

— Você nunca mais deve repetir isso, ouviu? É uma falta de respeito comigo e com seu pai. Isso é uma loucura, você está fantasiando e jamais seria possível algo entre nós dois. Eu amo Renato e ele é seu pai, seu pai, entendeu?

– Não adianta dizer nada disso. Meu amor por você é maior que tudo e lutarei até o fim para conquistá-la.

– Fábio, por favor, tenha bom senso. Eu não gosto de você! Não dessa maneira como você quer, mas como um filho. E é isso que será para sempre: um filho. E se você continuar com essa loucura, vou contar para seu pai e pedir que ele tome as providências.

Fábio ouviu, mas não deu importância. Seu rosto e seus olhos estavam inflamados de determinação, então, ele abraçou Helena.

– Pode dizer o que quiser a ele, não me importo, quero é que seja minha.

Helena chamou por socorro, mas Fábio foi mais rápido e tapou sua boa com as mãos. Contudo, o grito de Helena foi suficientemente forte para que Leonora ouvisse e entrasse no quarto rapidamente:

– Solte ela, Fábio! Solte!

– Ora, não venha me atrapalhar, suma daqui. Amo Laura e não vou permitir que ela se case com meu pai nunca!

– Vai soltar sim, agora!

– E por que devo soltá-la, se a amo?

– Porque ela é sua mãe! Sua mãe!

Fábio levou um susto ao ouvir aquelas palavras ditas em tom tão alto e seguro. Soltou Helena imediatamente.

Ao vê-la chorando, desesperou-se:

– O que é isso? Estão tentando me enlouquecer? Que mentira é essa?

– Mentira nenhuma, Fábio, Laura é sua mãe! E você jamais poderá amá-la como mulher. Jamais!

Fábio olhou para Helena súplice:

– Diga que isso é mentira. Minha mãe morreu quando eu era pequeno... A foto... A foto dela está lá na sala, em cima da lareira. Minha mãe chama-se Helena.

Ante o silêncio dela, Fábio percebeu que estava diante de uma cruel e sinistra verdade. Pior: percebeu que estava diante da maior mentira de sua vida.

Fábio rendeu-se e, sentando na cama, pôs as duas mãos no rosto e começou a chorar. Leonora o abraçou acariciando seus cabelos:

– Laura é Helena, sua mãe. Entendeu por que não pode amá-la?

Ele continuou a chorar e a dizer:

– Que mentira foi essa? Por que nos enganaram?

Helena aproximou-se, sentou-se ao seu lado e disse-lhe:

– Meu filho querido! Não nos julgue! Prometo lhe contar toda verdade antes de partir para a lua de mel, mas não faça nada para atrapalhar a felicidade de seu pai e de sua família. Você é um bom menino. Preciso de sua compreensão.

Fábio revoltou-se:

– Vocês são uns mentirosos, hipócritas, criminosos! – levantou-se exasperado.

– Não! – pediu Helena desesperada. – Não somos nada disso! Acalme-se. Se seus irmãos chegarem aqui e virem seu estado, não vai ser possível ocultar-lhes a verdade.

– Ocultar a verdade? Mais do que já foi ocultada? Lá embaixo está cheio de gente. A casa está cheia como nunca. A mais fina sociedade paulistana está aqui. É um bom momento para eu falar para todo mundo a grande mentira que é nossa família, e farei isso agora.

Fábio abriu a porta do quarto, mas Leonora o seguiu enérgica puxando-o pelo braço:

– Faça isso e torne toda a sua família infeliz. Torne todos desgraçados muito mais do que foram até agora. Você é livre, mas será responsabilizado por tudo o que acontecer com eles.

Leonora possuía um nível alto de evolução espiritual e suas palavras possuíam mais força do que as de outras pessoas de nível espiritual mais baixo, por isso Fábio as ouviu e tremeu por dentro. Não podia fazer aquilo com os irmãos, com a tia e com o pai. Mesmo que Renato fosse culpado por aquela mentira, não podia pôr em risco a felicidade de seus irmãos. Calou-se por alguns minutos, depois disse:

– Por meus irmãos não direi nada hoje, mas amanhã, antes da viagem, quero saber toda verdade.

– Saberá. Sua mãe é uma mulher de palavra.

Fábio saiu tentando conter o choro, para alívio de Leonora. Quando ela voltou ao quarto, Helena estava aflita:

– Para onde ele foi?

– Trancou-se no quarto. Foi por pouco.

– O que faço agora? Estou desesperada.

– Precisa se acalmar. Tem que refazer essa maquiagem e fingir que está tudo bem. Renato não deve saber de nada, pelo menos até a festa acabar.

– Não sei se terei como esconder meu estado de espírito.

— Tente! Não estrague essa festa que está tão linda! Vou fazer uma prece e colocar minhas mãos sobre sua cabeça. Vai ajudar.

Leonora murmurou sentida prece pedindo a ajuda de Deus para aquele momento e, sem que as duas pudessem ver, espíritos luminosos chegaram ao quarto e deram passes em todo o corpo de Helena, fixando-se mais no chacra frontal. Logo parecia que nenhum problema a estava afligindo.

— Estou em paz! — disse num murmúrio.

— A presença dos espíritos de luz nos conduz ao equilíbrio. Agora vamos terminar os retoques. Você já está atrasada.

Meia hora depois Helena desceu as escadas, linda, feito uma rainha. Renato a recebeu e a conduziu a um belíssimo altar, ornamentado com orquídeas brancas, onde o juiz os esperava.

A cerimônia foi igualmente linda. O juiz falou das belezas de um casamento com amor e, ao final, enquanto os noivos trocavam alianças, um belíssimo coral, acompanhado por violinos, entoava uma canção romântica convidando todos para dançarem junto com o casal.

Em seguida, o casal recebeu os cumprimentos e todos foram para o jardim, onde seria servido o bufê. Uma orquestra começou a tocar músicas românticas e Helena, embalada ao sabor dos acontecimentos emocionantes, deixou-se levar nos braços de Renato e passaram a dançar com amor.

Não perceberam que eram observados por Fábio que, com olhar rancoroso, consumia-se por dentro, ansiando a hora de conversar com eles para jogar-lhes no rosto o quão mentirosos eram. Pela cabeça de Fábio, mil pensamentos passavam e ele, por mais que tentasse, não conseguia entender por que sua mãe estava viva e por que mentiram, inventando sua morte, colocando um quadro de outra mulher para que eles venerassem como se fosse ela.

Em outro ponto da festa, Celina encontrava-se sozinha numa mesa, bebericando um champanhe quando teve desagradável surpresa. Uma voz aguda e cínica a chamava:

– Olá, Celina! Quanto tempo, querida! Vamos conversar?

Era Zelí, sogra de Duílio.

Celina enrubesceu:

– Maria José? Como entrou aqui?

– Esqueceu-se de que sou sogra da alma das empresas desta família?

– Infelizmente. Duílio é um bom rapaz, não merecia uma sogra feito você.

Zelí, sem cerimônia, puxou uma cadeira e, acendendo um cigarro, sentou-se perto dela, tragando e jogando a fumaça em seu rosto. Comentou cínica:

– Posso imaginar como você está sofrendo com esse casamento...

– Cale-se ou me retiro.

– Se você se retirar conto a todos por que você é contra a nova mulher de Renato. Esqueceu que sei de tudo?

Celina ficou branca feito cera e começou a tremer.

– Você não teria coragem.

– Ah, não? Pague para ver. Aliás, hoje finalmente entrei nesta mansão belíssima. Têm muitas coisas aí dentro que vou querer para mim. E você vai me dar, não é?

– Jamais sairá um alfinete sequer desta casa para você.

– Não seja tão ingrata. Afinal, eu a ajudei quando tudo aconteceu. Éramos companheiras, se não fosse por mim, todos teriam descoberto quem você é na realidade. Quanto custa me dar de presente aquela imitação de um Monet que vi na sala?

– Não é imitação, é um Monet verdadeiro. Jamais poderei tirar aquele quadro da sala.

– Ah, pode sim. Basta mandar pintar um igual, colocar no lugar e me ceder o verdadeiro.

– Não acredito que você esteja me chantageando depois de tanto tempo. Já não tem tudo o que quer morando com sua filha?

– Tenho tudo, mas preciso de um capital para abrir meu comércio.

– Que comércio?

– Você sabe qual. Quero voltar aos velhos tempos. E com um Monet desses...

– Você sabe que é impossível vender um quadro desses. Há um registro, tem todo um processo. Você seria presa por roubo.

As sobrancelhas arqueadas e finas de Zelí ficaram ainda mais suspensas e seus olhos estrategicamente mais miúdos quando ela disse:

– Então, o jeito será você levantar uma grana e me ajudar a reabrir meu comércio. Ou isso ou então conto seu segredo. Vou te dar uma semana para me dar uma resposta positiva. Até lá.

Zelí saiu sorrindo cinicamente e se misturou em meio aos convidados. Celina, que estava se remoendo de ódio pelo casamento de Renato, vivia os horrores do medo. Por que Zelí resolvera aparecer logo naquele momento?

capítulo 37

Quando finalmente os primeiros convidados começaram a sair, Renato e Helena deram as mãos e resolveram ir para o quarto. Ela estava tão feliz que não mais se recordava do episódio com Fábio, acontecido horas antes.

Mas, assim que entraram no quarto e acenderam as luzes, tanto Helena quanto Renato assustaram-se ao ver Fábio, sentado numa poltrona ao lado da cama, deixando que lágrimas sentidas escorressem pelo seu rosto. Naquele momento Helena percebeu que não mais poderia ocultar a verdade do marido.

– Filho, o que faz aqui? O que aconteceu para estar chorando desse jeito? – indagou Renato, assustado. Fábio não era dado a choros. Algo muito grave acontecera.

Fábio levantou-se, mirou os olhos do pai e disparou:

– Mentiroso! Mil vezes mentiroso! Eu o odeio!

Renato empalideceu:

– O que está acontecendo, Fábio? Por que essa agressão comigo?

– O senhor é cínico, vil, mentiroso. Enganou a mim e a meus irmãos a vida inteira. Como pôde fazer isso, pai? Nunca teve pena de nós?

Helena estava pálida:

– Calma, Fábio, deixe seu pai explicar. Tudo teve uma boa razão para acontecer.

– Boa razão? Que boa razão pode existir para um pai mentir a seus filhos a vida inteira dizendo que a mãe deles está morta, enquanto ela está mais viva do que nunca? Que motivos podem haver para um pai colocar uma pintura de uma mulher estranha na sala e nos fazer venerá-la? Nenhum! Por isso o odeio.

Renato, completamente perdido e sem saber o que dizer, olhou para Helena e indagou:

– Como ele soube disso? Quem falou a verdade para Fábio?

– Foi Leonora.

– Leonora? Mas ela não tinha esse direito. Não a quero mais aqui, mande-a embora.

– Não seja injusto com Leonora, você não sabe o que aconteceu aqui minutos antes de nosso casamento.

– Então trate de me contar.

Helena contou tudo. Falou da paixão de Fábio por ela, do jeito que ele estava desequilibrado e da tragédia que ocorreria caso Leonora não contasse a verdade.

Estarrecido, Renato sentou-se na cama e colocou as mãos na cabeça. Antes que ele dissesse algo, Fábio bradou:

— Nem adianta vir com sermão para cima de mim. Se ela não fosse minha mãe, eu iria conquistá-la e roubá-la do senhor. E quem é o senhor para me dar sermão? Mentiu a vida inteira, não tem moral. Aliás, todos nesta casa mentem. Ninguém aqui tem moral.

— Cale-se, Fábio, você não sabe os motivos que nos levaram a fazer isso.

— Quais? Pode ir dizendo. Não saio deste quarto enquanto não souber toda a verdade e, a depender do que for, chamo meus irmãos agora mesmo e revelo tudo.

Renato levantou-se calmo e, abraçando o filho com carinho, trouxe-o para junto de si. Ambos sentaram-se na cama e Helena fez o mesmo.

Renato, acariciando os cabelos do filho, começou:

— Nós erramos muito em ter feito tudo isso, até esse casamento é errado perante a lei, mas não tivemos outra saída. Nem você nem seus irmãos sabem o que aconteceu com Helena. Ela foi condenada e presa sob a acusação de ter matado meu pai, o avô de vocês.

Fábio olhou-o desconfiado:

— Como assim? O vovô não morreu numa tentativa de assalto a esta casa?

— Isto foi o que dissemos a você e é o que todo mundo na sociedade pensa, mas na época o crime foi muito comentado. Graças ao nosso dinheiro e influência foi que caiu no esquecimento e vocês puderam viver até agora sem essa sombra de tristeza.

— Mas como tudo aconteceu? — perguntou Fábio, já começando a acreditar no pai, pela veracidade que ele emitia em cada palavra.

Renato contou tudo em detalhes. Desde quando conhecera Helena no interior, da resistência do senhor Bernardo ao casamento e das constantes brigas que ele tinha com Helena. Contou sobre o crime e como a mãe deles fora levada para a prisão. Não se esqueceu de dizer que até ele, Renato, só começou a acreditar na inocência dela quando Vera Lúcia começou a revelar a verdade.

Fábio estava estarrecido:

– Então, tia Vera morreu por causa desse crime?

– Sim, e devemos deixar isso no esquecimento, pois o assassino é perigoso e sua vida corre risco.

– Mas, por que eu?

– Nós nunca soubemos isso, Vera nunca nos contou, não teve tempo.

Fábio percebeu que os pais tinham razão no que fizeram. Helena fora presa, culpada por um crime que não havia cometido. Como deveria ter sofrido longe deles todos! Naquele momento, sentiu-se extremamente culpado pelo que fizera e pelo amor que sentia pela própria mãe. Sentindo-se sujo, saiu do quarto correndo, batendo a porta com força, e Helena o seguiu. Viu que entrou no quarto dele e trancou-se.

– Vamos arrombar essa porta, Renato – pediu Helena em desespero. – A verdade foi muito cruel para ele. Temo que faça alguma besteira.

– Não vamos fazer nada, Fábio é maduro, está triste, angustiado por saber a verdade e pela impossibilidade de amá-la. Vai chorar muito, sofrer, mas irá entender. Vamos para o quarto.

As emoções vividas com o filho foram por demais intensas e nenhum dos dois sentiu vontade de se entregar ao outro. Abraçaram-se com carinho, até que, vencidos pelo cansaço, adormeceram.

Todos ainda dormiam quando Helena e Renato desceram as escadas e entraram no carro que os levaria ao aeroporto. Passariam duas semanas em lua de mel na Europa. Quando o carro ia saindo, Fábio postou-se na frente. O motorista desligou o motor e Renato e Helena desceram.

Fábio, emocionado, abriu os braços e os pais o abraçaram. Quando a emoção serenou, ele disse:

– Estou aqui para lhes desejar felicidades. Sei que merecem. Mas não é só isso. Vim para comunicar que também vou viajar, não aguentarei ficar mais nesta casa.

Helena preocupou-se:

– Vai embora para sempre daqui?

– Não, jamais os abandonarei nem os meus irmãos, mas quero ficar uns bons anos longe. Vou para o Canadá terminar lá meus estudos. Quando voltarem já não estarei mais aqui.

– Por favor, filho, não faça isso conosco – pediu Renato com lágrimas nos olhos.

– É a única forma que encontrei para esquecer esse louco amor que sinto por minha própria mãe e tentar administrar a verdade que acabei por saber. Se eu continuar aqui, enlouquecerei.

– Então vá, filho, seja feliz!

Eles se abraçaram mais uma vez e o carro finalmente partiu. Olhando mais uma vez para trás e vendo o filho a lhes acenar, Helena sentiu grande dor invadir seu coração.

capítulo 38

❖

A tarde ia a meio quando Leonora passou pelo corredor e ouviu que alguém chorava sentidamente dentro de um dos quartos. Sentiu vontade de ajudar aquela pessoa e bateu na porta.

A voz ríspida de Celina se fez ouvir:

– O que quer? Não desejo ver ninguém.

– Aqui é Leonora. Gostaria de falar com a senhora!

– Não quero falar com ninguém, muito menos com uma empregadinha de quinta feito você.

Uma grande força envolveu Leonora que disse:

– A senhora está sofrendo muito, gostaria de lhe dar um abraço. Pelo menos um abraço a senhora aceita?

O tom amoroso e as energias de bondade verdadeiras que Leonora imprimiu àquelas palavras fizeram com que o coração duro de Celina fosse tomado de grande emoção. Sentiu que finalmente uma pessoa se interessava por ela verdadeiramente.

Abriu a porta e quando Leonora entrou abraçou-a soluçando. Leonora a levou para a cama, fez com se sentasse e a abraçou, acariciando seus cabelos:

— Chore, dona Celina. O choro faz bem à alma, pois pode limpar as energias negativas que estão acumuladas em nossa aura e nos alivia o coração amargurado.

Celina chorou mais e, aos poucos, sentindo o abraço terno da nova amiga, começou a ficar mais calma:

— Desculpe-me a fraqueza. Não queria chorar assim na sua frente.

— Todos nós temos fraquezas. A senhora é um ser humano como todos os outros, tem direito a chorar, se lamentar, sentir raiva, amar, sentir carinho, enfim, pode e deve sentir tudo que os outros sentem. Não tenha vergonha de expor seus sentimentos.

Celina a olhou observadora. Leonora era diferente. Algo nela a conquistara naquele instante.

— Tem razão, ando muito presa em meus sentimentos. Esse choro me ajudou muito.

— Não está na hora de mudar e se mostrar como verdadeiramente é?

— Não posso fazer isso. Você não me conhece, não sabe o monstro que sou.

— A senhora pode ter seus erros, mas tem o lado bom que é muito maior e cobre tudo.

— Você é ingênua. Não me conhece, por isso diz essas coisas.

— Posso não conhecê-la, posso não saber sua história de vida, mas sou muito observadora e, desde que cheguei aqui, notei que a senhora faz o papel da durona, da pessoa forte, da moralista, mas no fundo é uma mulher muito sensível, amorosa, cheia de sentimentos bons para distribuir. Por que não se permite ser como é?

Novamente, as lágrimas voltaram a cair no rosto de Celina, mas dessa vez eram de emoção:

– Tenho medo de demonstrar meu amor e prejudicar as pessoas.

– O amor jamais prejudicou ninguém. Ao contrário, o amor é a fonte de todas as boas coisas da vida, só ele é capaz de unir e harmonizar as criaturas.

– Mas minha forma de amor destrói, atormenta.

– Então, não é amor, mas paixão. Essa sim, amarga e faz sofrer.

Celina calou-se. Uma vontade imensa e praticamente incontrolável de se abrir com Leonora e contar todo o drama de sua vida surgiu e ela deu vazão:

– Leonora, não sei por que, mas sinto que posso confiar em você mais do que em qualquer outra pessoa neste mundo. Não aguento mais sofrer pelo que fiz no passado. Amargo essa culpa dia e noite, me tornei uma mulher amarga e cruel para fugir do que fiz. Preciso desabafar isso com alguém, ou então vou enlouquecer. Você precisa me ouvir e, pelo amor de Deus, não me condene.

Leonora pegou em suas mãos trêmulas e frias e não disse nada, mas seus olhos passavam profunda compreensão. Confiante, Celina começou:

– Eu amo meu sobrinho Renato. Amo não, sou loucamente apaixonada por ele.

Como Leonora não esboçou nenhuma reação como quem a condenasse, ela prosseguiu:

– Esse sentimento estranho toma conta de mim, desde que... desde que... desde que ele ficou adolescente. Como pode, meu Deus?! Eu vi esse menino nascer, fui uma das primeiras a pegá-lo no colo quando saiu da maternidade. Mas ele foi crescendo e quando ficou rapazinho eu descobri que o amava.

– Esse amor foi me deixando louca e dia após dia pensava nele com insistência. Sabia que estava cometendo um pecado, mas não conseguia deixar de desejá-lo. Eu era nova na época, poderia ter me casado, mas não, preferi viver essa paixão insana e platônica. Para mim, vê-lo todos os dias era a maior felicidade, mas chegou um momento em que aquilo só não bastava. Ter só sua amizade e o carinho de sobrinho para mim era um tormento. Foi quando comecei a ter a ideia de seduzi-lo.

– Renato estava com catorze anos e não tinha maturidade quando, numa noite, o trouxe para meu quarto e o seduzi. Ameacei-o para que não contasse a ninguém e ele, todas as noites, fazia o que eu queria. Notava que ele odiava tudo aquilo, mas minha paixão era maior. Foi quando Vera Lúcia descobriu e me ameaçou. Foi dura comigo, recriminou-me e prometeu contar tudo a Bernardo, caso eu continuasse com aquilo.

– Tive que parar porque Vera começou a fazer uma vigilância grande e nunca mais pude ter contato com ele. Depois desses acontecimentos, Renato ficou fechado, isolava-se com frequência, até que disse ao pai que precisava de um psicanalista, pois estava em dúvida sobre sua vocação. Eu sabia que não era isso que o torturava, mas o fato de ter sido violentado por mim, sua tia.

– A terapia fez efeito e logo Renato voltou a sorrir, a sair com os amigos, mas a cada namorada que ele trazia para casa eu entrava em depressão, ficava dias sem comer, só voltando a ficar bem quando o namoro acabava. Foi quando ele conheceu Helena em Sorocaba e o namoro foi firme, culminando no casamento. Desde sempre a odiei por tê-lo roubado de mim. Em minha ilusão, Renato me pertencia e nenhuma mulher poderia ficar com ele. Odeio Helena até hoje, pois pela segunda vez ela o tirou de mim.

Fez pequena pausa e prosseguiu:

– Contudo, por mais que eu odeie Helena, não matei meu irmão para culpá-la. Posso ser uma pervertida sexual, posso ter cometido incesto, mas jamais teria coragem de tirar a vida de um ser humano. Por favor, não me julgue e acredite em mim! Eu não sou assassina!

Leonora abraçou-a novamente, depois fixou seus olhos de bondade nos dela, dizendo:

– Não tenho como julgar a senhora. Aliás, ninguém pode, só a senhora mesma.

– Mas o incesto é pecado, a pedofilia é crime, é pecado.

– O incesto em alguns casos não é errado. O que é o incesto? São relações amorosas e sexuais com parentes. Mas dois primos podem se casar normalmente e ninguém acha errado, e realmente não é.

– Mas no meu caso sou tia e ele sobrinho.

– Uma relação como esta já é mais complexa, os laços de sangue são mais profundos. Nesse caso não é correto, nem no caso de irmãos que se relacionam ou pais com filhos.

– Sei que você segue o Espiritismo. Como essa doutrina vê o incesto?

– O Espiritismo ensina que os laços de sangue não são sempre laços espirituais. Podemos ver constantemente irmãos do mesmo sangue que se odeiam, enquanto que amigos de famílias diferentes se amam muito mais do que muitos irmãos de sangue. Vemos constantemente pais e mães que não sentem amor por seus filhos de sangue, mas amam profundamente outras crianças com quem não têm nenhum parentesco. Isso mostra que os verdadeiros laços são os do espírito. Conheci uma mulher que teve uma criança e adotou outra. Ela não conseguia amar de forma alguma aquela que tinha saído de seu ventre, sentia aversão, viviam brigando, já a adotiva ela amava mais que tudo. O que realmente importa são os laços espirituais.

– Mas então não é errado eu me relacionar com Renato, pois se o que vale são os laços do espírito, não tenho nenhum com ele no sentido de ser sua tia. Amo-o como homem.

– Deixe-me explicar melhor. Embora o que realmente conte sejam os laços espirituais, os laços de sangue revelam que as pessoas que estão numa mesma família se atraíram mutuamente por necessidade de reajuste e, por isso, devem respeitar a posição em que nasceram. Se Renato nasceu como seu sobrinho é para que se amem, nesta vida, de maneira fraterna e não de maneira carnal. O mesmo ocorre com irmãos de sangue. Se nasceram com esse grau de parentesco é para que se amem com sentimento fraterno, sublimem antigas paixões e vençam imperfeições. Mais grave ainda são os laços da paternidade e maternidade que muitos desrespeitam. Um pai e uma mãe nascem para amar com sublimidade seus filhos de sangue. Qualquer envolvimento no sentido sexual revela uma infração grave e condenável às leis divinas e, um dia, os envolvidos terão que pagar por esse erro através da dor e do sofrimento. Já os primos não têm essa obrigação moral, pois os laços sanguíneos são mais distantes e geralmente não revelam compromissos negativos de vidas passadas.

– Você quer dizer que vou sofrer muito pelo que fiz com Renato?

– A senhora já está sofrendo. Existe dor maior do que a de uma consciência culpada?

– E quando vai acabar esse tormento?

– Quando a senhora aprender a sublimar esse sentimento, quando a antiga paixão deixar de existir e no lugar ficar só o amor sublime e incondicional.

– Acho impossível! Como posso fazer isso?

– Talvez a senhora não consiga totalmente nesta encarnação, mas pode dar um grande passo, e o primeiro deles é deixar de odiar Helena e tornar-se sua amiga.

Celina sentiu o coração acelerar:

– É impossível, eu a odeio!

– A senhora já parou para pensar que esse ódio seja fruto de uma ilusão?

– Como assim? Ele é muito real.

– A senhora está iludida pela posse. Acha que é dona do Renato, mas só é dona de si mesma. Mesmo que ele não fosse seu sobrinho, é Helena que ele ama e nunca ficaria com outra mulher. Não está na hora de aceitar isso e ser feliz? A ilusão da posse cega e faz sofrer; acabar com esse sofrimento só depende de nós.

– Jamais irei aceitar nada!

– Então, continuará sofrendo. Todos os sofrimentos da vida só terminam quando as pessoas aceitam as coisas como são. Enquanto resistimos e queremos mudar o que é impossível, continuamos a sofrer. Isso não é válido apenas para o amor, mas também para as relações familiares, para as grandes perdas, para os graves problemas de saúde, para os problemas de amizade, dentre outros. Só sofremos enquanto não aceitamos tudo como realmente é. O dia que chegar a aceitação, com ela virão a felicidade, a paz e a harmonia.

– Suas palavras me tocaram. Sinto que é verdade o que diz, mas entenda que é extremante difícil para mim aceitar isso.

– Sei que não é da noite para o dia que a senhora vai conseguir. Aliás, dificilmente uma mudança ocorre de maneira rápida. Toda mudança requer tempo, paciência e persistência. Tenho certeza que, se a senhora quiser, irá conseguir.

Celina não disse mais nada. Abraçou Leonora mais uma vez, agradecendo-a em prantos.

Naquela tarde, Celina encontrara mais do que a chave para se livrar de seus problemas íntimos, mas uma grande e verdadeira amiga, talvez a primeira em tantos anos de vida.

capítulo 39

Os dias foram passando depressa, e a amizade entre Leonora e Celina foi se consolidando cada vez mais, para espanto de Berenice e dos sobrinhos. Celina parecia não se importar e vivia conversando com ela pelos jardins, dentro do quarto ou no jardim de inverno. Notava-se grande melhora em seu humor, em seu estado de espírito, e todos concordavam que aquela estranha amizade havia lhe feito muito bem.

Leonora havia cativado todos na casa com sua conversa alegre, espirituosa, cheia de otimismo e de visão clara sobre o futuro. Humberto também passara a conversar com a moça e, aos poucos, foi abrindo sua vida íntima, contando-lhe suas particularidades, tornando-se também grande amigo.

Cinco dias após a viagem de lua de mel dos pais, Fábio surpreendeu a todos dizendo que viajaria para o exterior sem data para retornar. Trancou o curso na faculdade e seguiu para o Canadá, mesmo sob protestos dos irmãos e de Celina, que não podia se conformar com aquilo.

Faltavam poucos dias para o regresso de Renato e Helena, quando Berenice resolveu, ela mesma, fazer uma arrumação melhor nos quartos da casa. Entrou no quarto que fora de Vera Lúcia e viu que estava limpo, bem arrumado. Ninguém entrava ali e praticamente não havia o que mexer. Foi quando, sem saber por que, sua atenção foi voltada para o guarda-roupa. Pensou que poderia fazer uma boa faxina ali, separar algumas roupas velhas para doação e também alguns objetos que Vera nem fazia questão de usar.

Quando abriu as portas principais, vendo as roupas daquela que fora uma criatura tão bondosa, que era a alma daquela casa, Berenice chorou. Sentiu saudades de Vera e, abraçada a uma de suas blusas preferidas, orou pela sua alma.

Ela não percebeu, mas o espírito Bernardo estava ali, fazendo um esforço grande para falar com ela. Berenice não tinha mediunidade desenvolvida, mas, como todos os encarnados, podia captar os pensamentos dos espíritos por telepatia.

Sabendo disso, Bernardo aproximou-se dela e disse:

– O fundo falso da última gaveta. Olhe lá!

Berenice enxugou as lágrimas, pôs a blusa no lugar e pensou em examinar as gavetas. Foi olhando uma por uma e encontrando velhos álbuns de fotografias, agendas com quase nada escrito, livros que Vera costumava ler para passar o tempo, até que chegou à última gaveta. Quando abriu percebeu que estava vazia e estranhou:

– Por que dona Vera não guardou nada aqui? Com tanta coisa nesse guarda-roupas precisando de lugar, por que aqui está vazio?

O espírito Bernardo prosseguia dizendo em seus ouvidos:

– Nesta gaveta há um fundo falso, abra!

Berenice ia fechando a gaveta quando, de repente, sentiu vontade de examiná-la melhor. Como não viu nada fechou-a de vez, mas estranho barulho, como se algo tivesse caído dentro dela fez com a abrisse novamente. Tomou um susto quando viu que o fundo da gaveta se descolara e caíra, deixando um espaço aberto que dava no piso.

Curiosa, Berenice olhou com mais atenção e viu um envelope branco. Quase não conseguia vê-lo, pois o piso, igualmente branco, camuflava bem o papel. Pegou o envelope e sentou-se na cama.

De repente, uma onda de medo a invadiu. Sentiu, não sabia por que, que ali dentro havia uma coisa importante e talvez fosse melhor ela não abrir.

Bernardo soprou-lhe aos ouvidos com toda a força que possuía na alma:

– Abra, Berenice, pelo amor que você tem ao seu filho, abra este envelope e leia seu conteúdo.

Berenice captou os pensamentos de Bernardo e tomada de coragem abriu o envelope. Dentro havia uma carta cujas letras não deixavam dúvidas de que haviam sido escritas por Vera Lúcia.

Coração aos saltos, Berenice começou a ler. À medida que lia seu coração disparava cada vez mais e ela foi ficando pálida, depois vermelha, parecendo que iria desmaiar. Quando leu todo o conteúdo, chorou muito, tanto que acabou se ajoelhando no chão, suplicando:

– Deus! Me ajude! Diga-me o que fazer com esta carta.

Bernardo, igualmente emocionado, disse-lhe:

– Entregue a Renato assim que ele chegar. Todos precisam logo saber a verdade.

Berenice, mesmo no desespero que sentia, pensou que só poderia entregar a uma única pessoa: Renato.

Colocou a carta no bolso do uniforme e abriu a janela para respirar um pouco do ar fresco do jardim. Pensou com tristeza:

– Essa carta pode libertar essa família ou pode acabar com ela de vez!

Bernardo deixou o quarto onde Berenice continuava se refazendo para descer, fingindo estar tudo bem.

O dia havia terminado quando Ricardo chegou a casa. Encontrou Andressa lendo e se emocionou. Sua futura mulher estava linda grávida e ele se sentia muito feliz por estar vivendo a seu lado e muito bem. Ambos optaram por viver juntos na mansão antes mesmo de se casarem. Aquela atitude havia despertado a inveja e a fofoca por parte de certas colegas de faculdade de Andressa e das pessoas da sociedade, mas ela não se importou.

Ricardo, por sua vez, havia comprado um galpão com a ajuda de Renato e estava se dando bem com os novos clientes que conseguira. Ele chegava a casa todo sujo de graxa, mas muito feliz e realizado pelo que fazia.

– Como vai minha linda mulher? – perguntou enquanto subia as escadas.

– Estou melhor agora, vendo o grande amor de minha vida. Não vem me dar um beijo?

Ele sorriu:

— Como posso beijá-la assim, sujo desse jeito? Você sempre insiste em algo que não gosto.

— Mas eu gosto muito e não me importo com sua sujeirinha de graxa.

Ambos riram e ele encostou os lábios na face de Andressa beijando a distância.

— Vou ficar limpo e já volto!

Jogou um beijo com as pontas dos dedos e subiu. Berenice observava tudo e disse:

— O amor de vocês é lindo! Até hoje, quando a vejo grávida e casada com Ricardo não acredito. Não parece a mesma pessoa.

— Eu sou esta pessoa aqui. Aquela que você conhecia morreu naquele dia fatídico.

— Desculpe, não gostaria de tocar em algo que a machuca tanto.

— Já não machuca tanto assim. Tenho conversado com Leonora e ela tem me ensinado muitas coisas. Uma delas é que, talvez se eu não tivesse passado por tudo isso, não teria voltado à minha verdadeira essência e estaria hoje muito infeliz. Nesse ponto foi bom o que me aconteceu.

Berenice abriu a boca abismada:

— Você hoje acha bom o que lhe aconteceu?

— Bom mesmo não foi. Ser invadida em sua intimidade, violada por uma pessoa que você não ama não é nada bom para uma mulher, mas olhando com os olhos da verdade, com os olhos da alma, sei que Deus só permitiu que aquilo acontecesse para que eu mudasse para melhor. E veja, hoje amo meu filho e estou vivendo ao lado do homem que amo. Quer coisa melhor? Perto disso, tudo o que passei é coisa pequena.

Berenice emocionou-se. A menina que vira nascer, crescer, se tornar uma mocinha, agora estava realmente madura, capaz de compreender a vida e as coisas ao seu redor. Ficou imaginando o que diria se soubesse o conteúdo da carta de Vera Lúcia. Aquela família já havia sofrido tanto, seria justo sofrer mais uma vez?

– Berenice! No que está pensando? – perguntou Andressa, vendo que ela viajava nos pensamentos.

– Nada de interessante, coisas minhas. A propósito, vou sair. Já deixei tudo pronto para o jantar e a casa está toda em ordem. Logo Osvaldo chegará com as compras de supermercado e Jacira vai arrumar tudo e servir vocês quando a janta ficar pronta.

Só naquele momento Andressa notou que Berenice estava mais arrumada, sem o costumeiro uniforme. Ela não costumava sair para demorar tanto. Curiosa, perguntou:

– Posso saber aonde você vai?

– Vou à casa de meu filho Duílio. Tenho um assunto sério a tratar com ele e por isso não tenho hora para voltar.

– Você está tensa, preocupada. Algum problema sério?

– Nada que a possa preocupar, são coisas minhas.

– Mas você é como se fosse uma mãe para nós, como não quer que me preocupe? Por acaso está doente?

– Não, não é nada disso. Fique tranquila, minha querida – aproximou-se de Andressa, beijou-a e foi até o motorista da família que se encontrava sentado num dos bancos do jardim. Pediu que tirasse o carro e a levasse à casa do filho.

– Não precisa me esperar. Assim que terminar de conversar, ele me trará de volta.

Berenice era considerada da família e usava o carro como qualquer pessoa da casa. Estava imaginando ter que ir à casa do filho e se deparar com a figura desagradável de Zelí, sua sogra, mas era o jeito.

Chegou ao prédio, subiu no elevador e frente a frente com a porta do apartamento de Duílio, suspirou forte e pediu mais uma vez força a Deus. Pensou muito e decidiu dividir aquele tenebroso segredo com o filho. Ele amava também aquela família e iria ajudá-la a tomar a melhor decisão. Não estava certa se deveria mostrar a carta a Renato. Preferia mesmo dar um fim a ela e que ninguém nunca ficasse sabendo de nada.

Tocou a campainha e Zelí, vestida num robe cor-de-rosa, atendeu:

– Ora, ora, quem não morreu um dia aparece. O que a fez sair daquele castelo para vir até essa arapuca? Posso saber?

– Poupe-me do seu cinismo, Zelí. Onde está meu filho?

– Duílio ainda não chegou da empresa e Pâmela está na academia. Queira sentar.

Berenice entrou e sentou. Zelí se aproximou, sentou-se na poltrona ao lado, cruzou as pernas e disse:

– Qual é o problema, hein? É seu velho que está doente?

– Não estou com problema algum e meu marido não é velho.

– Achei-o bem "acabadinho" quando o vi na festa. Estava pálido, será que está com anemia?

Berenice irritou-se:

– Não me faça perder a paciência, Maria José!

Dessa vez foi Zelí que se irritou:

— Não me chame desse nome horroroso!

— Ah, prefere que eu a chame de Madame Zelí, não é?

Zelí corou:

— Não quero que me chame de nada. É o que dá ser educada e tratar bem as pessoas. Só queria saber o que a trouxe aqui. Faz quatro anos que moro com minha filha e você só veio aqui duas vezes. Suponho que, para estar aqui a uma hora dessas e com essa cara de múmia, algo muito grave deve ter acontecido.

— Saudades de meu filho... — disse Berenice tentando pôr fim àquela conversa desagradável.

— Não vem com essa. Duílio anda todos os dias naquela mansão. Já até falei para a Pâmela ir morar com ele lá, mas não querem, dizem que desejam manter a privacidade. Ah tá, tem espíritos de pobres, isso sim.

Berenice ia retrucar quando, para seu alívio, Duílio chegou. Assustou-se:

— Mãe, a senhora aqui a essa hora? O que houve?

— Preciso muito falar com você, em particular — disse virando-se para Zelí.

Como Zelí não moveu um músculo e continuava olhando para eles cinicamente, Duílio bradou:

— Não ouviu? A conversa é particular. Faça o favor de sair, Zelí.

Ela se levantou e sacudiu os ombros:

— Que gente mal-educada!

Quando ela sumiu pelo corredor, Berenice fez com que Duílio sentasse a seu lado e pegou em suas mãos nervosamente:

— Fiz uma descoberta que pode pôr fim à família do Renato.

Duílio assustou-se, sua mãe não era dada a brincadeiras:
— O que foi?
— Resolvi arrumar o quarto de Vera Lúcia hoje e encontrei uma carta deixada por ela no fundo falso de uma gaveta. Não sei por que fui inventar de fazer essa arrumação, o que descobri nesta carta era para ficar escondido para sempre.
— Mas é tão grave assim?
— Sim, muito grave. Nela Vera Lúcia faz muitas revelações sobre a família e revela o principal: quem foi o assassino do doutor Bernardo.

Duílio empalideceu:
— Passe-me esta carta, preciso ler.
— Trouxe-a para que você leia e me ajude no que fazer. Quero entregar a Renato, mas temo o que possa acontecer depois que ele descobrir quem foi o assassino de seu pai.

Duílio pegou a carta das mãos da mãe e começou a ler. Sua reação não foi tão diferente à reação de Berenice. Seu rosto foi ficando pálido e em seguida vermelho. Após ter lido a carta, jogou-se no sofá afrouxando a gravata e abrindo os botões da camisa desesperadamente.

— Isso é muito grave. Não estou certo se Renato ou alguém daquela família deve saber. É cruel demais tudo o que está escrito aqui. Fui criado naquela casa, amo todos eles como se fossem minha real família. Será justo estragar para sempre a felicidade daqueles a quem devemos tanto?

— É isso que não paro de pensar desde o momento que encontrei essa carta. Acho melhor destruirmos isso.

– Ainda não. Deixe-a comigo, vou pensar melhor e verei o que fazer.

– Só não demore muito, Duílio, pois estou desorientada e sei que só voltarei a ficar em paz quando resolvermos isso.

– Não se preocupe, mãe, encontrarei a melhor solução.

Berenice, mais calma, pediu que Duílio a levasse de volta para casa. Ele foi até o quarto, colocou a carta dentro da gaveta de um dos criados-mudos e desceu com a mãe para a garagem.

O que ele não imaginava é que Zelí havia escutado parte da conversa, o suficiente para entender tudo, e vira claramente quando o genro entrara para o quarto a fim de guardar a carta.

Era sua chance. Um segredo daquele em suas mãos lhe renderia o dinheiro suficiente para ir embora e finalmente abrir o comércio dos seus sonhos.

Não foi difícil para Zelí encontrar a carta na gaveta do criado-mudo. Correu para seu quarto, fez as malas e desceu rapidamente. Suspirou aliviada por não ter encontrado Pâmela voltando da academia. Rapidamente, tomou um táxi e deu o endereço de um hotel no subúrbio.

Naquele lugar ermo e com sua peruca chanel loira, ninguém jamais a reconheceria. Sorriu feliz quando o táxi deu partida, já antegozando o momento de sua vitória.

capítulo 40

Duílio voltou rápido e quando entrou no quarto deparou-se com Pâmela que acabava de sair do banho. Foi até o criado-mudo e deu um grito quando não encontrou a carta lá. Pâmela assustou-se:

– O que houve? Sente-se mal?

Ele pareceu não ouvir e saiu do quarto correndo e gritando:

– Maldita Zelí, onde está você, sua pilantra?

Duílio abriu a porta do quarto da sogra e ela não estava lá. Empalideceu ainda mais quando viu todas as portas do guarda-roupa abertas, certificando-se que ele estava vazio. Olhou para o grande espelho da penteadeira e leu a seguinte frase escrita por Zelí com batom vermelho:

"Até qualquer dia, baby."

A reação de Duílio foi pegar o primeiro objeto que encontrou e jogar contra o espelho que se estilhaçou. Depois, sentou-se na cama e colocou as mãos no rosto.

Assustada com tudo aquilo e sem entender, Pâmela perguntou:

— O que aconteceu aqui?

— A desqualificada da sua mãe acabou de aprontar uma comigo. Será que não dá para perceber?

— Não chame mamãe assim, sabe que não gosto.

— Desculpe, Pâmela, mas sua mãe é uma vigarista da pior espécie. Ela acabou de se apoderar de uma carta que poderá pôr fim à família do Renato. Meu Deus! Onde estava com a cabeça quando deixei essa carta aqui?

Ele sacudia a cabeça desesperado. Pâmela continuava sem entender:

— Mas o que tem nessa carta, o que aconteceu?

Duílio falou acerca de algumas coisas e finalizou:

— Com certeza sua mãe pegou a carta, leu e fará chantagem com Renato em troca das informações ali contidas.

Vendo a gravidade da situação, Pâmela concordou:

— Desta vez mamãe foi longe demais. Aguentei o quanto pude, mas não quero mais saber dela.

— Você tem alguma ideia de onde ela poderá ter ido?

— Nenhuma. Mamãe conhece muita gente, é muito experiente e vivida, jamais ficará em um lugar onde a encontrem facilmente. O único jeito é esperar que ela ligue e comece a fazer contato.

— Meu Deus! Que pesadelo! Nem sei como dizer isso à minha mãe. Ela ficará desesperada. Se Renato não ceder à chantagem é provável que Zelí conte tudo a todos da maneira mais cruel.

— Você não me contou o conteúdo da carta.

– Só disse o que você pode saber. Na carta, Vera conta muita coisa sobre a família e revela o verdadeiro assassino do irmão.

– Mas isso só vai ajudar a todos. Saber a verdade sempre é melhor.

– A verdade exposta por Vera não é uma verdade qualquer, é uma verdade muito cruel. Não sei se essa família merece saber isso.

Pâmela calou-se, não sabia o que o marido tinha lido, desconhecia totalmente o que Vera havia escrito. Duílio sempre fora um homem ponderado, se estava com tanto pavor era porque a situação devia ser realmente assustadora.

Limitou-se a se sentar a seu lado e a lhe fazer carinho nos cabelos. Aos poucos, Duílio foi se acalmando e, por fim, resolveu tomar um banho. Decidiu que no dia seguinte contaria a Berenice o que havia acontecido.

No outro dia, pela manhã, Berenice foi receber o filho em seu quarto:

– E então? Decidiu o que fazer?

– Se prepare, mãe, aconteceu um desastre.

– O que foi? Não me deixe mais assustada.

Duílio contou o que havia acontecido e Berenice, trêmula, tornou:

– O que será de nós agora?

– Agora estamos nas mãos de Zelí, mas não adianta mais. Parece que a vida quer que essa família saiba a verdade, porque se Renato ceder à chantagem que com certeza ela fará, acabará lendo a carta e se não ceder, Zelí fará questão de revelar tudo o que sabe da maneira mais cruel possível.

Berenice abraçou o filho chorando:

— Meu Deus, que desgraça! Amanhã Helena e Renato chegam da lua de mel.

— A senhora deve fingir que está bem. Não pode deixar que eles percebam algo.

— Está difícil.

— Mas a senhora tem que conseguir. Deixe que Zelí entre em contato. Daí a senhora fala a verdade.

Berenice percebia que o filho tinha razão. Se ela ficasse desequilibrada daquela maneira não teria como segurar a verdade. Abraçou o filho mais uma vez e o acompanhou até o carro, depois voltou ao quarto, dessa vez em busca de um calmante.

Mais tarde Renato ligou e ela atendeu:

— Como estão vocês?

— Mais felizes do que nunca.

— Como estão todos? E as crianças?

— Estão todos bem.

A voz de Berenice estava pausada, bem diferente da sua forma naturalmente enérgica de falar, e Renato percebeu:

— O que está havendo, Berenice? Você está diferente. Não me esconda nada. Aconteceu algo com as crianças?

Ela reagiu rápido:

— Estou indisposta, parece que vou resfriar, mas está tudo bem aqui. O senhor sabe que eu jamais mentiria.

— Sei sim, confio muito em você. Estou ligando para pedir que você organize uma festa linda aí para amanhã à noite, quando chegaremos de nossa lua de mel. Helena está tão feliz que resolveu comemorar. Queremos uma festa bonita, cheia de gente. Você sabe quem convidar, basta procurar os números na agenda telefônica e ligar.

Berenice não sabia muito organizar festas, já que elas quase nunca fizeram parte do cotidiano daquela família.

– Não sei se irei conseguir, senhor Renato, não sei preparar uma festa.

– Não é preciso tanto trabalho, peça ajuda de Andressa e Humberto, eles a ajudarão em tudo.

– Tudo bem. Fico muito feliz por vocês! Estava já com saudades!

– Mataremos todas as nossas saudades amanhã à noite.

Renato desligou o telefone, e Berenice suspirou pensando: "Festa... Se eles soubessem o que sei teriam motivos para chorar e não festejar. Coitados! Parece que essa família tem uma maldição".

– Foi papai quem ligou? – perguntou Andressa, aproximando-se.

– Sim, ele quer que organizemos uma festa para a chegada dele e de Laura amanhã à noite. Estão muito felizes e querem comemorar com a casa cheia.

– Que bom! Vamos começar a organizar tudo, então! Eles merecem.

O entusiasmo de Andressa fez com que Berenice parasse de pensar um pouco no problema e chamasse Humberto para organizarem a comemoração.

A noite estava linda e a festa deslumbrante quando Helena e Renato chegaram. Foram cumprimentados pelos presentes, e Renato fez pequeno discurso de agradecimento, contando resumidamente como tinha sido a viagem de lua de mel.

Helena estava linda como sempre e muito feliz por retornar ao lar e estar junto de Andressa e Humberto.

Até aquele momento Zelí não havia feito contato, o que aumentava o nervosismo e a preocupação de Berenice e Duílio. Ninguém sabia o que aquela mulher seria capaz de fazer.

Berenice estava andando por entre os convidados na grande sala de estar quando divisou Zelí no meio deles, saboreando uma taça de champanhe. Ela abriu mais os olhos para ver se não estava tendo uma alucinação. Mas era mesmo Zelí que estava ali, vestida num costume preto brilhante, olhando cinicamente para tudo e todos.

Ela sentiu o coração disparar e foi ter com Zelí imediatamente:

– O que você está fazendo aqui?

– Vim dar as boas-vindas ao casal. O que mais poderia ser? – respondeu Zelí arqueando ainda mais as sobrancelhas finas.

– Deixe de ser cínica. Você veio aqui para perturbar a nossa paz. Vá embora agora ou chamo os seguranças para que a tirem à força.

– Faça isso se for mulher! Se tiver essa coragem tiro o chapéu para você.

– É isso que farei agora.

– Vá e verá todo o segredo desta família ser revelado aqui mesmo, nesta grande sala – Zelí passeou os olhos pelo ambiente e com zombaria prosseguiu: – Será mesmo que você tem coragem?

Berenice viu que não podia fazer nada:

– Pelo amor de Deus, Zelí, entregue-nos a carta. Eu e Duílio pagamos quanto você quiser.

– O dinheiro que eu quero uma empregada doméstica e um assalariado não têm. Desistam. Quer saber realmente o que vim fazer aqui? Vim conversar com Helena e pedir o que preciso para assegurar minha vida até o último dos meus dias, que aliás, está muito longe de chegar.

Berenice corou:

– Você disse Helena? O nome da mulher de Renato é Laura!

– Ela pode enganar a todos, mas eu a conheço muito bem. Conheço pessoas dessa família há muito tempo, tempo suficiente para não esquecer o rosto de uma bela mulher como Helena, nem o crime que aconteceu. Além do mais, mesmo que eu nada soubesse, a carta é reveladora, esqueceu?

Berenice lembrou que na carta Vera mencionava também a história de Helena. Mas não se lembrava de ter visto Zelí frequentando aquela casa ou sendo amiga de alguém da família.

– Você é amiga de quem aqui?

– Daquela ali – apontou para Celina que, andando com Leonora por entre os convidados, não percebeu.

– Amiga de Celina? Nunca as vi juntas.

– Esse é outro caso que não lhe interessa. Agora deixe-me em paz. Saia de perto de mim.

Vendo a rispidez da outra, Berenice não viu outro jeito senão sair e procurar Duílio. Encontrou-o com Pâmela em uma das mesas do jardim. Sentou-se com eles e disse:

— Preparem-se. Zelí está aí no meio dos convidados.

Duílio empalideceu.

— Como conseguiu entrar?

— Com certeza se dizendo sua sogra. Ela já veio aqui no casamento, todos os seguranças a conhecem.

— Preciso falar com ela. Essa mulher vai me entregar a carta agora.

— Nem se levante. Conversei com Zelí e ela veio aqui hoje disposta a falar com Helena. Quer muito dinheiro para entregar a carta. Disse que só trata do assunto com Helena e se insistirmos fará um escândalo e contará a verdade a todos que estão aqui.

Duílio esmurrou a mesa:

— Mas que peste! Será que não podemos fazer nada?

— Infelizmente não, ela está com uma bomba nas mãos, não podemos arriscar. Zelí é capaz de tudo e está com um brilho sinistro no olhar.

Duílio ficou quieto, após alguns instantes disse:

— Tive uma ideia, vou falar com Helena.

— Não! Não faça isso! Não vá estragar sua festa.

— A festa dela será estragada mais cedo ou mais tarde. Acalme-se, mãe, sei o que estou fazendo.

Duílio levantou-se deixando a mãe com Pâmela que disse:

– Tenho medo do que possa acontecer. Embora não saiba de quase nada, sinto que algo sinistro pode ser revelado essa noite.

– Não diga isso, pelo amor de Deus.

– Estou sentindo o coração apertado. Vamos orar.

– Orar nesse lugar e com essa música?

– Vamos para o seu quarto na edícula. Lá nos concentraremos e pediremos ajuda espiritual.

– Não sabia que você tinha se tornado religiosa.

– Conheci a Doutrina Espírita através de uma amiga e estou gostando muito do que tenho estudado. Aprendi que a prece é fundamental em todos os momentos de nossa vida, principalmente nos de angústia e dor. Vamos pedir a ajuda de Jesus para que o melhor aconteça.

As duas se retiraram para orar enquanto, naquele mesmo momento, Duílio tinha uma séria conversa com Helena.

capítulo 41

A orquestra começou a tocar um bolero e os casais foram dançar, entre eles estavam Renato e Helena. Durante a dança ele perguntou:

– Você parece tensa. Aconteceu algo?

– Não. Só uma ligeira dor de cabeça.

– Estou notando que não é a mesma de quando chegou à festa. Quer se retirar?

– Depois da dança quero deitar um pouco em meu quarto, mas você terá que ficar aqui com os convidados.

– Tudo bem. Mas tem certeza que é só uma dor de cabeça?

– Sim, logo passará.

Quando a música terminou, os casais se dispersaram e Helena foi para o quarto. Propositalmente, circulou pela sala onde Zelí estava e, andando devagar, vendo que estava sendo seguida por ela, foi subindo a escada. Logo a voz estridente de Zelí se fez ouvir:

– Senhora Helena? Posso lhe falar um instante?

Helena fingiu surpresa:

– Como sabe meu verdadeiro nome?

– Sei não apenas seu verdadeiro nome, mas muitas coisas que lhe interessam. Sou Zelí, sogra de Duílio.

Helena a olhou fingindo temor:

– Vamos conversar em meu quarto, é melhor.

– Já ia sugerir isso.

As duas subiram e já no quarto, Zelí entrou e sentou-se numa cadeira, cruzando as pernas, enquanto Helena estava de pé à sua frente.

– O que você sabe que tanto me interessa? É assombroso que saiba meu verdadeiro nome.

– Assombroso é o que tenho aqui, dentro desta bolsa.

Zelí mostrou sua bolsa preta de lantejoulas prateadas e concluiu:

– O que tenho aqui vale sua liberdade. E você terá que pagar por ela.

– Minha liberdade? – Helena fingia não entender.

– Sejamos práticas, querida. Sei que você não se chama Laura Miller, mas sim Helena, a mulher de Renato que foi acusada, condenada e presa vinte anos atrás pela morte do Dr. Bernardo. Sei também que pagou inocente por um crime, e o que tenho aqui revela o verdadeiro assassino.

Mesmo já sabendo do que se tratava, pois fora alertada por Duílio, Helena sentiu-se nervosa. A carta de Vera revelava realmente quem era o criminoso, bem como outras particularidades da família. Era tudo o que precisava saber para dizer aos filhos que era sua mãe, livre de quaisquer suspeitas.

– Então me passe o que você tem aí.

– É uma carta, escrita por Vera Lúcia, antes de morrer.

Zelí comentou como ficou sabendo de tudo e como se apoderou da carta, finalizando:

– Olha que eu já vi muita coisa nesse mundo, viu? Fui dona de boate por mais de vinte anos, conheço a vida, mas nunca tinha visto algo como o que li nesta carta. É realmente assombroso. Não sei se essa família irá se manter de pé depois que souber a verdade. Eu, se fosse você, me pagaria a carta, leria e depois queimava. Não contaria nada a ninguém. O povo dessa família tem estômago fraco, não vai aguentar.

– É tão grave assim?

Zelí riu:

– Estou lhe dizendo que eu, mesmo com tantos anos de vida, não vi nada nem parecido. Se não tivesse lido e alguém me contasse, diria que isso aqui – retirou a carta da bolsa – é um roteiro de filme de terror.

– Então me diga o quanto quer por esta carta.

– Quinhentos mil reais.

– Mas eu não tenho esse dinheiro aqui.

– Se vire, minha filha. Com certeza esta casa tem um cofre onde deve ter essa quantia. Vai me dizer que não sabe o segredo do cofre?

– Renato não costuma guardar um dinheiro desses aqui em casa.

– Então ligue para o gerente de seu banco e peça para ele fazer uma transferência imediata para minha conta agora.

– Não é assim que se fazem as coisas, Zelí. Posso lhe dar um cheque.

– Pensa que está lidando com quem? Só em espécie! E agora, pois não estou disposta a esperar.

– Tudo bem, vou ligar para o meu gerente. Só não sei se ele vai atender a essa hora.

– Posso ser um pouco velha, mas sou muito ligada. Se ele não atender, você faz a transferência pela internet. Deve ter internet nesse mausoléu, não é?

Zelí estava realmente disposta a conseguir aquele dinheiro. Talvez fosse melhor pagar e ter a carta do que fazer o que Duílio sugerira. Mas agora era tarde. Tinha que fazer o combinado.

Helena fingiu estar discando um número e, quando viu que Zelí estava distraída, voou para cima dela tomando-lhe a bolsa:

– Agora a carta é minha e você não vai levar um centavo meu.

Zelí, muito calma, tirou de dentro do vestido uma arma e apontou para Helena:

– Estava preparada para tudo. Ou me entrega a carta ou morre!

O coração de Helena disparou.

– Vamos! – insistia Zelí. – Ou faz a transferência ou me entrega a carta. Ou isso ou morre agora.

Helena não viu outra forma a não ser gritar:

– Duílio! Socorro!

Duílio, que acompanhava tudo do outro lado da porta, entrou e, nervoso, pediu:

– Baixe essa arma, Zelí, pelo amor de Deus! Chega de tragédia.

– Ah, estavam combinados? Muito bonito! Agora morrerão os dois. Ou me entrega a carta ou atiro, não tenho nada a perder.

Duílio partiu para cima de Zelí que tombou ao chão, mas, com força multiplicada, levantou-se e começou a travar com ele uma luta corporal, até que conseguiu se desvencilhar, apontou a arma para Duílio e atirou na sua nuca. Depois, mirando para Helena disse:

– Maldita! Morra!

Três tiros no peito e Helena tombou desfalecida.

Todos os convidados se assustaram quando ouviram os gritos e Zelí, escondendo a arma, sumiu entre eles sem ninguém perceber que fora autora dos disparos.

Em meio à agonia, ninguém viu a carta caída no chão do quarto.

Desesperado e sem entender o que havia acontecido, Renato chorava desesperadamente sobre o corpo da amada, enquanto Berenice fazia o mesmo sobre o corpo do filho.

Logo o corpo de bombeiros chegou e levou Duílio e Helena para o hospital. A polícia foi ativada e revistaram todo o quarto, achando a carta. Depois lacraram o local e saíram.

capítulo 42

A festa se desfez e os convidados saíram entre horrorizados e temorosos. Ninguém conseguia entender por que Helena e Duílio estavam dentro daquele quarto e por que foram alvo de um assassino.

Andressa, arrasada, havia sido sedada pelo médico e dormia profundamente tendo ao lado Ricardo, que, preocupado e aflito, pedia a Deus que tudo se resolvesse e que Helena não morresse.

No hospital, havia começado o doloroso tempo de espera para Renato, Berenice, Osvaldo e Humberto. Helena e Duílio estavam em processo cirúrgico para retirada das balas. Os médicos informaram que os tiros haviam perfurado o pulmão esquerdo de Helena e atingido uma artéria coronária, ela havia perdido muito sangue e corria risco de morte. Duílio teve o crânio perfurado e uma das balas se alojara no cerebelo, mesmo que escapasse da cirurgia ficaria com inúmeras sequelas.

Os investigadores tentaram falar com eles, mas como perceberam seus estados emocionais alterados, resolveram deixar para outro momento.

Três horas e meia depois, doutor Rodrigo, cirurgião responsável pela equipe que operara Helena, veio ter com eles. Olhando para Renato disse:

– Felizmente, senhor Renato, sua mulher escapou com vida. Se crê em Deus não deixe de agradecer a Ele, pois dificilmente alguém escapa de uma cirurgia como esta.

Renato suspirou aliviado enquanto era abraçado por Berenice e Osvaldo. Perguntou entre lágrimas:

– Quando poderei vê-la?

– Só amanhã depois das dez é que estará liberada para receber visitas. Ela ficará por algum tempo na UTI e pelas próximas quarenta e oito horas ainda corre sério risco de morte, mas como disse, só em ter escapado a essa cirurgia já pode ser considerado um milagre.

Renato agradeceu ao médico e perguntou:

– E Duílio? Como está?

– Estão finalizando a cirurgia e está fora de perigo. Mas só o doutor Paulo poderá dar mais detalhes. Creio que, daqui a meia hora, ele virá falar com vocês.

Doutor Rodrigo despediu-se e saiu. Berenice suspirou aliviada:

– Pelo menos meu filho está fora de perigo. Jamais iria me perdoar se ele morresse por minha culpa, aliás, jamais me perdoarei pelas sequelas que ele terá. Se eu tivesse guardado a carta e entregado somente ao senhor Renato, tudo isso seria evitado.

Só naquele momento foi que Renato voltou-se para a causa dos tiros. Tudo tinha sido muito estranho, Helena alegando estar com dor de cabeça, pedira para se retirar a fim de descansar. Depois só ouvira os disparos e eis que encontra sua esposa tombada ao chão junto a Duílio. O desespero para salvar sua vida foi tanto que ele havia se esquecido completamente de procurar a causa daquele acontecimento catastrófico. Por isso, perguntou a Berenice com voz trêmula:

– Você sabe por que isto tudo aconteceu? Diga-me tudo agora, preciso saber.

– Vamos para a capela do hospital, lá é melhor para conversarmos.

Todos foram para a capela e lá, vendo a imagem de Nossa Senhora das Graças, olhando para ela com tanta piedade, Berenice não resistiu e começou a chorar. Osvaldo fez com que ela se sentasse em um dos bancos enquanto Renato e Humberto fizeram o mesmo.

Quando Berenice se acalmou, olhou para Renato e tornou:

– Não sei se deveria contar tudo o que sei na frente de Humberto, mas os acontecimentos estão se precipitando e tenho certeza que logo ele saberá de tudo, então é melhor que saiba por mim.

Renato ficou nervoso, mas confiava em Berenice, e ela, por sua vez, percebendo que todos aguardavam pelas suas explicações começou:

– A senhora Vera Lúcia poucos dias antes de morrer escreveu uma carta e deixou debaixo do fundo falso da última gaveta do seu guarda-roupa. Com certeza, sabendo que morreria, ela confessou toda a verdade naquela carta e colocou ali, pois tinha ciência de que um dia alguém a encontraria. Dentre outras coisas que ela revelou está quem é o assassino do Dr. Bernardo. Eu encontrei a carta quando fui fazer uma faxina em seu quarto e quando a li, vendo a crueldade do que estava exposto, não tive coragem de guardar o segredo só comigo e procurei meu filho Duílio para pedir ajuda. Zelí ouviu nossa conversa e assim que saímos de casa e ela ficou só no apartamento, procurou a carta e a encontrou. Na mesma noite fez todas as malas e desapareceu. Zelí queria fazer chantagem em troca das informações contidas na carta. Essa noite na festa, assim que a vi entre os convidados a interpelei e ela me disse claramente que estava ali para chantagear alguém. Tentei demovê-la de todas as maneiras, mas ela estava irredutível. Foi aí que procurei Duílio mais uma vez e contei o que estava acontecendo. Ele, então, resolveu procurar Helena para tentarem encontrar a melhor maneira de resolver a situação. Eu fiquei preocupada, mas não soube o que eles conversaram. Pelo que aconteceu no quarto, suponho que eles devem ter conseguido tomar a carta das mãos de Zelí e ela, com raiva, atirou neles. É tudo o que sei.

Notava-se o esforço grande que Berenice fazia para contar tudo aquilo sem perder o equilíbrio. Assustado, Humberto indagou:

– Então mentiram para nós? Quer dizer que o vovô não morreu num assalto à nossa casa, mas foi assassinado premeditadamente? Por que não nos disseram a verdade?

O silêncio se fez e Renato, embora soubesse que este dia chegaria, não sabia o que dizer ao filho. Havia muita mentira envolvendo todos eles e não sabia se os filhos saberiam perdoá-los. Fábio havia entendido, mas Andressa e Humberto talvez não compreendessem e se revoltassem quando tudo viesse à tona. No caso de Humberto havia um agravante. Além da mentira sobre a morte do avô, ele não era filho de Helena, mas alguém que havia sido deixado à porta da família para adoção. Ali, frente a frente com o filho, ele ficou mudo, não sabia o que dizer.

Vendo que Renato não tinha coragem de falar, Berenice tomou coragem, aproximou-se de Humberto, pegou em suas mãos com carinho, alisou seus cabelos e começou:

– Seu pai ama muito você, por isso está sem coragem para falar a verdade, mas chegou a hora e eu vou dizer – Berenice fez pequena pausa, suspirou fundo, pediu auxílio espiritual e disse: – Se você realmente ama seus pais saberá perdoá-los. Você não é filho legítimo de Renato e Helena, foi adotado pouco tempo depois de ela ser presa.

Tomado de susto pelo horror da revelação, Humberto levantou-se e gritou:

– Mentira! Isso é mentira! Sou filho dos meus pais e minha mãe nunca foi presa, morreu doente.

– É melhor que aceite a verdade, filho. Ouça toda a história por Berenice, só peço que não nos condene e que um dia possa nos perdoar.

Humberto deixava que grossas lágrimas descessem em seus olhos enquanto cruzava os braços e esperava que Berenice continuasse:

– O senhor Bernardo foi assassinado friamente em seu escritório. Ele e dona Helena viviam brigando, pois ele não aceitava sua condição social de moça pobre e humilde do interior. Nunca aceitou que o filho tivesse casado com ela e vivia para humilhá-la. Alguém se aproveitou disso e o matou. Helena entrou no escritório atraída pelo disparo e pegou a arma, encostou o corpo no corpo inerte do senhor Bernardo manchando sua camisola de sangue. Foi quando Celina e Renato também entraram e concluíram que ela o havia matado. Mas não foi Helena quem cometeu o crime.

Humberto parecia entender o que acontecera e já presumia o que o pai fizera, mas preferiu ouvir de Berenice:

– Helena foi julgada e condenada, mesmo sendo inocente. Renato e Celina com muito ódio e acreditando sinceramente que ela era assassina, mobilizaram todos os recursos para que ela ficasse esquecida pela justiça e cumprisse os vinte anos em regime fechado. Um ano depois que isto aconteceu, numa noite, quando Osvaldo estava no portão ouviu um barulho estranho e o choro de um bebê, foi olhar na calçada e havia uma caixa grande, quando a abriu você estava dentro. Sua chegada na mansão naquele momento tão triste foi uma alegria para todos. Não foi difícil para Renato conseguir sua guarda definitiva diante da lei e registrá-lo como seu filho e de Helena. À medida que Andressa e Fábio foram crescendo e amadurecendo, Renato os convenceu a jamais revelar que não eram seus irmãos de sangue.

Berenice fez pequena pausa e concluiu:

– É fácil concluir que Helena não morreu, mas Renato e Celina com o dinheiro que possuíam conseguiram abafar o caso perante a sociedade e resolveram mentir para vocês dizendo que Helena havia morrido e, então, colocaram aquela pintura de uma mulher em cima da lareira dizendo ser a mãe de vocês. Devo dizer que Vera nunca foi a favor dessa mentira, mas nada pôde fazer contra Renato e Celina. Helena, a mãe de seus irmãos, está viva, ou melhor, entre a vida e a morte naquela UTI. Na verdade, Laura Miller nunca existiu, foi um nome inventado por Helena para conseguir voltar a conviver com vocês, enfim, mais uma mentira que agora virá à tona. A polícia irá investigar e creio que já estão de posse da carta. Não há mais como esconder a verdade.

Humberto virou-se de costas e debruçou-se sobre o pequeno altar da capela. Não sabia o que dizer nem o que fazer. Só sabia que teria que enfrentar aquela dor profunda que rasgava seu peito como se fosse um punhal. Ele fora adotado, nunca tinha sido filho de Renato nem irmão de Andressa e Fábio. Quem o teria rejeitado? Quem o teria jogado dentro de uma caixa na porta de uma rica mansão? Ele tinha que saber. Revoltado, saiu correndo da capela sem olhar para trás.

Renato tentava impedi-lo de sair quando Berenice pediu:

– Não vá, deixe-o só com ele mesmo. Humberto precisa desse momento. Foi tudo muito duro para ele.

– Temo que faça uma besteira.

– Ele não fará, fique tranquilo. Humberto é um rapaz ajuizado, tenho certeza que saberá conter a revolta e compreenderá as atitudes de todos.

– Nós nunca devíamos ter mentido.

– É verdade, a mentira é uma erva daninha que, pouco a pouco, vai abafando tudo e todos por onde passa. Por isso jamais devemos mentir, mesmo que a verdade venha a doer. Uma mentira nunca se sustenta. Por mais que dure, um dia é descoberta levando muita dor e sofrimento não só àquele que a criou, mas também a todos a seu redor. O mentiroso, então, perceberá que toda a dor que a verdade iria causar ainda seria pequena diante do acúmulo de sofrimento que a mentira provoca. Você hoje está vendo isso.

Renato olhou para Berenice com humildade:

– O que faço?

– Deixe as coisas acontecerem. A partir de agora acredito que a vida quer mostrar a verdade. Quando ela decide não há nada que possamos fazer. Tenho aprendido muito sobre a vida e suas leis com Leonora, ela é espírita e muito sábia. Assim que tudo isso terminar, vou procurar um Centro Espírita e me tornar trabalhadora, conhecendo mais a fundo o que essa doutrina maravilhosa tem a nos oferecer.

Osvaldo os interrompeu:

– Vamos voltar à recepção do hospital, já devem ter notícias de nosso filho.

– Vamos sim – concordou Berenice.

Os três voltaram à recepção e perguntaram à recepcionista:

– O doutor Paulo nos procurou?

– Sim, senhor, vou chamá-lo. A cirurgia do senhor Duílio já terminou.

O coração de Berenice quase saltou fora do peito:

– Como ele está?

– A cirurgia foi um sucesso, mas só o doutor Paulo é que pode informar os detalhes.

Poucos minutos depois, o médico chegou e disse:

– Duílio resistiu bem, mas como a bala atingiu parte do cerebelo ele ficará com algumas sequelas.

Osvaldo, lágrimas nos olhos, perguntou:

– Que tipo de sequelas?

– Ainda não podemos saber ao certo, mas acreditamos que terá dificuldades nos movimentos dos membros inferiores. Contudo, não é hora para tantas preocupações. Duílio é jovem, forte, existem muitos recursos na fisioterapia que são capazes de devolver uma vida praticamente normal a ele. O que importa e que devem agradecer a Deus é que o filho de vocês está vivo e fora de perigo.

Berenice caiu num longo pranto, mas, amparada por Osvaldo e Renato, logo foi se acalmando.

Doutor Paulo se despediu e se mostrou disponível para qualquer dúvida, esclarecendo que Duílio só poderia receber visitas na manhã seguinte.

Sem ter mais o que fazer ali, eles resolveram voltar para casa. Renato estava preocupado com Andressa e queria ver a filha. Também gostaria de saber aonde Humberto tinha ido.

capítulo 43

Desde que tudo acontecera, Leonora entrara em seu quarto e se recolhera em prece. Pediu com humildade e muita força a Deus e a Jesus que permitissem que os espíritos iluminados ajudassem Helena e Duílio para que nada de pior acontecesse. Ela sabia que a morte era apenas uma viagem, mas sentia que tanto Helena quanto Duílio ainda tinham muito o que fazer naquela encarnação, por isso pediu com fervor que Deus pudesse intervir pela vida de ambos.

Foi aí que sentiu leve brisa a envolver. Em seguida, o espírito luminoso de Estela apareceu e lhe disse:

– Acalme seu coração, Leonora. Helena e Duílio ainda vão viver muitos anos sobre a Terra. Não é a hora deles partirem.

Leonora, emocionada, tornou:

– Enviada do altíssimo, agradeço sua presença confortadora. É muito bom saber que Deus lhes poupou a vida.

– Deus só faz o que é certo e bom para as pessoas. Ele nunca erra!

– Por que eles tiveram que passar por isso?

– A alma de Helena não aguentava mais viver na mentira, sem poder expressar o verdadeiro amor de mãe pelos filhos. Por isso, inconscientemente, atraiu essa situação para que a verdade fosse logo revelada.

Leonora entendeu, mas perguntou novamente:

– E Duílio? Também atraiu isso?

– Tudo que nos acontece é atraído por nossas atitudes e necessidades de aprendizagem. Duílio estava se sentindo culpado por Zelí ter se apoderado da carta. A raiva e o ódio que sentia pela sogra, unidos a um compromisso de vidas passadas que ele precisava resgatar, atraíram esse acontecimento. Mas convém lembrar que, se ele não tivesse cultivado esses sentimentos negativos, não teria sido atingido.

– E Zelí? O que será dela?

– Zelí é um espírito ainda bastante ignorante. Desconhece as leis de amor e está agindo de acordo com seu nível de evolução. Só com as dores da vida é que um dia chegará ao caminho do bem. Vamos nos lembrar dela com compaixão, como uma irmã ainda criança no que diz respeito às leis cósmicas do universo. Não devemos lhe querer nenhum mal nem desejar que seja punida. Só Deus sabe o que ela precisa passar para amadurecer e conquistar a sabedoria. Não existe neste mundo ninguém mal, o que existe são pessoas doentes ou ignorantes. Deus é amor e todos que aqui estão nasceram Dele, então, como pode existir alguém mau? O que existe são espíritos que ainda não acordaram para as verdades da vida. Um dia todos acordarão e como disse o Mestre Jesus: "Seremos um só rebanho e um só pastor".

As palavras de Estela calaram fundo o coração de Leonora que, feliz e reconfortada por aquela energia, agradeceu a Deus e encerrou seu momento de prece.

Voltou à sala e encontrou Celina sozinha, chorando.

– Não fique assim, dona Celina. É preciso se controlar nesses momentos de dor. O desespero só agrava a situação.

– Eu, que sempre odiei Helena, agora estou desesperada, não quero que ela morra. Você me fez ver a vida com outros olhos. Eu estava enganada, iludida pelas paixões terrenas. Como fui e sou infeliz!

Leonora sentou-se com ela e a abraçou:

– Não diga isso. A senhora pode ter sido infeliz, mas não é mais. Hoje é uma pessoa renovada e disposta a mudar. Quer felicidade maior que essa?

Celina calou-se e se deixou ficar nos braços da amiga.

O tempo foi passando e elas ouviram a porta da frente abrir-se com estrondo. Humberto entrou transtornado e gritando:

– Mentirosos! Todos vocês são mentirosos! Odeio-os!

Leonora pediu:

– Acalme-se e fale baixo. Sua irmã está dormindo lá em cima e seu estado é delicado. Vamos conversar.

Ele baixou o tom de voz e olhou para Celina com extremo rancor:

– Até você, tia? Em quem sempre confiei a vida inteira? Por que nunca me disse que era um adotado? Que nunca fiz parte desta família?

Celina sobressaltou-se:

– Quem lhe disse isso?

– Papai e Berenice. Não adianta tentar me enganar, já sei de tudo.

– De tudo o quê?

– Sei que me deixaram aqui numa noite na calçada, dentro de uma caixa. Uma mulher cruel me rejeitou e vocês fizeram a caridade de me recolher. Recolheram um enjeitado.

Celina disse nervosa:

– Não pense assim, Humberto. Você é e sempre foi muito amado por nós. Nunca fizemos nenhuma distinção entre você e nenhum outro filho do Renato.

– Claro! Vocês tinham que fingir muito bem, para o bobo aqui nunca desconfiar.

Leonora ponderou:

– Não seja injusto. Você sabe como ninguém que é amado de verdade. O sangue não importa, o que importa é o verdadeiro amor que temos em nosso coração.

Leonora tinha o dom de tocar o coração das pessoas, principalmente de Humberto. Havia algum tempo que ele se sentia apaixonado pela moça, mas nunca tivera coragem de se declarar. O que ela estava dizendo tinha lógica. Nunca poderia dizer que lhe faltara amor verdadeiro naquela casa. Sabia, dentro do coração, que era amado por todos e que jamais fizeram diferença entre ele e os outros. Mesmo assim estava transtornado:

– Mas ainda assim vocês foram muito cruéis. Nos enganaram sobre a morte de nossa mãe. Nossa mãe é Laura, ou melhor, Helena, está viva e nunca morreu de nenhuma doença. Essa aí é uma farsante – disse apontando para o quadro em cima da lareira.

Celina estava confusa. Por que Renato e Berenice resolveram contar a verdade a Humberto?

Ele captou a dúvida em seu olhar e respondeu:

– Quer saber por que me contaram a verdade? Porque não há mais como encobrir nada.

Detalhadamente, Humberto contou tudo. Desde que Berenice achara a carta de Vera até os segredos que a tia revelara por meio dela.

Celina tremeu. O que mais, além daquilo, Vera teria revelado? Seu segredo também estaria ali?

– Com quem está essa carta?

– Acredito que nas mãos da polícia. Assim que mamãe se recuperar, todos iremos saber a verdade.

Celina sentiu as pernas tremerem. Não! Vera não teria coragem de expor sua vida numa carta. Não seria justo.

Vendo que ela estava muito nervosa, Leonora pediu:

– Humberto, vá para seu quarto, não faça nada por impulso. Acalme sua mente. A vida tem solução para todas as coisas.

– Farei isso.

Celina jogou-se no sofá chorando novamente. Por mais que Leonora tentasse, não conseguia acalmá-la. Por fim disse:

– Agora minha vida está destruída. Tenho certeza que Vera contou meu segredo naquela carta.

– Se contou não terá outro jeito a não ser assumir seu erro.

– Mas não é apenas aquele erro que eu cometi. Cometi outro talvez muito pior. Quero desabafar. Vou lhe contar.

Celina começou a contar a história e Leonora, mesmo surpresa com o que ouvia, não julgava nem emitia opiniões. Por fim, abraçou Celina e ficaram mudas, cada uma imersa em seus próprios pensamentos.

capítulo 44

Andressa ficou sabendo de tudo pelo próprio pai. A princípio revoltou-se, mas ao recordar o que sentira por Helena desde a primeira vez que a vira, logo voltou atrás e passou a se sentir muito feliz em saber que ela era sua verdadeira mãe. A compreensão de Andressa, sua bondade em não julgar ninguém e sua vontade em descobrir quem era o verdadeiro assassino para deixar sua mãe livre, mais uma vez surpreenderam a todos.

A polícia colheu os depoimentos de Berenice, Duílio, Renato e Helena, assim que ela pôde falar.

A recuperação de Helena foi lenta e Renato foi avisado pela polícia que eles iriam responder a um processo por falsidade ideológica. O investigador Felipe entregou-lhe a carta:

– Acredito que está na hora do senhor saber a verdade. Leia.

Renato sentou-se numa cadeira que ele lhe ofereceu e começou a ler. Sua única reação foi chorar muito e sentidamente.

Felipe indagou:

– O que fará com isso?

– Vou esperar minha mulher sair do hospital, reunirei todos em minha casa e a lerei. Ninguém mais deve ficar sem saber a verdade. Vai doer muito, poderá arrasar nossa família, mas chegou a hora. Chega de mentiras.

Felipe deu-lhe um abraço e disse:

– Boa sorte, senhor Renato.

Ao sair da delegacia àquela tarde, Renato resolveu rodar de carro pela cidade sem destino certo. Não podia acreditar naquilo, era muito cruel, era aterrador! Mas era a verdade e por mais que ela fosse cruel, todos tinham o direito de saber.

Ele adentrou a casa abatido, semblante fechado, mas não disse nada a ninguém. Todos perguntavam pela carta, mas ele, combinado com a polícia, dizia que ainda estava nas mãos da justiça.

Finalmente Helena chegou e a casa toda se empolgou para recebê-la. Berenice mandou providenciar muitas flores e espalhou por todo o ambiente, e uma bela música inundava o ambiente quando Helena entrou de cadeira de rodas, sendo conduzida por Renato.

A emoção fez com que sensíveis lágrimas brotassem de seus olhos quando viu à sua frente Andressa e Humberto, cada um segurando um lindo buquê de dálias amarelas, com terno sorriso no rosto.

Um breve silêncio se fez e Andressa o quebrou com emoção:

– Seja bem-vinda, mamãe!

— Nós te amamos, querida mãe!

Andressa se aproximou de Helena, entregou-lhe os buquês e a abraçou. Nova emoção tomou conta de todos.

Quando tudo serenou, Helena pediu:

— Desculpem-me por tantas mentiras. Eu não tinha coragem de aparecer para vocês como uma criminosa.

— Não precisa se desculpar, mamãe — tornou Andressa, amorosa. — Sabemos que a senhora jamais cometeria crime algum.

— Mas queremos ver esse assassino apodrecer na cadeia! — bradou Humberto. — Afinal, ele roubou sua vida por mais de vinte anos, você foi presa injustamente. Seja quem for, terá que pagar.

Renato interveio:

— Não vamos falar de coisas tristes agora. Vamos comemorar a volta de Helena para casa.

Celina aproximou-se:

— Perdoe-me, Helena, por todo o sofrimento que causei à sua vida. Hoje percebo o quanto estava errada.

Helena estranhou. Celina percebeu:

— Você trouxe um anjo para nossa casa: Leonora. Foi ela quem me ensinou a ver a vida com os olhos da verdade. Vi o quanto me enganei acumulando o ódio em meu coração. Só eu que perdi com isso. Você me perdoa?

Vendo que Celina estava sendo sincera, Helena respondeu:

— Perdoo sim, Celina. Nunca entendi o motivo de seu ódio e rejeição por mim, mas agora não importa. Sinto que realmente se modificou e estou disposta a ter, a partir de hoje, uma vida sem brigas com ninguém. Humberto disse que quer ver o assassino atrás das grades, mas eu não desejo mais nada. Só quero viver em paz.

– Deixe-me abraçá-la.

Um abraço carinhoso e verdadeiro selou a paz entre aquelas duas mulheres. A partir dali seriam amigas e terminariam de aparar as arestas que ainda restavam, fruto de um longo período de ódio e rancor.

Berenice e as copeiras foram servindo delicioso lanche a todos quando o telefone tocou. Era Fábio que queria falar com a mãe. Helena pegou o telefone com emoção:

– Mãe? Como está?

– Estou bem, meu filho. Finalmente o pesadelo passou.

– Não sabe o quanto sofri quando soube o que tinha acontecido. Mas agora sei que tudo seguirá em paz. Te amo!

O coração de Helena estremeceu. A que tipo de amor ele se referia?

Percebendo que a mãe ficara calada, ele imaginou o que se passava por sua cabeça e disse:

– É amor de filho. Hoje sei que estava obcecado, com ideia fixa. Não era normal.

– Ainda bem, meu filho, fico ainda mais feliz por isso!

– Aqui também conheci Kim, uma linda mulher que me fez descobrir o verdadeiro amor. Papai e meus irmãos já sabem, você está sabendo agora. Pretendo me casar com ela, ter filhos, fazer uma família digna e feliz como papai sempre me ensinou.

Helena chorava emocionada:

– Ver um filho feliz é o maior sonho de todas as mães. Deus o abençoe.

– Sei que, com sua bênção, serei muito feliz.

Fábio fez pequena pausa e disse:

– Assim que a polícia entregar a carta quero saber de tudo, principalmente quem matou o vovô. Essa pessoa terá que pagar por ter roubado nossa felicidade.

– Prometo que você ficará informado, mas não guarde rancor ou ódio no coração. Não faz bem a ninguém.

– Como posso não guardar rancor se até a tia Vera foi morta por esse monstro?

– Ainda assim. Ore por sua tia e perdoe a todos. O perdão é o principal caminho para a felicidade. Ninguém consegue ser feliz sem deixar de perdoar aqueles que os feriram. Eu perdoei a todos e por isso consegui a felicidade.

Fábio calou-se. Não conseguia ter o mesmo entendimento da mãe.

Depois que se despediram e ele desligou, Helena voltou para a sala e continuou ali, vivendo aqueles bons momentos ao lado de quem amava. Tudo parecia um sonho, mas ela sabia que um pesadelo ainda viria, quando a carta de Vera fosse lida.

capítulo 45

•◆•

As semanas foram passando e Renato resolveu que era a hora de ler a carta e revelar a verdade. Chamou os filhos, Celina e Helena na sala e comunicou:

– Tenho duas notícias: Zelí foi encontrada e está presa. Ninguém fará nada por ela a fim de facilitar sua saída da prisão para esperar o julgamento em liberdade, acabei de saber que o juiz negou o pedido de *habeas corpus* feito pela defensoria pública. Terá que aguardar o julgamento na cadeia. A segunda notícia é que a polícia me entregou a carta e quero ler para vocês. Chegou o momento.

O coração de Helena estremeceu:

– Não sei se é o certo, não é melhor queimá-la e deixar tudo como está?

– Não, Helena, tia Vera queria muito revelar tudo e é um direito de todos nós sabermos o que realmente aconteceu. Mas só farei isso com todos reunidos. Agora mesmo irei ao escritório e telefonarei para Bruno pedindo que ele venha para cá às oito trazendo sua mulher e Letícia. Também chamarei Duílio para que venha junto com Pâmela. Quero que cada um dos envolvidos nessa história saiba a verdade o quanto antes.

A apreensão tomou conta de todos. Ninguém sabia o que Vera havia escrito, mas sentiam, até mesmo pela expressão de Renato, que eram coisas desagradáveis demais.

Às 20h todos já se encontravam reunidos na grande mesa da sala de jantar.

Renato, com mãos trêmulas, abriu o envelope e começou a ler:

"Querida família que muito amo, apesar das coisas que irei revelar.

Já não aguento conviver com tanta dor dentro de mim e, quando vocês lerem esta carta, já estarei morta. Acredito que a morte seja o único alívio para minha consciência.

Durante vinte anos ocultei um segredo deixando que uma pessoa inocente pagasse por um crime que não cometeu. Por causa de minha omissão, crianças ficaram órfãs de mãe, Renato conheceu o inferno de estar separado de quem amava e Helena sofreu numa prisão injustamente.

Tudo começou quando Renato tornou-se rapazinho. Ele tinha 14 anos quando descobri algo sinistro: minha irmã Celina era apaixonada por ele. Sei que isso chocará a todos, mas preciso revelar para que saibam de tudo. Celina o seduziu e chegou a levá-lo para seu quarto onde o forçou a fazer sexo com ela.

Eu os flagrei e, horrorizada, fiz de tudo para que ela parasse com aquilo. De tanto ameaçar ela resolveu parar, mas nunca deixou de amar Renato.

Contudo, eu havia descoberto algo ainda mais sinistro: eu também era apaixonada pelo Renato, mas não tinha coragem de fazer as coisas que ela fazia. Parece uma maldição, mas nós, suas duas tias, éramos apaixonadas por um rapaz que vimos nascer e crescer e, por isso, embora fôssemos muito jovens abdicamos de nossa vida amorosa para vivermos em torno dele.

Cada namorada que Renato trazia para casa era um tormento para nós, que sempre dávamos um jeito de fazer com que o namoro terminasse. Mas com Helena foi diferente. Renato a amava de verdade e nada conseguimos fazer para impedi-lo de casar-se com ela e trazê-la para esta casa.

O ciúme nos consumia todos os dias, mas Renato amava Helena e não conseguíamos ver um jeito de nos livrarmos dela.

Até que Bernardo começou a discutir com ela, pois nunca aceitou a nora. Grandes discussões foram travadas nesta casa, até que um dia, na frente de todos, Helena, completamente descontrolada, disse que, se ele a separasse de Renato ela o mataria.

Bernardo havia descoberto nossa paixão por Renato e estava decidido a nos expulsar de casa. Naquela mesma tarde tive a ideia e quando a noite chegou, entrei calmamente no escritório onde meu irmão fumava e ouvia música e, sem pensar em mais nada, saquei o revólver e o matei.

Eu sabia que, com a discussão entre ele e Helena durante a tarde, todos iriam suspeitar dela. Mas as coisas ocorreram melhor do que eu imaginava. Helena que estava no jardim sem conseguir dormir, ouvindo os disparos correu ao escritório, viu o corpo de Bernardo e, além de pegar a arma, sujou sua camisola de sangue.

Eu observava tudo por um pequeno compartimento secreto que existe no escritório e vi quando Renato e Celina chegaram flagrando-a sobre o corpo, com a arma na mão, chorando desesperada.

A felicidade egoísta tomou conta de meu coração quando Helena foi acusada, presa e condenada para sempre. Jamais teria coragem de declarar o meu amor ao meu sobrinho, mas estaria livre de ver a mulher que ele amava ali. Dentro do meu egoísmo não pensei na orfandade das crianças, nem no sofrimento de Renato, só minha alegria era o que importava. Nem me importava também de ter assassinado meu próprio irmão. A paixão me cegava completamente.

Todos ficaram desolados e a mansão muito triste. Berenice tinha jeito com as crianças e ficava com elas, mas Celina, não suportando a falta do irmão amado e o clima fúnebre da casa, saía todas as noites chegando só quando o dia estava claro. Dizia que saía para dançar, mas na verdade tinha encontros fortuitos na boate de Madame Zelí, a mãe de Pâmela, no Brás.

Um dia Celina disse-me que estava grávida, mas não sabia quem era o pai. Ela estava desesperada e aflita, pois seria uma vergonha para a sociedade da época ela, filha de quem era, ser mãe solteira. Sem revelar nada a Renato, fomos passar uma temporada na Europa e foi lá que Humberto nasceu.

Quando voltamos ao Brasil, fomos à boate de Zelí e pedimos que ela ficasse com a criança por um tempo. Demos a ela dinheiro para que, depois desse tempo, em determinada noite o colocasse em nosso portão, e assim Humberto foi adotado por Renato como filho.

Os anos foram passando e Renato, a cada dia mais apaixonado e infeliz pela distância de Helena e acreditando que ela havia matado o próprio pai, entrou em depressão e abandonou a empresa deixando tudo nas mãos de Bruno e Duílio, que na época estava recém-formado e passou a gerir nosso patrimônio.

Uma solidão grandiosa começou a me envolver e comecei a sentir remorso. Quando via Andressa, Fábio e Humberto venerando a pintura de uma desconhecida, meu coração se dilacerava, mas sabia que jamais teria coragem de contar a verdade. Minha imagem para todos era a da mulher perfeita, virtuosa, caridosa, bondosa, compreensiva. Ninguém sabia que eu era esse monstro assassino que vocês estão sabendo agora. Preferia morrer a ter que quebrar essa imagem. Então, fui arrastando meu remorso até que comecei a ter crises de pânico.

Nesses momentos sentia tanto terror que parecia que ia morrer, mas junto ao terror eu via claramente sombras negras me abraçando, afirmando que eu iria sofrer quando morresse.

As medicações ajudaram a controlar as crises, mas nunca me senti feliz e vivi praticamente todos os últimos anos da minha vida com a dor do remorso. Ah! A dor de uma consciência criminosa! Ninguém pode avaliar o quanto ela é profunda. Um assassino pode viver sem remorso por muitos e muitos anos, mas um dia, quando ele chega, é arrasador, enlouquecedor, acaba com nossa paz para sempre. Não sei se esse remorso um dia terá fim, mas só em estar escrevendo esta carta já me alivia.

Ninguém conseguiu saber de quem foi a arma do crime, não encontraram o registro. Mas a arma me foi cedida pela minha melhor amiga na época: Ester Bittencourt. Ela não vinha à nossa casa, mas eu sempre ia visitá-la. Ester sempre me incentivou a tirar Helena do meu caminho por meio do crime e, quando decidi, naquela mesma tarde fui à sua casa e peguei o revólver.

Tempos depois Ester, com a consciência culpada, procurou-me secretamente dizendo que, ou eu me entregava ou ela o faria. Prometi uma solução, mas mais uma vez achei que a solução seria matar.

Voltei para casa, peguei a arma de Bernardo, carreguei e marquei novo encontro com ela. Mas daquele encontro Ester não saiu viva. Assassinei-a friamente e tirei-lhe todas as joias para que pensassem ter sido um assalto. Desconfiaram que havia algo mais, mas ninguém descobriu nada.

Quando Helena finalmente ficou livre, vi nisso uma forma de recuperar o que havia feito de errado. Menti para ela e para Renato que havia visto a cena do crime, mas não podia revelar o assassino, pois minha vida e a de Fábio corriam perigo. Claro que coloquei o nome de Fábio de propósito, para amedrontar os corações do pai e da mãe.

O que eu queria era que Helena esquecesse o criminoso e passasse a viver feliz com a família. Essa minha estratégia deu certo, mesmo quando Helena nos reuniu naquele jantar sinistro, fui tranquila, porque achei que a maioria das coisas que ela falaria seria blefe.

Não sei como ela descobriu minha viagem com Celina naquele ano e também não sei se o que ela disse sobre os outros é verdade, mas sabia que ela jamais descobriria que eu era a assassina.

Mas eu não contava com mais uma artimanha do destino. Fábio se apaixonou pela própria mãe. Quando ele me revelou a paixão e que estaria disposto a tudo para conquistá-la, roubando-a do pai, percebi que não tinha mais como ocultar a verdade. Helena precisava descobrir tudo, antes que um mal maior pudesse acontecer.

Contudo, faltava-me coragem. Tinha certeza que não aguentaria ver os olhos acusadores de Renato, muito menos das crianças que tanto amo. Resolvi que iria revelar tudo nesta carta, colocá-la num lugar fácil, mas não ficaria viva para ser acusada por aqueles que mais amo. A vida numa prisão me parece insuportável. Então, resolvi morrer. Chamaria Helena até sua casa e no meio do caminho pistoleiros contratados e pagos por mim mesma dariam cabo de minha vida. Com certeza tudo sairia como planejei. Certamente a essa hora, quando estiverem lendo minha carta, já saberão que, além de homicida, sou suicida. Que Deus tenha pena de minha alma.

Apesar de tudo, amo todos vocês, e é com muito pesar que deixo esta vida.

Espero que um dia possam me perdoar.

Da tia, Vera Lúcia"

Alguns se calaram, outros choravam baixinho. Ninguém sabia o que dizer, só sabiam que teriam de juntar todos os pedaços do coração e continuar vivendo, mesmo dentro daquela dura e dolorosa realidade.

Epílogo

◆

Depois daquela noite cada um resolveu que esqueceria o que tinha descoberto. Mas estava muito difícil. Saber que a tia tão amada fora a responsável por toda a infelicidade da família doía no fundo da alma e estava praticamente impossível seguir adiante.

Leonora ia conversando com todos sobre os benefícios do perdão incondicional, mas ninguém estava preparado para dar aquele passo.

O nascimento do bebê de Andressa veio trazer a alegria que havia se perdido naquele ambiente. O lindo e rosado Augusto era alegre e sorridente. Aos poucos, à medida que o menino crescia, todos deixaram para trás a mágoa e só, então, a felicidade recomeçou a brotar.

Celina, envergonhada por ter tido sua intimidade revelada daquela forma, resolveu partir. Foi para um lugar que ninguém conhecia.

Não foi fácil para Humberto e Leonora esconderem que se amavam e que pretendiam ficar juntos. A notícia foi recebida com muita alegria, principalmente por Helena que acolhera a moça tal qual filha de seu coração.

O amor por Leonora e suas orientações ajudaram Humberto a não odiar Celina e continuar considerando Renato seu pai, aprendendo a amar Helena como mãe.

Graças à Leonora toda a família tornou-se espírita e frequentava reuniões num centro espírita próximo, todas as semanas.

Foi numa dessas sessões que um médium psicógrafo recebeu uma mensagem endereçada a Renato e família. Foi com emoção que ele abriu e leu para que todos ouvissem:

"Filho do coração,

Perdoe a tudo e a todos indistintamente. Sem o perdão é impossível encontrar a felicidade verdadeira neste e no outro mundo. Vera Lúcia muito errou, mas está amargamente arrependida e sofre muito em decorrência de seus atos; e quer reparar todo o mal que fez. No lugar em que está, ela sente as vibrações de ódio oriundas dos corações de vocês e fica muito mais difícil para ela a recuperação.

Quem de nós nunca errou nesta vida? Por menores que sejam nossos erros, eles revelam que não podemos nem devemos julgar ninguém, antes de tudo é preciso compreender e aceitar.

As pessoas não fazem o mal em nossas vidas por acaso. São as atitudes desta e de vidas passadas que atraem as pessoas chamadas más ao nosso convívio e elas acabam nos atingindo.

O drama que todos nós vivemos nesta vida começou na encarnação passada na qual, em vez de vítimas, nós fomos os algozes.

Por que não perdoar, já que a causa do mal está em nós mesmos e não fora?

Eu há muito perdoei e encontrei a paz. Vejo que estão agora reencontrando o caminho, mas enquanto existir a semente do ódio, da raiva e do julgamento, por menor que seja, dentro do coração de vocês, nunca conseguirão a paz.

O preço da paz é o perdão. Só quando pagarem esse preço é que serão felizes. Um dia na eternidade, descobrirão a causa de tudo e compreenderão que nessa vida ninguém é vítima e que não existe nem culpados nem inocentes, só espíritos em aprendizagem, seguindo para Deus.

Enquanto o ser humano não entender essa grande verdade vai continuar sofrendo, culpando os outros, desejando que sejam punidos, enveredando pelos caminhos sofridos da vingança e da crueldade.

Pensem nisso e reflitam. Para que um dia possam ser recebidos nos braços do divino Mestre Jesus, na presença de seus mensageiros, terão de vestir a túnica nupcial, que é ter puro o coração. E um coração que julga e condena seu semelhante está longe da pureza.

Por agora é o que posso dizer. Que Deus, o grande arquiteto do Universo, os possa abençoar.

Do seu pai que te ama,

Bernardo."

Depois que leram e releram aquela carta, brotou no íntimo de cada um a verdadeira vontade de mudar e de ser feliz.

Helena e Renato, sozinhos no quarto aquela noite, ajoelharam e de mãos dadas fizeram sentida prece ao Criador, agradecendo por aquela bênção.

A partir desse momento estariam em paz.

FIM

Hermes, 25 de março de 2016.

Ninguém domina o coração
Maurício de Castro pelo espírito *Saulo*

A ingênua Luciana vive na mansão dos Gouveia Brandão onde a mãe trabalha como empregada. A linda jovem é perdidamente apaixonada pelo rico herdeiro Fabiano. O clima reinante na residência era de felicidade, até a chegada de Laís, mulher jovem, fútil e muito má.

O preço de uma escolha
Maurício de Castro pelo espírito *Hermes*

Uma trama repleta de suspense, com ensinamentos espirituais que vão nos ajudar, no decorrer de nossa vida, a fazermos escolhas certas sem prejuízo ao semelhante.

Para receber informações sobre nossos lançamentos, títulos e autores, bem como enviar seus comentários, utilize nossas mídias:

- intelitera.com.br
- @ atendimento@intelitera.com.br
- ▶ intelitera
- 📷 intelitera
- f intelitera

- 📷 mauriciodecastro80
- f mauricio.decastro.50

Esta edição foi impressa pela Lis Gráfica e Editora no formato 160 x 230mm. Os papéis utilizados foram o papel Snowbright 60g/m² para o miolo e o papel Cartão Supremo 250g/m² para a capa. O texto principal foi composto com a fonte Sabon LT Std 13/18 e os títulos com a fonte Allura 30/35.